PUMMELIG UND REIZEND

EINE ROMANZE MIT EINEM KURVIGEN MÄDCHEN AUS EINER KLEINSTADT

GROSS UND SCHÖN
BUCH EINS

MARY E THOMPSON

Print-ISBN: 979-8-90031-100-5

 Formatiert mit Vellum

GROSS UND SCHÖN

Frauen (und Männer) gibt es schon immer in allen Formen und Größen. Plus-Size, breit gebaut oder dick zu sein, ist für manche Menschen etwas Schlechtes. Für die Frauen in dieser Reihe ist es einfach eine Tatsache des Lebens. Eine Tatsache, die sie zusammenschweißt und ihre Freundschaften befeuert. Doch die Männer sind durch die Kurven ihrer Frauen nur noch stolzer darauf, mit Frauen zusammen zu sein, die das Leben und alles, was es zu bieten hat, lieben. Denn das Leben ist mit Cupcakes einfach besser.

∼

BUCH 1

Pummelig und reizend

Wer braucht schon Männer, wenn man Cupcakes hat?

Mein Leben war gut. Mir fehlte nichts. Schon gar nicht ein sexy, lustiger, süßer Fremder, der ein Date mit mir wollte.

Meine Freundinnen meinten, ich sollte ihm eine Chance geben, aber ich wusste, dass er nur einen Blick auf meine Kurven werfen und dann einen Grund finden würde, sich nicht noch einmal mit mir zu treffen. Also bot ich ihm einen Ausweg.

Doch er nahm ihn nicht an.

Der Mann war hartnäckig. Er stand auf meine Kurven und wollte mehr als nur Telefonate. Er wollte mich.

Wie konnte ich da Nein sagen?

Für meinen Schatz, Alex. Mein Romanheld im wahren Leben.

KAPITEL 1

FRÜHER MOCHTE ICH MEIN LEBEN. Ich dachte, ich hätte alles. Oder zumindest alles, was ich als dicke Frau erwartete. Ich hatte wundervolle Freunde, einen Job, der mir Spaß machte, und meine eigene Wohnung. Ich war dabei, mir ein neues Auto zu kaufen, und ich war glücklich.

Und dann traf ich ihn.

Xander Carlson.

Der Mann, der mein Leben auf den Kopf stellte.

Ich weiß, ihr haltet mich jetzt für albern. Jede Frau will einen Mann im Leben haben, oder? Frauen wollen doch eigentlich nur jemanden, der sich um sie kümmert? Tja, ich nicht. Ich wollte es allein schaffen. Ich war eine starke Frau, die für sich selbst sorgen konnte. Ich hatte mir mein Leben nie mit einem Mann vorgestellt.

Vielleicht, weil ich nie dachte, dass mich jemand wollen würde.

Okay, nicht vielleicht. Definitiv.

Ich war schon als Kind dick. Fotos aus meiner Kindheit erinnerten mich jedes Mal daran, wenn ich meine Eltern und ihre Sammlung von Familienfotos aus allen Epochen besuchte. Mein Bruder erinnerte mich auch gerne daran. Auf einem bestimmten Bild von mir, als ich drei Jahre alt war, trug ich einen gelben Badeanzug und lag in einem dieser Planschbecken aus Plastik. Mein Bruder sagte, ich sähe aus wie ein gestrandeter Wal.

Ja, er ist ein Arschloch.

Er hat auch recht. Ich gebe es nur ungern zu, aber mein Gewicht schien genetisch und unkontrollierbar zu sein. Es wurde zu etwas, das ich einfach akzeptierte, denn wenn ich schon immer dick gewesen war, dann würde ich auch immer dick sein. Na ja, halb so schlimm.

Wie gesagt, ich war glücklich. Es machte mir nichts aus, dass Männer mir nie hinterherrannten. Ich sah, wie meine Freundinnen Probleme mit Männern durchmachten, und fand Trost in dem Wissen, dass ich mich damit nie herumschlagen musste.

Das soll nicht heißen, dass ich keine festen Freunde oder Dates hatte. Hatte ich schon, aber normalerweise war es nur von kurzer Dauer. Einer von uns stellte fest, dass wir nicht zueinander passten. Irgendwann entschied ich, dass Dating mehr Ärger war, als es wert war. Immer wenn ich mit jemandem ausging, achtete ich darauf, dass es eine rein körperliche oder einfach nur eine freundschaftliche Sache blieb.

Aber ich brauchte keine Männer als Freunde. Ich hatte drei großartige Freundinnen, die mein Leben unterhaltsam machten.

Claire war meine beste Freundin. Sie und ich waren zusammen auf der Highschool in Winterville, New York. Claire war in der Highschool dünn, begann aber zuzunehmen, nachdem ihr Highschool-Freund sie vergewaltigt hatte. Claire ist nie wirklich darüber hinweggekommen.

Wie auch?

Ich war für Claire da, aber es war hart, mitanzusehen, wie sie etwas so Schreckliches durchmachte und sich dann hinter ihrem Gewicht versteckte. Besonders, weil ich wusste, wie dünn Claire sein konnte. Manchmal dachte ich, sie verschwendete ihren Körper, denn wenn ich dünn hätte sein können, wäre ich es gewesen. Aber dann erinnerte ich mich daran, dass dick sein Spaß macht, und aß noch einen Cupcake.

Claire und ich lernten Sam und Addi am College kennen. Wir gingen alle auf die Erie University, ebenfalls in Winterville. So kalt die Stadt auch war, sie war mein Zuhause, und ich konnte mich nie dazu durchringen, wegzugehen.

Sam und Addi sind ebenfalls übergewichtig. Wir vier wohnten im ersten Studienjahr im Wohnheim nahe beieinander und verstanden uns auf Anhieb. Wir gehörten zu den wenigen, die nicht jeden Abend zu Studentenverbindungspartys und in Bars rannten. Wir saßen im Wohnheim herum, schauten Frauenfilme und backten Brownies.

Es gibt einen Grund, warum wir enge Freundinnen wurden.

Aber in dieser Geschichte geht es nicht um sie. Es geht um ihn. Um den Mann, der mein Leben ruiniert hat. Den Mann, der mir all mein Glück genommen hat.

Ich arbeitete bei Western New York Health, einer lokalen Niederlassung einer der großen Versicherungsgesellschaften. Im Kundenservice, wo ich arbeitete, bearbeiteten wir Fragen von Kunden zu ihren Ansprüchen. Wenn es ein Problem gab, besprachen wir es mit ihnen und kontaktierten dann die Arztpraxis, um ein neues Formular mit einer Aufstellung der erbrachten Leistungen anzufordern.

Es klingt langweilig, ich weiß. Aber mir gefiel es wirklich. Ich konnte schon immer gut mit Menschen und redete gerne. Am Telefon war mein Aussehen verborgen, sodass ich nicht nach meiner Figur beurteilt wurde. Ich hätte nachts eine Telefonsex-Telefonistin oder ein Model sein können, niemand hätte es je wirklich gewusst.

Die Anonymität ließ mich am Telefon mein wahres Ich sein. Ich konnte mit Kunden, die eine Aufmunterung brauchten, scherzen, ich konnte die trösten, die aufgebracht waren, oder ich konnte mit denen flirten, die heiß klangen.

Xander Carlson passte in die letzte Kategorie. Eindeutig.

Es war ein Montag, als er mich das erste Mal anrief. Der Frühling begann gerade, sich in unserer Stadt im Westen von New York zu zeigen. Draußen vor dem Fenster in der Nähe meiner Bürozelle konnte ich sehen, wie die Bäume endlich aufzutauen begannen. Drinnen war meine Zelle Teil des üblichen Großraumbüros mit blau-grauen Trennwänden, die einem im Stehen etwa bis zur Taille reichten. Alles war eintönig und trist und fühlte sich wie ein Regentag an, selbst wenn die Sonne schien. Die langweilige Innenausstattung ließ die Außenwelt noch viel schöner erscheinen, besonders an Tagen wie diesem.

Es war der erste Tag, an dem wir seit dem vergangenen Oktober die 10-Grad-Marke überschritten hatten. Auch wenn ich nicht so dumm war, meine Winterkleidung wegzupacken (unsere Stadt hieß nicht umsonst Winterville), freute ich mich über die ersten Anzeichen des Frühlings.

Wegen des Wetters war ich von der Rolle.

Das ist jedenfalls meine Ausrede.

Das Telefon klingelte, und ich war in einen Tagtraum über wärmeres Wetter versunken, vielleicht sogar über einen Urlaub mit meinen besten Freundinnen. Wir hatten schon seit Jahren darüber gesprochen, zusammen eine Kreuzfahrt zu machen, aber wir hatten es nie getan. Als das Telefon klingelte, wusste ich kaum, was ich tat, als ich abnahm und sagte: »Western New York Health, hier Mandy. Wie kann ich Ihnen heute helfen?«

Die kurze Pause am anderen Ende der Leitung machte

mich erst einmal nervös. Als er zu sprechen begann, war es um mich geschehen. Seine Stimme war voll und tief, geschmeidig. Er klang wie ein wahr gewordener feuchter Traum. Er hätte mit einer Stimme wie seiner am Telefon arbeiten sollen, aber ich wusste einfach, dass er auch den passenden Körper dazu hatte. Einen Körper, der vor einer Fernsehkamera, wo man ihn sehen und hören konnte, besser zur Geltung gekommen wäre.

»Hallo, Mandy. Ich bin Xander Carlson. Ich glaube, ich brauche etwas Hilfe.«

Ich atmete tief durch. Sie alle brauchten Hilfe. Sonst würden sie nicht anrufen. Aber ich verstand, dass man nicht wirklich wusste, wo man anfangen sollte.

Außerdem hatte er meinen Namen benutzt. Die meisten Leute riefen an und sprachen mich überhaupt nicht an. Aber er hatte meinen Namen gesagt. Und ich wollte ihn wieder und wieder sagen hören.

»Okay, Mr. Carlson, dann wollen wir mal sehen, ob ich Ihnen helfen kann. Erstens, meine direkte Durchwahl lautet 8657. Falls Sie aus irgendeinem Grund die Verbindung verlieren, rufen Sie zurück und geben Sie meine Durchwahl ein, wenn Sie die Möglichkeit dazu haben. Sonst müssen Sie alles noch einmal von vorne durchgehen, um zu einer Person zu gelangen. Zweitens brauche ich Ihre Antragsnummer, damit ich sie nachschlagen kann.«

Ich hörte Papiere am anderen Ende der Leitung rascheln, während er vermutlich nach seiner Antragsnummer suchte.

»Sie haben eine wunderschöne Stimme«, sagte er und brachte mich fast aus dem Konzept. »Okay, hier ist sie. Meine Antragsnummer lautet 273MX85G5739.«

Ich tippte den Code ein, während er ihn mir vorlas, und bemühte mich, mich auf meine Arbeit und nicht auf sein Kompliment zu konzentrieren, und wartete, während mein Computer den Antrag aufrief. Es handelte sich um einen zwei Monate alten Antrag für einen gewissen Alexander Steven Carlson. Ich überflog schnell die Details und fragte mich, was für eine schreckliche Sache der Mann mit der sexy Stimme hatte behandeln lassen.

Es stellte sich heraus, dass es ein ziemlich normaler Antrag war, der eine allgemeine Untersuchung und Bluttests umfasste. Es gab ein paar Notizen, die besagten, dass eine Zahlung fällig war und er diese anfocht, aber nichts schien ungewöhnlich zu sein.

Gott sei Dank verbarg er keine schreckliche Krankheit.

»Können Sie mir bitte Ihren vollen Namen nennen?«

»Oh, ja, tut mir leid. Er lautet Alexander Steven Carlson. Das vergesse ich manchmal.«

»Kein Problem. Viele Leute benutzen Spitznamen. Okay, also ich sehe, dass der Antrag bezahlt wurde und Sie den Restbetrag schulden. Es sieht auch so aus, als ob Sie seit einer Woche versuchen, das zu klären. Womit kann ich Ihnen heute helfen?«

Er stieß hörbar die Luft aus, klang aber nicht verärgert, sondern eher erschöpft. Er hatte das schon einmal durchgemacht und hatte keine Lust, es noch einmal zu erklären. Das war ein vertrautes Geräusch in meinem Job.

»Als ich die erste Leistungsabrechnung bekommen habe, habe ich meinen Arzt angerufen. Er dachte, er hätte sie bei der Einreichung des Antrags falsch kodiert und aus irgendeinem Grund wird sie nicht als Jahresuntersuchung verbucht. Der Arzt sollte die Untersuchungsdetails erneut einreichen, und ich würde eine weitere Leistungsabrechnung per Post bekommen. Ich habe heute eine neue bekommen, mit dem Datum vom Freitag, auf der genau die gleichen Informationen stehen. Nichts ist aktualisiert worden.«

Ich tippte ein paar Dinge ein, um zu sehen, ob ich das Problem finden konnte. Wenn so etwas passierte, wurde es normalerweise einfach durchgewinkt, ohne auf die Abrechnung des Arztes zu warten. Es klang so, als ob seine Leistungsabrechnung nur erneut versandt, aber nicht neu ausgestellt worden war.

Während ich die Details in der Akte zu diesem Antrag durchging, begann er wieder zu sprechen. »Es tut mir leid, Sie da mit hineinzuziehen. Sie sind viel netter als die letzte Frau, mit der ich gesprochen habe. Und ich bin begeistert, mit einer Amerikanerin zu sprechen. Vielleicht sollte ich das nicht sagen, aber es ist so schwer, mit Leuten zu reden, die nicht die gleiche Sprache sprechen.«

Ich lachte leise über seine Ehrlichkeit. »Nun, alle bei Western New York Health sind Amerikaner. Wir sind hier vor Ort, in Winterville, etwa zehn Minuten südöstlich von Buffalo.«

»Wirklich? Ich wohne in Winterville. Vielleicht sehe ich eines Tages das schöne Gesicht, das zu Ihrer schönen Stimme gehört.«

Ich erstarrte. Er konnte unmöglich mit mir reden. Oh, warte, das stimmt ja, er hatte keine Ahnung, wie ich aussah. Er flirtete nur.

»Ja, nun, ich bin sicher, Sie haben eine ganze Schar umwerfender Frauen, die für ein Date mit Ihnen Schlange stehen. Was Ihren Antrag betrifft, entschuldige ich mich für das, was Sie durchgemacht haben. Ihr Antrag wurde noch nicht neu bearbeitet, aber ich kann mich darum kümmern, damit Sie sich keine Sorgen um die Zahlung machen müssen.«

Xander stieß ein erleichtertes Schnaufen ins Telefon.

»Für mich ist das wirklich keine so große Sache. Das Geld ist nicht viel, aber es geht mehr ums Prinzip. Ich gehe nur zum Arzt, wenn es sein muss. Nichts für ungut, aber ich hasse es, mich mit all dem Mist herumzuschlagen. Ich habe das Gefühl, dass ich immer nur mit Leuten rede, denen ich wirklich scheißegal bin.«

Ich unterdrückte ein Lachen, als ich bemerkte, dass sein letzter Anruf von Melody, meiner Erzfeindin bei der Arbeit, entgegengenommen worden war. Sie war definitiv eine dieser Personen, die sich einen Dreck um den Job oder die Leute scherten. Ich versuchte, nicht so zu sein. Ich war klug genug zu wissen, dass medizinische Probleme einer der Hauptgründe waren, warum Menschen alles verloren. Ich wollte nicht, dass einer unserer Kunden bankrottging, wenn ich etwas tun konnte, um zu helfen.

»Hoffentlich vermittle ich Ihnen diesen Eindruck nicht, Herr Carlson. Ich versichere Ihnen, ich werde alles tun, was ich kann, um das für Sie zu erledigen. Ich glaube allerdings, ich sehe hier das Problem. Die Daten auf der Arztrechnung zeigen, dass Sie am 23. Februar dort waren. Ihre Jahresuntersuchung letztes Jahr war am 25. Februar, also übernehmen wir eine Jahresuntersuchung erst, wenn ein Jahr vergangen ist. Aber hier ist die Sache: Ich schaue gerade auf einen Kalender und der 23. Februar war ein Samstag. Waren Sie an diesem Tag beim Arzt oder war es ein anderer Tag?«

»Was? Nein. Mein Arzt hat samstags nicht einmal geöffnet. Ich war an einem Donnerstag dort.«

Ich blätterte durch die Bilder auf meinem Bildschirm und zoomte hinein, um die Abrechnung zu sehen. Das Datum sah wie eine 23 aus, aber es hätte leicht eine 28 sein können.

»Herr Carlson, es sieht so aus, als ob Ihr Antrag für den 28. hätte sein sollen. Ich habe nicht die Befugnis, diese Änderung in unserem System vorzunehmen. Wenn ich Sie für ein paar Minuten in die Warteschleife legen darf, spreche ich mit meiner Vorgesetzten und sehe, ob wir das für Sie aktualisieren können.«

»Bitte, nenn mich Xander. Mandy, du bist eine Lebensretterin. Vielen, vielen Dank. Und ja, ich warte.«

Ich drückte die Halten-Taste und rief Diana, meine Chefin, zu mir. »Es sieht so aus, als wäre sein Behandlungsdatum falsch eingegeben worden. Er ist am Telefon und sagte, er war an einem Donnerstag da. Das Behandlungsdatum setzt ihn auf einen Samstag, was hätte auffallen müssen, besonders nach seinem ersten Anruf. Ich denke, wir können den Antrag mit dem korrekten Behandlungsdatum hier erneut einreichen und die Sache erledigen.«

Diana sah sich die Formulare auf meinem Computer an und nickte. »Sie haben recht. Gut aufgepasst, Mandy.«

Diana ging weg und ich schickte ihr die Akten zur Genehmigung. Ich sah, wie sie sich wieder an ihren Schreibtisch setzte, ein paar Bürokabinen weiter. Ich wartete, bis sie mir den Daumen hoch gab, um zu signalisieren, dass sie alles korrigiert hatte, und schaltete mich dann wieder am Telefon ein.

»Herr Carlson-«

»Xander«, summte seine sanfte Stimme in meinem Ohr, »bitte.«

»Tut mir leid, Xander. Es sieht so aus, als hätten wir alles erledigt. Meine Chefin hat die Änderung der Daten bereits genehmigt und Ihr Antrag wird neu bearbeitet. Sie sollten innerhalb weniger Tage eine neue Leistungsabrechnung mit den aktualisierten Gebühren erhalten. Ihr Arzt wird ebenfalls eine neue bekommen. Wenn er Ihnen das in Rechnung stellt, können Sie ihn anrufen und ihm sagen, dass die Dinge von unserer Seite aus geregelt werden. Gibt es noch etwas, was ich heute für Sie tun kann?«

Xander kicherte leise, ein sanftes Grollen, das wie ein Beben durch den ganzen Körper war. Ich spürte es bis in die letzte Faser und es entzündete ein Feuer in mir. »Ich kann einfach nicht glauben, dass ich das geklärt habe und dabei mit einer wunderschönen Frau am Telefon sprechen durfte. Ich wünschte fast, du hättest es nicht richten können, damit ich eine Ausrede hätte, dich wieder anzurufen.«

Ich wurde rot. Ich wurde tatsächlich verdammt noch mal

rot. Ein Mann hatte mich noch nie erröten lassen. Ich fühlte mich wunderschön, als ob er es ernst meinte. Aber natürlich wusste ich, dass es nur eine Illusion war. Er hatte keine Ahnung, wie ich aussah. Wenn er es wüsste, hätte er mir keinen zweiten Gedanken geschenkt. Das wusste ich.

»Tja, Pech für dich, Xander, ich bin sehr gut in meinem Job und nehme die Zufriedenheit meiner Kunden sehr ernst.«

»Ich kann mir vorstellen, dass du jeden zufriedenstellst, mit dem du sprichst.«

Was? Hatte er das gerade wirklich gesagt? Heilige Scheiße, er machte mich total an. Ich war fassungslos. Und er machte mich nicht nur an, er deutete an, dass ich gut im Bett bin. Wow! Ich war verblüfft. Männer machten mich nie an, weder am Telefon noch persönlich. Wenn ich nur glauben könnte, dass er es ernst meinte.

Xander kicherte über mein Schweigen und weckte Teile in mir, die lange geschlummert hatten. Ich rutschte auf meinem Stuhl hin und her, mein Höschen wurde feucht, als ich mir vorstellte, auf welche Weisen ich einen Mann wie ihn gerne zufriedenstellen würde.

»Es tut mir leid, das war unangebracht. Ich hatte nur nicht erwartet, jemanden wie dich am anderen Ende der Leitung zu finden.«

»Äh, danke, Herr Carl..., ich meine Xander. Es war mir eine Freude, heute mit Ihnen zu sprechen. Ich bin froh, dass ich Ihnen bei Ihrem Problem helfen konnte. Wenn Sie jemals wieder etwas brauchen, zögern Sie bitte nicht, sich wieder mit uns in Verbindung zu setzen.«

»Danke. Ich hoffe, ich habe noch viele weitere Probleme. Auf Wiedersehen, Mandy.«

Ich verabschiedete mich mit einem Grinsen. Ich konnte nicht aufhören zu lächeln. Es war albern. Er fühlte sich von meiner Stimme angezogen, nicht von mir. Er war dankbar, dass ich ihm geholfen hatte, und machte mich nicht wirklich an. Ich wäre eine Närrin, wenn ich mehr hineininterpretieren würde, als wirklich da war.

Aber aus irgendeinem Grund konnte ich nicht aufhören, an ihn zu denken.

KAPITEL 2

AM NÄCHSTEN ABEND dachte ich immer noch an Xander. Ich hoffte den ganzen Tag, dass er mich wieder anrufen würde, aber er tat es nicht. Ich wusste, dass es albern war, aber ich konnte nicht anders, als mir zu wünschen, die Dinge wären ein wenig anders. Dass ich die selbstbewusste Frau wäre, von der ich träumte.

Vielleicht sollte ich ihn ausfindig machen und anrufen.

Nein, das würde ich nicht tun. Dafür könnte ich gefeuert werden, wenn ich Kundenakten durchsehe. Und ich brauchte keinen Mann. Das hatte ich noch nie, und ich würde jetzt ganz sicher nicht damit anfangen.

Xander Carlson war nur eine Randnotiz. Ein vorübergehender Rückschlag. Ich würde mir keine Sorgen um ihn machen, schon gar nicht, wenn ich Mädelsabend hatte.

Jeden Dienstagabend trafen sich Claire, Sam, Addi und ich im Cooler Coffee zum Mädelsabend. Es war unsere Gelegenheit, uns zu unterhalten und Spaß zu haben, wir vier. An den meisten Wochenenden sah ich mindestens eine von ihnen, aber während der Woche waren wir alle mit der

Arbeit beschäftigt. Dienstagabends entspannten wir uns einfach.

Aus irgendeinem Grund schien ich immer die Letzte zu sein. Claire arbeitete am Flughafen für die TSA, ihr Dienstplan war also ziemlich festgelegt. Addi war Chemielehrerin und kam bei Kaffeetreffen immer zu früh. Sam war eine brillante Fotografin mit Aufträgen in der ganzen Stadt, also konnte man nie wissen, um welche Zeit sie eintreffen würde. Aber sie war immer vor mir da.

Im Cooler Coffee fühlte es sich ein bisschen an wie zu Hause. Der Sitzbereich erstreckte sich entlang des vorderen Fensters, mit Tischen, die auf die Straße blickten. Es lag in einem Stadtteil, der auf Fußgänger ausgerichtet war. Die Parkplatzsituation war katastrophal, aber das Essen und die entspannte Atmosphäre waren es wert. Sam, Addi und Claire saßen bereits an einem Tisch in der hintersten Ecke.

Als ich durch die Tür trat, kitzelte der vertraute Kaffeegeruch meine Nase. Ich ging zur Theke und beäugte die Leckereien in der Vitrine, während die Person vor mir ihre Bestellung aufgab. Ich hatte den Geruch von Kaffee schon immer geliebt und war jahrelang süchtig danach gewesen. Das Zeug selbst mochte ich jedoch nie wirklich und hatte es vor einigen Jahren endlich aufgegeben. An Mädelsabenden bestellte ich immer eine heiße Schokolade.

Und Cupcakes. Wir mussten Cupcakes haben.

Ich trug meine heiße Schokolade und die zwei Cupcakes zum Tisch, wo die anderen auf mich warteten. Ich lächelte, beantwortete einen Chor von »Hallos« und ließ mich auf meinen Stuhl fallen, wobei die Last meines Tages mit meinem Hintern über die Stuhlkante sackte.

Allein dadurch, dass ich von meinen Freundinnen umgeben war, fühlte ich mich schon besser. Claire saß rechts von mir, Addi mir gegenüber und Sam neben ihr. Endlich konnte ich meinen Tag vergessen und auch Xander Carlson.

»Was ist dir denn über die Leber gelaufen?«, fragte Claire und ihre smaragdgrünen Augen fesselten mich an meinen Stuhl. Sie kannte mich lange genug, um meine Stimmungen lesen zu können, was ich in diesem Moment hasste. Ich wollte nicht darüber reden.

»Nichts. Ich meine, niemand. Ich hatte nur einen harten Tag.«

»Macht Melody dir wieder Ärger? Ich wünschte, du könntest sie in Schwierigkeiten bringen und müsstest dich nicht mehr mit ihr herumschlagen.«

Ich grinste. Claire kannte meine geheimsten Gedanken. »Tatsächlich hat sie gestern Ärger bekommen. Ich habe etwas korrigiert, was sie hätte bemerken sollen, und seitdem versucht sie, mir das Leben noch schwerer zu machen. Es ist gut, dass Diana weiß, wie hart ich arbeite. Sie wird nicht zulassen, dass mir etwas zustößt.«

Claire verdrehte die Augen. Melody versuchte, mir das Leben zur Hölle zu machen, seit ich vor fünf Jahren dort zu arbeiten angefangen hatte. Frisch von der Uni hatte ich keine wirklichen Fähigkeiten, aber ich hatte einen Abschluss und hatte mich im Vorstellungsgespräch gut geschlagen. Melody war schon drei Jahre vor mir da gewesen und hasste mich von Anfang an.

Diana war anfangs nicht unsere Chefin, wir arbeiteten für einen Mann namens Oscar. Oscar stand auf Melody. Ich glaube, zwischen ihnen lief etwas und er half ihr, ihre Fehler zu vertuschen. Als Oscar befördert wurde, war Melody sich sicher, dass er sie mitnehmen würde, aber das tat er nicht. Sie blieb in ihrem Job hängen, während er weiterzog. Diana war eine unserer Kolleginnen im Kundenservice gewesen, bevor Oscar aufstieg. Ich kam immer gut mit Diana aus, nicht dass wir uns nahestanden, aber wir hatten keine Probleme. Sie wusste, dass ich hart arbeitete und gut sein wollte. Melody war das Gegenteil.

»Und was hast du korrigiert?«, fragte Addi. Sie warf ihr aalglattes, milchschokoladenbraunes Haar nach hinten. Sie hatte einen dieser trendigen Stufenschnitte, knapp über die Schultern, von dem ich mir immer wünschte, ich könnte ihn tragen. Mein gewelltes rotes Haar war ähnlich geschnitten, sah aber nie so gut aus wie Addis.

Als Lehrerin war Addi immer neugierig, wie Leute Probleme lösten. Sie unterrichtete Chemie an der High School, Gott steh ihr bei, und hatte harte Schüler. Die meisten von ihnen seien gut, so Addi, aber ein paar hörten nicht gern auf sie. Sie war ständig auf der Suche nach neuen Methoden, um Probleme zu lösen. Wir tauschten oft Geschichten aus.

Es ist erstaunlich, wie ähnlich High-School-Schüler den Erwachsenen waren. Beide waren Nervensägen.

»Ein Mann hat angerufen und gesagt, sein Antrag würde nicht bezahlt werden. Ich habe nachgesehen, und das Datum auf dem Antrag war falsch. Das ist etwas, was Melody hätte bemerken sollen. Ich habe es Diana gezeigt, und sie hat die Änderung des Antrags genehmigt, während ich mit Xander gesprochen habe. Es war in etwa zehn Minuten erledigt.«

Sie tauschten einen Blick. Alle drei. Ein Blick, von dem ich wusste, dass sie etwas aufgeschnappt hatten. Was hatte ich gesagt? Ich hatte keine Ahnung. Aber irgendetwas hatte ihre Aufmerksamkeit erregt.

»Xander? Und wer ist Xander?«, mischte sich Sam ein. Ich sah das Grinsen in ihrer hochgezogenen Augenbraue und den neckenden braunen Augen, die hinter ihrer rot gerahmten Brille aufblitzten.

»Mist«, sagte ich. Wie konnte ich nur so dumm sein? Ich hatte seinen Namen gesagt. Ein verdammtes Wort, und schon hingen sie an mir wie die Kalorien der Cupcakes an meinem Arsch.

Hitze kroch meinen Hals hoch und auf meine Wangen.

Ich wollte es auf eine Hitzewallung schieben, aber das schöne Wetter des Vortages war wieder kalt geworden. Draußen waren es um die null Grad, und sie würden mir auf keinen Fall glauben, dass mir nur zu heiß war.

»Wirst du etwa rot? Was hat er zu dir gesagt?«, fragte Claire.

Ich überlegte krampfhaft, wie ich mich da wieder rauswinden konnte. Ich wusste, dass es dumm war, nach einem einzigen Anruf über ihn nachzudenken. Ja, er hatte mehr mit mir geflirtet als jeder andere Mann je zuvor. In meinem ganzen Leben. Aber das bedeutete nichts. Wir kannten uns nicht, und ich wusste, wenn wir uns jemals treffen würden, würde er schreiend in die andere Richtung rennen.

»Ach, nichts. Er hat nur gesagt, ich hätte eine nette Stimme und wünschte, er könnte mich wieder anrufen.«

Sie tauschten einen weiteren Blick aus, diesmal mit hochgezogenen Augenbrauen. Sie dachten alle dasselbe …

»Hat er dich wieder angerufen?«

Die Frage. Die eine, die ich nicht beantworten wollte, weil es bedeuten würde zuzugeben, dass wieder einmal nichts passiert war. Es schien eine Ewigkeit her zu sein, seit der Middle School, als Jungen auf meinem Radar auftauchten, dass jedes Mal, wenn ich dachte, etwas könnte möglich sein, nichts passierte. Ich war nicht die Art von Person, die Dates bekam. Jungs luden mich nicht ein. Wenn sie es taten, waren sie entweder ebenfalls dick oder verzweifelt.

Ich war nicht oberflächlich, zumindest dachte ich das nicht. Aber ich fand dicke Jungs nicht immer attraktiv. Ich schätze, das machte mich eher zur Heuchlerin als zur Oberflächlichen. Ich war sauer, dass heiße Jungs mich nicht wollten, aber fand es okay, dass ich keine dicken Jungs wollte.

Okay, ich war also oberflächlich und eine Heuchlerin.

Ich schüttelte den Kopf und nahm einen Schluck von meiner heißen Schokolade. Ich wusste, wenn ich das Wort

›nein‹ sagen würde, würden sie die Emotion in meiner Stimme hören und sich darauf stürzen. Schade nur, dass Schweigen ein ebenso großer Auslöser war.

»Du wolltest das doch, oder?«, fragte Claire sanft.

»Na schön, ja. Es hat mir gefallen, dass er mit mir geflirtet hat. Es war aufregend und bestärkend. Ich weiß, es ist dumm, aber es hat für ein paar Minuten gutgetan, dass mir jemand gesagt hat, ich sei wunderschön und dass er wieder mit mir reden wollte. Ich wäre ja schön blöd, wenn ich glauben würde, dass daraus was wird.«

»Man weiß ja nie«, fügte Addi hinzu. »Verrückte Dinge passieren ständig. Ich träume davon, jemanden zu finden, der ein anständiger Kerl ist. Einen heißen, sexy Typen, der jeden Abend zu mir nach Hause kommt. Leidenschaftlicher Sex. Jede Menge Liebe natürlich auch. Ein paar Kinder. Der weiße Lattenzaun. Vielleicht sogar ein paar Katzen.«

»Katzen werden überbewertet. Du solltest dir einen Hund zulegen«, neckte Sam. Das war eine endlose Debatte zwischen uns. Claire und Sam liebten Hunde, aber Addi und ich waren Katzenfans. Wir argumentierten, dass Hunde wie Männer seien, nun ja, wie Männer mit heißen Frauen. Sie freuten sich immer, einen zu sehen, und rammelten einem ans Bein. Katzen seien wie Frauen, sehr eigensinnig und stur wie die Hölle.

Ich fragte mich immer, ob das bedeutete, dass Addi und ich dazu neigten, für das andere Team zu spielen, aber ich hatte noch nie eine Frau attraktiv gefunden, und ich glaube, Addi auch nicht. Wir mochten einfach nur ein ruhiges Zuhause und ein Haustier, dem wir uns nicht voll und ganz widmen mussten.

Natürlich bedeutete das wahrscheinlich auch, dass wir nicht bereit für Kinder waren.

Nein, die Frage konnte ich beantworten … Ich war definitiv nicht bereit für Kinder.

Dafür brauchte man einen Partner. Oder zumindest war es bevorzugt. Ich war nicht bereit, eine alleinerziehende Mutter zu sein.

Ich lachte mit meinen Freundinnen, als sie die Vor- und Nachteile von Hunden im Vergleich zu Katzen diskutierten, und mischte mich ein, wenn es nötig war, um Addi zu unterstützen.

»Sam, hast du in letzter Zeit jemanden Interessantes fotografiert?«, fragte ich, als das Tiergespräch nachließ.

Sam verdrehte die Augen. Ihr ganzer Körper schüttelte sich, als versuchte sie, eine schlechte Erinnerung loszuwerden. »Ich hatte dieses Wochenende eine Höllenbraut. Sie war genauso schrecklich, wie ich es mir gedacht hatte, aber das ist jetzt erledigt. Ich treffe mich morgen mit ihr, um alle Fotos durchzugehen.«

»Sie ist nicht in die Flitterwochen gefahren?«, fragte Addi.

Sam schüttelte den Kopf, ihr langes, kastanienbraunes Haar fiel ihr über die Schultern, und nippte an ihrem schwarzen Kaffee. Ich weiß nicht, wie sie das hinbekam, aber sie sagte, es sei etwas, woran sie sich gewöhnt hatte. Kaffee war bei Fotoshootings normalerweise Standard, und sich die Zeit zu nehmen, ihn aufzupeppen, oder ihn von jemand anderem zubereiten zu lassen, war bei Sams Zeitplan nicht möglich. Sie gewöhnte sich daran, ihn schwarz zu trinken, weil er auf andere Weise nie richtig schmeckte.

»Angeblich warten sie auf den Sommer, wenn das Wetter etwas besser ist, und fahren dann nach Kalifornien, um die Weingüter im Napa und Sonoma Valley zu besichtigen. Ich hätte einfach bis dahin gewartet, um zu heiraten.«

»Ich auch«, sagte Claire. »Ich kann mir nicht vorstellen, nicht in die Flitterwochen zu fahren. Selbst wenn es nur ein paar Tage weg sind, weil das Geld knapp ist, würde ich darauf bestehen, dass wir auf Hochzeitsreise gehen. Weißt du, falls ich jemals heiraten sollte.«

»Stimmt«, sagte Addi. »Wegen der Schule müsste ich warten, bis die Ferien beginnen, aber ich würde in den Sommerferien heiraten. Außerdem ist der Sommer hier sowieso die schönste Zeit des Jahres.«

»Bäh«, fügte ich hinzu. »Ich hasse den Sommer. Vielleicht, weil ich so viel schwitze. Ich würde im Herbst oder Frühling heiraten wollen, wenn es draußen noch schön ist, aber nicht so heiß, dass ich zu einer Pfütze aus Glibber zerfließe.«

»Ugh, ich wünschte, ich hätte die Wahl«, erwiderte Addi. »Das ist einer der Nachteile, wenn man Lehrerin ist. Meine Freizeit ist begrenzt. Ich könnte immer in den Frühjahrsferien oder sogar in den Winterferien heiraten, aber niemand will im Winter in Winterville sein. Verdammt, der Frühling ist schon schlimm genug. Habt ihr gehört, dass es dieses Wochenende schneien könnte?«

Wir stöhnten alle gemeinsam, frustriert über das Wetter. Ein Teil von mir liebte es insgeheim, aber nach fast sechs Monaten Winter hatte sogar ich langsam die Nase voll davon. Jeder hatte das.

»Also, Mandy, hast du dir Xander auf Facebook oder Twitter angesehen? Ist er heiß?«

Ich verdrehte die Augen. Das Gespräch über Xander war eigentlich vorbei, aber verdammt, Sam hatte ihn wieder ins Spiel gebracht. Zur Hölle, ja, ich hatte ihn online gesucht. Ungefähr 3,5 Sekunden, nachdem wir aufgelegt hatten. Aber das wollte ich verdammt noch mal nicht zugeben. Nicht einmal vor meinen besten Freundinnen.

»Nein«, versuchte ich es. Ich wusste, dass sie mich durchschauen würden, aber ich musste es versuchen.

»Oh, doch, hast du. Ist er heiß?«

»Wie ist sein Nachname?«

»Carlson«, antwortete ich, ohne nachzudenken. Sam hatte ihr Handy gezückt und suchte schon, bevor ich es merkte.

»Nein!«, rief ich und hechtete nach ihrem Handy. Sie hielt es außer Reichweite, während Facebook Xanders Profil aufrief.

Gestern war ich begeistert gewesen, dass er ein öffentliches Profil hatte und ich all seine Bilder und Status-Updates durchstöbern konnte. Xander war sogar noch heißer, als ich es mir vorgestellt hatte. Er sah aus wie ein Model. Leider gab es keine Bilder von ihm ohne Hemd, aber ich konnte erkennen, dass er durchtrainiert war. Seine T-Shirts spannten sich wie eine zweite Haut über seine Muskeln, gerade genug, um meine Augen zu reizen, aber nicht viel meiner Fantasie zu überlassen. Sein Lächeln war strahlend und wunderschön, und als ich nah heranzoomte, konnte ich mir fast einbilden, es sei nur für mich.

Nicht, dass ich das getan hätte.

Oft.

Aber als ich zusah, wie meine Freundinnen sich um Sams Handy drängten und dasselbe taten, was ich gestern getan hatte, frustrierte mich das. Ich wollte ihn für mich behalten, wie einen heimlichen Schwarm. Ich konnte es nicht ertragen, dass sie ihn ansahen und die Wahrheit erkannten.

Zweifellos würden sie dasselbe sehen wie ich ... einen Mann, der weit außerhalb meiner Liga war.

»Er ist total heiß, Mandy. Und er hat mit dir geflirtet?«

Der Unglaube in Addis Stimme machte mich wütend und verletzte mich zugleich. Ich wollte glauben, dass jemand wie ich tatsächlich einen Kerl wie ihn bekommen könnte, aber Addi glaubte es nicht, also hatte ich auch keinen Grund dazu.

»Ja, ich weiß, er ist außerhalb meiner Liga. Es ist nicht so, als hätte ich irgendwelche Hoffnung gehabt, dass etwas passiert. Er hat keine Ahnung, wie ich aussehe. Ich werde wahrscheinlich nie wieder von ihm hören, also macht es keinen Unterschied.«

Claire hörte den Schmerz in meiner Stimme und versuchte, Schadensbegrenzung zu betreiben. Sam und Addi wechselten Blicke voller Schock und Unsicherheit. »Man weiß ja nie, Mandy. Vielleicht ist er nicht wie all die anderen heißen Idioten da draußen. Manche Männer sind anständig.«

»Er kennt mich nicht, Claire. Ich würde gerne glauben, dass ein Mann mich lieben könnte, aber ich bin mit meinem Leben glücklich. Ich brauche keinen Mann.«

Sie sahen mich alle an, als ob ich nur Scheiße labern würde. Ich wusste, dass es auch stimmte, aber ich wollte es nicht zugeben. Xander hatte etwas in mir geweckt, etwas, das mich glauben ließ, ich könnte mehr in meinem Leben haben als großartige Freunde und einen guten Job. Etwas mehr als ein einsames Leben, in dem niemand auf mich wartete.

All das durch einen einzigen Anruf. Ich konnte mir nur vorstellen, was er bewirken würde, wenn ich ihn jemals treffen sollte.

Und herausfinden würde, dass er kein Arschloch war.

KAPITEL 3

AM FREITAG dieser Woche hatte ich Xander Carlson schon fast vergessen. Sicher, ich hatte ihn noch ein paar Mal auf Facebook gestalkt und darüber nachgedacht, mithilfe einer Gen-Software herauszufinden, wie unsere Kinder aussehen würden, aber eigentlich war er so gut wie aus meinen Gedanken verschwunden.

Mein Wochenende versprach ziemlich langweilig zu werden, aber das war mir egal. Es wären ein paar Tage ohne Melody und ihre zickige Art. Sie war im Laufe der Woche immer schlimmer geworden und hatte versucht, mir bei allem, was ich tat, einen Fehler nachzuweisen. Ich bin mir ziemlich sicher, dass sie mehr Zeit damit verbrachte, meine Anrufe zu überprüfen, als ihre eigenen entgegenzunehmen.

Ich hatte wirklich keine Ahnung, was ihr Problem war. Sie war zu so gut wie jedem anderen nett, aber mich mochte sie nie. Ich versuchte, es einfach abzuhaken, aber es wurmte mich. Ich meine, mal ehrlich, worauf sollte sie denn eifersüchtig sein?

Melody war perfekt. Sie hatte dieses lange, wallende

blonde Haar, von dem jede Frau träumte. Sie war schlank und hatte große, pralle Brüste. Verurteilt mich nicht, sie stellte sie jeden Tag zur Schau. Sie war immer top gestylt in Business-Kostümen und trug Absätze, die mindestens acht Zentimeter hoch waren. Ihr Make-up war makellos. Sie zog die Aufmerksamkeit jedes Mannes im Raum auf sich und die der halben Frauen.

Aber sie war eine Zicke. Mit einem großen Z.

Ich versuchte, ihr einen Vertrauensvorschuss zu geben. Ehrlich. Vielleicht hatte sie eine schwere Kindheit oder war einfach unglücklich. Vielleicht war sie immer noch sauer, dass Oscar ohne sie weitergemacht hatte. Oder vielleicht war sie einfach nur ein Miststück.

Leider war ich mir ziemlich sicher, dass Letzteres zutraf.

»Mandy, ich möchte Sie gerne sprechen. Könnten Sie bitte in den Konferenzraum kommen?«, sagte Diana, als ich am Nachmittag den Hörer auflegte. Sie klang nicht verärgert, aber man konnte unmöglich wissen, was los war.

»Sicher«, sagte ich, sperrte meinen Computer und folgte ihr den Flur entlang.

Im Konferenzraum hatte sich die gesamte Gruppe versammelt. Melody kam hinter mir herein, ihre Absätze klickten auf dem Vinylboden. »Willst du da stehen bleiben und den ganzen Eingang blockieren, oder lässt du uns anderen auch noch rein?«, schnauzte sie.

Ich schüttelte den Kopf und ging ihr aus dem Weg. Sie war weder meine Zeit noch meine Energie wert, also ignorierte ich sie einfach, aber Mann, ich hätte ihr am liebsten eine geklatscht. Sie sprach es nicht direkt aus, aber ich hörte die Anspielung auf mein Gewicht in ihrem Tonfall, und das ärgerte mich.

»Bitte nehmen Sie Platz«, sagte Diana von der Stirnseite des Raumes.

Ich ließ mich auf den einzig freien Platz fallen, zwischen Melody und Pete, dem müffelnden Typen, der sein Büro in der Nähe der Toiletten hatte. Es hätte nicht schlimmer kommen können. Ich betete für ein kurzes Meeting.

»Ich weiß nicht, wie viele von Ihnen es schon gehört haben«, begann Diana, »aber ich habe beschlossen, in den Ruhestand zu gehen. Ich werde diesen und nächsten Monat noch arbeiten. Ab Juni werden Sie einen neuen Chef haben.«

Um mich herum begannen alle zu murmeln. Ich hätte nie gedacht, dass Diana gehen würde. Sie war hier quasi eine Institution. Obwohl ich noch nicht lange da war, wusste ich, dass Diana das Rückgrat des Kundenservice war. Wenn jemand anderes übernahm, würde das mit ziemlicher Sicherheit Veränderungen bedeuten. Ich fragte mich nur, wer vortreten und es tun würde.

Ich würde es liebend gerne tun, aber ich war mir nicht sicher, ob ich der Herausforderung gewachsen war. Ich war noch neu. Ich hatte noch viel zu lernen.

»Wie wird es sich anfühlen, mich als Chefin zu haben? Diana liebt mich. Und Oscar ist ihr Chef, also ist mir der Job so gut wie sicher. Weißt du was? Eigentlich wirst du mich nicht als Chefin haben, denn das Erste, was ich tun werde, ist, deinen fetten Arsch wegen Insubordination zu feuern. Oh, ich sehe es schon vor mir.«

Melody schwieg und ließ mich mir vorstellen, wie sie meine Chefin wäre. Ich schauderte. Auf keinen Fall würde das passieren. Wenn Melody meine Chefin würde, würde sie ihre Drohungen wahr machen. Sie würde einen Weg finden, mich zu feuern. Ohne Diana war ich mir nicht sicher, ob ich es noch viel länger schaffen würde.

»Viele von Ihnen sind für meine Position qualifiziert«, Dianas Stimme riss mich aus meiner Benommenheit. Ich blickte auf und sah, dass sie mich direkt anstarrte, während sie sprach. »Ich hoffe wirklich, dass Sie sich auf meine Stelle bewerben. Sie wären eine großartige Besetzung, und das Unternehmen könnte sich glücklich schätzen, Sie in einer Führungsposition zu haben.«

Ich wusste, dass sie nicht direkt mit mir sprach, aber es fühlte sich so an. Oder vielleicht tat sie es doch, versuchte aber, jedem das Gefühl zu geben, er solle sich bewerben. Vielleicht könnte ich ihre Stelle übernehmen. Ich war gut in meinem Job, warum sollte ich nicht auch gut in Dianas Job sein können?

Ein paar Minuten später verließ ich mit allen anderen das Meeting. Melody war direkt hinter mir, als ich aus der Tür ging. »Du weißt, dass sie mit mir gesprochen hat, als sie sagte, ich wäre eine großartige Besetzung. Der Job gehört so gut wie mir. Und ich kann es kaum erwarten, dich in Flammen aufgehen zu sehen. Es wird mir das größte Vergnügen sein, dich feuern zu lassen.«

»Wirklich?«, fragte ich und zog eine Augenbraue hoch. »Dein größtes Vergnügen? Dann tust du mir leid. Ich dachte wirklich, mit deinem perfekten Körper hättest du Männer gefunden, die im Bett besser sind. Aber wenn es wirklich dein größtes Vergnügen sein wird, sollte ich mich vielleicht nicht dagegen wehren. Du tust mir wirklich leid.«

Ich ließ Melody empört stotternd zurück, als ich zu meinem Büro zurückging. Ich konnte nur lachen.

Diana war in ihrem Büro, als ich vorbeikam, also hielt ich an, um ihr zu gratulieren.

»Sie müssen aufgeregt sein, Diana. Herzlichen Glückwunsch zu Ihrem Ruhestand.«

Sie wirbelte in ihrem Stuhl herum. Ihr graues Haar war zu ihrem üblichen Knoten gebunden, ihre grünen Augen leuchteten wie immer. »Ich bin aufgeregt. Zuerst war ich mir nicht so sicher, aber mein Mann und ich schmieden Pläne, diesen Sommer durchs Land zu reisen, um einige der Orte zu sehen, die wir schon immer sehen wollten. Wir werden unsere Kinder und Enkelkinder besuchen. Das wird eine schöne Abwechslung für mich sein.«

»Das freut mich zu hören«, sagte ich zu ihr, aufrichtig glücklich für Diana. »Ich hoffe nur, unser neuer Chef ist genauso wundervoll wie Sie.«

Sie neigte den Kopf zur Seite, als ob sie versuchte, etwas herauszufinden. »Sie wissen, dass ich über Sie gesprochen habe, oder? Als ich sagte, Sie wären eine großartige Besetzung. Ich weiß, Sie sind erst seit fünf Jahren hier, aber Sie haben Potenzial. Sie sind freundlich und klug und verschwenden Ihr Talent, indem Sie sich hinter dem Telefon verstecken. Ich hoffe wirklich, dass Sie sich auf meine Position bewerben. Ich würde sie liebend gerne in so fähige Hände wie Ihre übergeben.«

Fassungslos stand ich da und starrte sie mit offenem Mund an, unsicher, was ich sagen sollte. »Danke«, war alles, was herauskam. Ich war schockiert und gerührt. »Ich werde darüber nachdenken«, sagte ich zu Diana, als ich ihr Büro verließ und zu meinem zurückging.

Ich war immer noch wie in Trance, als kurze Zeit später mein Telefon klingelte. Ich nahm ab, dankbar für die Ablenkung, die mir über den Rest des Tages half.

»Western New York Health, Mandy am Apparat. Was kann ich heute für Sie tun?«

»Mandy, es ist schön, deine Stimme zu hören.«

Er war es. Verdammt! Warum rief er mich schon wieder an? Und warum richteten sich meine Brustwarzen ganz von allein auf, um Hallo zu sagen?

»Xander, wie geht es dir? Hast du deine Leistungsabrechnung bekommen?« Ich atmete schwer und versuchte, nicht zu aufgeregt darüber zu sein, dass er anrief. Schließlich handelte es sich wahrscheinlich wieder um ein Problem mit seinem Leistungsantrag.

»Du erinnerst dich an mich?«

»Äh«, stammelte ich. Mist! Ich hätte ihn sich noch einmal vorstellen lassen sollen. Ist es nicht die erste Regel, wenn man einen Mann für sich gewinnen will, schwer zu haben zu spielen? Und fiel es nicht darunter, ihn glauben zu lassen, man hätte ihn vergessen?

Ja, es gab einen Grund, warum ich keine Dates hatte.

»Ich, ähm, ich erinnere mich an dich. Deine Stimme ist sehr markant.«

»Sehr markant?« Was zum Teufel sollte das denn heißen?

»Markant. Und da hatte ich mir schon Hoffnungen gemacht, dass du vielleicht das geringste Interesse an mir hast.«

Hatte er das gerade wirklich gesagt? Zu mir? Ich dachte, ich würde einen Herzinfarkt bekommen. Und ich konnte nicht einmal die Treppe dafür verantwortlich machen. Ich arbeitete im Erdgeschoss.

»Ich weiß nichts über dich, Xander. Ich verschwende nicht allzu viel Zeit damit, über Männer nachzudenken, mit denen ich nur einmal gesprochen habe und die ich nicht kenne.«

»LÜGNERIN!«, schrie mein Verstand. Ich ließ es so klingen, als wäre ich nicht jeden Tag auf Facebook gewesen, um zu sehen, ob er unser Gespräch erwähnt oder neue Bilder von sich hinzugefügt hatte. Nein, ich hatte sein Profil nicht akribisch durchforstet, um nach Anzeichen für eine Freundin oder Ehefrau zu suchen. Und ich hatte ganz sicher nicht Tag und Nacht an ihn gedacht.

Ja, von wegen.

»Na ja, ich finde, das sollten wir ändern. Ich hatte gehofft, du würdest dich irgendwann mit mir treffen. Ich würde dich liebend gern auf eine Tasse Kaffee einladen.«

Ich lächelte. Nein, es war kein Lächeln. Es war ein Grinsen von einem Ohr zum anderen. Ich konnte nicht verhindern, dass es sich auf meinem Gesicht ausbreitete und mir das Gefühl gab, zu den Schönen und Reichen zu gehören. Er war hinreißend, einfach umwerfend. Und er fragte mich nach einem Date.

Mich!

Mandy Ryan!

Wir sollten uns eigentlich nicht mit unseren Kunden verabreden, aber das war mehr eine ungeschriebene Regel als alles andere. Es war ja nicht so, dass wir immer wussten, welche Art von Versicherung die Leute hatten, aber es war allgemein verpönt, mit jemandem auszugehen, wenn man wusste, dass er ein Kunde war.

Wenn ich die Beförderung wollte, durfte ich mich definitiv nicht an der Grenze des akzeptablen Verhaltens bei der Arbeit bewegen.

»Ich trinke eigentlich keinen Kaffee«, sagte ich. Ich hatte keine Ahnung, wie ich reagieren sollte. Ich fühlte mich, als wüsste ich ein Geheimnis, das er nicht kannte. Natürlich tat ich das. Ich wusste, wer ich war, und ich wusste, wer er war. Er dachte, meine Stimme passte zum Rest von mir. Er würde ein Supermodel erwarten und einen gestrandeten Wal bekommen.

Xander lachte leise und der Klang erfüllte mich. Ich konnte mir sein Lächeln vorstellen, das Lächeln, das meine Träume heimgesucht hatte. Ich wollte dieses Lächeln persönlich sehen. Ich sehnte mich danach, ihn zu treffen. Ich konnte es nicht erklären. Etwas an ihm fühlte sich anders an. Etwas, das mich dazu brachte, Ja sagen zu wollen.

»Du musst keinen Kaffee trinken. Wir könnten auf ein Bier ausgehen oder, verdammt noch mal, meinetwegen auch auf ein Wasser.«

Ich lachte. Er war charmant. Es wärmte mich. Nein, es

erhitzte mich. So wie das Brennen in der Hölle erhitzte es mich. Er sagte nichts besonders Charmantes, aber ich sehnte mich bereits nach ihm.

»Ich liebe den Klang deines Lachens. Gott, ich will das Lächeln auf deinem Gesicht sehen, wenn du lachst. Ich kann nur davon träumen, wie wunderschön du bist.«

Ich öffnete meinen Mund, um ihm die Wahrheit zu sagen. Um ihm zu sagen, dass ich nicht die Frau war, für die er mich hielt. Er verdiente die Wahrheit, bevor er versuchte, mit mir auszugehen.

Richtig?

»Es tut mir leid. Ich schätze, das ist ein bisschen unheimlich, oder? Was wäre, wenn wir uns erst mal ein bisschen besser kennenlernen? Ich erzähle dir alles, was du über mich wissen willst, damit du weißt, dass ich nicht zwielichtig bin. Ich habe eine jüngere Schwester und würde sie tagelang anbrüllen, wenn sie mit einem Typen wie dem, als der ich dich gerade um ein Date bitte, ausgehen würde. Ich bin 29 Jahre alt. Ich arbeite für Colton Construction als Projektmanager. Ich habe einen Bachelor in Elektrotechnik von der University at Buffalo. Meine Eltern sind seit fast 35 Jahren verheiratet und meine Schwester ist 23.«

Er holte tief Luft. Ich schloss die Augen und stellte mir vor, wie sein Atem über meine Haut strich. Ich lauschte seinem Atmen, als ob er versuchte herauszufinden, was er mir als Nächstes sagen sollte. Er redete weiter.

»In der Highschool war ich ein ziemlicher Unruhestifter. Ich war der Star-Pitcher im Baseballteam meiner Highschool und Torwart in unserem Fußballteam. Ich war auf der Orchard Park High School und meine Eltern und meine Schwester leben immer noch in OP. Ich dachte, ich könnte mit allem davonkommen, weil ich ein Sportstar war. Ich habe fast jedes Wochenende getrunken und Häuser mit

Klopapier beworfen. Meine Freunde waren genauso verrückt wie ich, also dachte ich, wir wären normal.«

Er kicherte, als er sich an seine törichten Jugendtage erinnerte. Ich war ein bisschen neidisch. Ich hatte solche Erinnerungen nicht. In der Highschool waren Claire und ich beste Freundinnen, aber sie war mit BJ zusammen. Als es zwischen ihnen schlecht lief, verbrachten sie und ich die meisten Wochenenden entweder bei mir oder bei ihr zu Hause. Sie wollte nicht ausgehen, weil BJ allen möglichen Lügen über sie erzählt hatte. Claire wollte die Highschool einfach nur überstehen, ohne sich mit jemandem auseinandersetzen zu müssen. Ehrlich gesagt war das auch alles, was ich je gewollt hatte.

»Im College habe ich die Kurve gekriegt. In den ersten beiden Jahren war ich genauso verrückt, aber irgendwann habe ich kapiert, dass ich mir damit keinen Gefallen tat. In meinem Junior-Jahr bekam ich einen Mitbewohner, der sich auf sein Studium konzentrierte. Wir waren zusammen im Kurs, er hat total abgeräumt und ich stand kurz vor dem Rauswurf. Ich wusste, wenn ich jetzt nicht meinen Arsch hochkriegen würde, würde ich meinen Abschluss nicht schaffen.«

Das Telefon klang gedämpft und ich fragte mich, ob er mit jemand anderem sprach. Nach einer Sekunde hörte ich ihn niesen und dann war er wieder am Telefon.

»Entschuldige bitte«, sagte er und klang verlegen.

»Gesundheit«, sagte ich ihm mit einem Lächeln. Aus irgendeinem Grund ließ es ihn menschlicher erscheinen, ihn niesen zu hören. Fast so, als hätte ich vergessen, dass auch heiße Typen niesen.

»Danke. Wie auch immer, mein Mitbewohner hat mir im ersten Semester unseres Junior-Jahres Nachhilfe gegeben und meine Noten aus dem Keller geholt. Danach wurde es zu einem Spiel zwischen Drew und mir, wer die bessere Note bekam. Meistens hat er mich geschlagen, aber ich habe ihm ordentlich Konkurrenz gemacht. Wir sind heute noch gute Freunde.«

Ich hörte leise zu. Während er sprach, klickte ich mich erneut durch sein Facebook-Profil und schaute ihn an, während er redete. Ich war überrascht, dass sich jemand, der so umwerfend aussah wie er, für so etwas wie Noten interessieren konnte. Normalerweise war das Leuten vorbehalten, die sich nicht auf ihr Aussehen verlassen konnten. Leuten wie mir.

»Also, jetzt habe ich mein eigenes Haus, meinen eigenen Jeep und ich arbeite hart. Ich liebe meinen Job. Ich arbeite mit Drew, meinem Mitbewohner מה-College, zusammen und wir träumen davon, eines Tages unsere eigene Firma für Hausrestaurierung zu eröffnen. Wir arbeiten für die Baufirma, weil das eine ziemlich sichere Sache ist, aber wir würden viel lieber alte Häuser wieder zum Leben erwecken, anstatt von Grund auf neu anzufangen. Ich schätze, das klingt nicht besonders interessant, aber Drew und ich arbeiten gut zusammen und würden gerne unser eigenes Ding machen.«

»Das kann ich total nachvollziehen. Ich meine, das wäre nichts für mich. Ich mag meinen Job eigentlich wirklich, aber ich kann verstehen, dass man dem, was man tut, seinen eigenen Stempel aufdrücken will.«

»Genau das ist es. Exakt. Ich weiß, dass ich gute Arbeit leiste, wo ich bin, aber ich könnte so viel mehr tun, wenn ich nicht einen Teil meines Lohns an die Firma abgeben müsste. Außerdem arbeite ich lieber etwas mehr mit dem Kunden zusammen. So wie es jetzt ist, gehen wir in ein Haus, während es im Bau ist, und verkabeln es, haben aber nie etwas mit dem Hausbesitzer zu tun. Ich weiß, wir müssen die Vorschriften einhalten, und das tun wir auch, aber es wäre cool, sich mit dem Hausbesitzer zusammenzusetzen und die Dinge zu planen oder zu jemandem zu gehen und zu helfen, wenn er ein Problem hat. Ich habe das Gefühl, dass ich meine Ausbildung überhaupt nicht nutze, und das wurmt mich. Ich habe hart dafür gearbeitet und löse gerne Probleme.«

Ich bemerkte, dass ich lächelte. Er klang wundervoll. Jedes Mal, wenn er etwas Neues sagte, wollte ich ihn treffen und persönlich mit ihm sprechen. Ich wollte ihm alles über mich erzählen und alles andere erfahren, was es über ihn zu wissen gab.

Als er fragte: »Jetzt, da du mehr über mich weißt, glaubst du, du wirst mit mir ausgehen?«, blieb mir keine andere Wahl, als zu sagen: »Ja.«

»Wirklich? Ausgezeichnet«, sagte er. Ich konnte sein Lächeln hören und es zauberte mir ebenfalls eines auf die Lippen. Ich hatte gerade einem Date mit einem wirklich süßen Kerl zugestimmt und er freute sich darüber. »Wie wäre es dieses Wochenende?«

Panik! Auf keinen Fall konnte ich ihn am Wochenende treffen. Das Wochenende begann in etwa zwanzig Minuten. Ich wäre nicht bereit, einen heißen Kerl in weniger als 24 Stunden zu treffen. Wenn überhaupt.

»Dieses Wochenende passt mir nicht«, log ich. »Hast du am Dienstagabend Zeit?«

Er hielt inne und ich befürchtete, ich hätte es vermasselt. Vielleicht sollte ich doch am Wochenende mit ihm ausgehen. Aber dann hätte ich keine Rückendeckung. Alle meine Freundinnen waren beschäftigt, arbeiteten entweder oder hatten etwas anderes vor. Ich brauchte zumindest eine von ihnen, die mitkommen konnte oder mir beistand, wenn alles den Bach runterging.

»Dienstag passt bei mir. Ich habe für gewöhnlich gegen vier Uhr Feierabend. Ich nehme an, du arbeitest bis fünf, also wie wäre es, wenn wir uns um sechs treffen? Wohin möchtest du gehen? Da du ja keinen Kaffee magst«, neckte er mich.

Ich lächelte wieder. Das fing besser an, als ich erwartet hatte. Er brachte mich so sehr zum Lächeln, dass mir schon die Wangen wehtaten. »Wie wäre es mit dem Cooler Coffee?«

»Warte mal?« lachte er. »Du hast gesagt, du magst keinen Kaffee und jetzt willst du in ein Café gehen? Was soll das denn?«

Ich lachte erneut. Dass er mich aufzog, war ein gutes Zeichen. Er fühlte sich schon wohl genug mit mir, um herumzualbern. Ja, das könnte ich schaffen. Ich könnte Spaß mit einem Mann haben.

Einem heißen Mann.

Der keine Ahnung hatte, wie ich aussah.

Bevor ich meinen Mut verlor, sagte ich: »Ich mag heiße Schokolade. Wenn du woanders hingehen möchtest, können wir …«

Er lachte über mich, die Vibration kitzelte mein Ohr, als würde sein Atem mich tatsächlich anwehen. »Cooler Coffee klingt großartig. Wir sehen uns am Dienstag um sechs.«

»Ja, Dienstag um sechs. Tschüss Xander.«

»Tschüss Mandy.«

Lächelnd legte ich auf. Ich konnte nicht aufhören. Er hatte nicht nur meine Bedenken zerstreut, mit einem völlig Fremden auszugehen, sondern mich auch zum Lachen gebracht. Ich freute mich wirklich darauf, ihn zu treffen.

Bis ich mich umdrehte.

Melody stand direkt hinter mir, betrachtete ihre Nägel und starrte auf meinen Computer.

Auf dem immer noch Xanders Profil auf Facebook geöffnet war.

»Ist das der Typ, mit dem du gerade telefoniert hast? Der, mit dem du dich am Dienstag triffst?«

Ich beeilte mich, den Tab zu schließen, bevor sie noch etwas sehen konnte. Wie seinen Namen.

»Weiß er, wie du aussiehst? Weiß er, worauf er sich einlässt?«

»Was geht dich das an?«, fauchte ich sie an.

Ein boshaftes Lächeln huschte über ihre Lippen. Sie sah aus wie eine böse Barbie. »Du hast ihm also nicht gesagt, dass du fett bist. Glaubst du wirklich, ein Kerl, der aussieht wie *er*, wird mit jemandem wie dir zusammen sein wollen? Ich meine, im Ernst?«

»Lass mich in Ruhe, Melody«, sagte ich scharf. Ich wandte mich von ihr ab, konzentrierte mich wieder auf meinen Computer und erledigte die letzten Reste an Papierkram, die ich noch zu tun hatte, bevor ich nach Hause gehen konnte. Nach ein paar Augenblicken hörte ich das Klackern ihrer Absätze, als sie zu ihrer Kabine zurückging. Jeder Schritt fühlte sich wie ein Schuss durch mein Herz an.

Zu fett.

Zu fett.

Zu fett.

Was dachte ich mir nur? Natürlich hatte Melody recht. Nicht, dass ich das ausgerechnet von ihr hören wollte. Sogar Addi fand, er sei nicht meine Liga, als sie sein Bild sah. Sie sagte es nicht direkt, aber es war aufgrund ihres Tonfalls ziemlich offensichtlich.

Ich konnte versuchen, mir einzureden, dass Xander Carlson anders war, aber in Wahrheit hatte ich keine Ahnung. Die Chancen standen gut, dass er ein Arschloch war. Ein gewaltiges. Ich wollte das Date absagen.

Verdammt, fragte ich mich, warum hatte ich dem zugestimmt?

Die ganze Woche hatte ich mir eingeredet, dass ich ihn nicht brauchte, aber sobald ich seine Stimme hörte, war ich bereit, alles zu tun, was er sagte. Ich war schwach. Es war schon eine Weile her, dass ein Mann mir auch nur ein bisschen Aufmerksamkeit geschenkt hatte, und das hatte mich in seinen Bann gezogen. Gott, ich war so dumm.

Aber ohne seine Nummer hatte ich keine Möglichkeit, ihm abzusagen. Wenn ich gar nicht auftauchte, wäre ich das Arschloch. Wenn ich auftauchte, wusste ich, dass ich verletzt werden würde. Aber es war zu spät.

Mein erstes Date with Xander Carlson stand fest.

KAPITEL 4

DAS GANZE WOCHENENDE über war ich paranoid. Was, wenn er mich nicht mochte? Was, wenn er einfach ging, sobald er mich sah? Was, wenn Melody recht hatte? Bis Dienstag hatte ich mich wegen unseres Dates so verrückt gemacht, dass mich nichts mehr aufheitern konnte.

Ich hatte insgeheim gehofft, Xander würde am Montag oder Dienstag anrufen, um mir mitzuteilen, dass er unser Date absagen müsse, aber das tat er nie. Als der Dienstagnachmittag näher rückte, geriet ich in Panik. Ernsthaft. Ich war kurz davor, den Verstand zu verlieren.

Punkt fünf Uhr war ich aus der Tür. Normalerweise sorgte ich dafür, dass für den nächsten Tag alles vorbereitet war, aber heute wollte ich mir die Zeit nicht nehmen. Ich musste früh im Cooler Coffee sein, um mit meinen Mädels zu reden. Ich wusste, ich würde mein Date nicht durchstehen, wenn ich nicht ihre Unterstützung hatte.

Ein paar Minuten später stürmte ich durch die Tür. Addi saß bereits allein an einem Tisch und blickte auf ihr Smartphone. Ich bestellte meine heiße Schokolade und meine Cupcakes und gesellte mich dann zu ihr.

»Du bist ja früh da«, sagte Addi mit einem Lächeln. »Normalerweise bin ich für ein paar Minuten allein. Du siehst heute wirklich gut aus.«

Die ganze Wucht meines Dates überkam mich und ich fing fast an zu weinen. Ich konnte immer noch nicht glauben, dass ich mich mit ihm treffen würde. Oder überhaupt mit ihm ausgehen. Alles schien wie ein Traum, und ich war mir sicher, ein schlechter. Sogar meine Kleidung deutete darauf hin, dass etwas im Gange war.

Ich hatte das ganze Wochenende mit niemandem gesprochen. Addi trainierte Tennis und Lacrosse für die Schule und war nebenbei als Lehrerin tätig. Einer der Vereine, in denen sie unterrichtete, hatte am Wochenende eröffnet und sie arbeitete von Sonnenaufgang bis Sonnenuntergang, um neue Schüler anzumelden.

Auch Sam und Claire arbeiteten das ganze Wochenende. Es fühlte sich seltsam an, so ein riesiges Ereignis vor mir zu haben, zumindest für mich, und keine meiner Freundinnen hatte eine Ahnung.

»Ich treffe mich mit Xander. Er hat mich am Freitag angerufen und nach einem Date gefragt. Wir treffen uns heute Abend hier.«

»Fassungslos« beschrieb den Ausdruck auf Addis Gesicht nicht einmal annähernd. Sie war völlig von den Socken, als wäre die Vorstellung, dass ich mit einem heißen Typen ausging, nicht nur unglaublich, sondern auch ein riesiger Fehler.

Ihr Gesicht spiegelte genau mein Inneres der letzten vier Tage wider. Es war so schlimm, dass ich anderthalb Kilo abgenommen hatte, weil ich wegen der ganzen Sache so nervös war.

Ich wedelte mit der Hand vor Addis Gesicht und versuchte, ihre Aufmerksamkeit wiederzuerlangen. Sie blinzelte schnell und konzentrierte sich dann auf mich. »Wow.

Entschuldigung, ich habe mir gerade nur vorgestellt, wie es wäre, ein Date mit jemandem zu haben, der so aussieht wie er. Bist du nervös? Ich wäre ein Wrack.«

Ich nickte. Nervös, zu Tode verängstigt, kurz davor, mich zu übergeben. Alles traf zu.

»Worüber nervös?«, fragte Sam, als sie sich neben Addi setzte. Ich hatte gar nicht bemerkt, wie sie hereingekommen war. Sams sattes, braunes Haar wippte, als sie sich auf den Stuhl fallen ließ. Ich sah wie gebannt zu, wie sich ihr Haar wieder zurechtlegte.

»Mandy trifft sich hier mit Xander. Heute Abend«, erklärte Addi und betonte »heute Abend«.

Sam drehte sich zu mir um, ein Lächeln umspielte ihre Lippen und ihre Augen funkelten spitzbübisch. »Wirklich?«, dehnte sie das Wort. »Ist das nicht interessant? Warum trifft er sich hier mit dir?«

Ich stieß frustriert die Luft aus. »Du weißt genau warum, Sam. Er wollte sich am Wochenende treffen, aber das konnte ich nicht, weil ich wusste, dass ich niemanden von euch anrufen könnte, wenn die Sache schiefgeht. Ich habe vorgeschlagen, uns hier zu treffen, damit ich über ihn als oberflächliches Arschloch herziehen kann, wenn er beschließt, dass ich zu fett bin, um mit jemandem zusammen zu sein, der so heiß ist wie er.«

»Ich glaube nicht, dass du ihm da genug zutraust, Mandy«, erwiderte Sam. »Hat er dich jemals gefragt, wie du aussiehst? Hat er dir irgendeinen Hinweis darauf gegeben, dass er nicht mit dir ausgehen würde, wenn du nicht dünn und heiß wärst? Wenn ja, dann hast du es uns jedenfalls nicht erzählt.«

Ich schüttelte den Kopf und wollte widersprechen. »Er hat mir immer wieder gesagt, wie schön meine Stimme ist und dass er es kaum erwarten kann, mich persönlich zu sehen, um mein Gesicht zu meiner Stimme zuzuordnen.«

»Wer will dein Gesicht zu deiner Stimme zuordnen?«, fragte Claire, als sie den Platz neben mir einnahm. »Und warum bist du vor mir hier?«, neckte sie mich.

»Mandy hat ein Date mit dem heißen Typen, von dem sie uns letzte Woche erzählt hat, aber sie glaubt, er wird ein Arschloch sein, also trifft sie sich heute Abend hier mit ihm, damit sie nicht allein ist, wenn er ihr sagt, dass sie zu fett für ihn ist. Stimmt das so ungefähr?«, erklärte Addi Claire.

Ich streckte ihr die Zunge raus. Sie hatte meine Gefühle perfekt auf den Punkt gebracht, aber sie musste es nicht so negativ formulieren. »Addi, du warst diejenige, die es so aussehen ließ, als ob er weit außerhalb meiner Liga wäre. Ich stimme dir zu. Er ist eine Nummer zu groß für mich. Ich war fassungslos, als er am Freitag anrief. Er fing an, mir all diese Dinge über sich zu erzählen, wie seine Vergangenheit und seine Zukunftsträume. Er hat eine Schwester und sagte, er wäre stinksauer, wenn sie zustimmen würde, jemanden zu daten, der sie so um ein Date gebeten hatte wie er mich. Er hat mir all das erzählt, damit ich keine Angst hätte, ihn zu treffen.«

Meine Freundinnen warfen sich besorgte Blicke zu. »Du magst ihn, nicht wahr?«, fragte Sam.

Ich schaute auf meine Hände und zupfte an dem rosa Nagellack herum, den ich am Wochenende sorgfältig aufgetragen und dann mit meiner Nervosität ruiniert hatte. »Er scheint ein netter Kerl zu sein«, sagte ich unverbindlich.

Sie beobachteten mich, als ob sie auf etwas warteten. Sie konnten erkennen, dass ich log, dass sich die Balken bogen, und warteten darauf, dass ich mich selbst verriet, aber ich würde nicht darauf hereinfallen. Ich würde sie einfach dasitzen lassen.

Und nur für den Fall der Fälle stopfte ich mir einen riesigen Bissen meines Cupcakes in den Mund.

»Du siehst gut aus«, sagte Claire. »Ich habe dich in dem Kleid schon immer geliebt.«

Ich lächelte. Sie köderte mich, aber es funktionierte. Claire wusste, dass ich mein Lieblingskleid trug. Das sanfte Rot passte zu den dunkleren Tönen meines Haares und betonte meine helle Haut. Es hatte einen gerafften Ausschnitt, der tief genug saß, um sexy zu sein, aber nicht so tief, dass es billig wirkte. Die Kappenärmel erlaubten es mir, einen BH zu tragen, was für eine gut bestückte Frau sehr wichtig ist. Ich hatte es mit schwarzen, kniehohen Stiefeln kombiniert, die gerade so den Saum des Kleides berührten.

Ich sah heiß aus.

Na ja, so heiß, wie ich eben aussehen konnte.

Auch meine Haare spielten mit, meine weichen Locken fielen genau richtig um meine Schultern. Ich trug schlichten Schmuck und ein leichtes Make-up, aber alles war anders. Es war nicht die Art, wie ich mich normalerweise kleidete. Und das wussten sie.

Ich sah aus, als würde ich mich zu sehr bemühen.

»Er ist ein Dummkopf, wenn er dich nicht mag«, sagte Addi plötzlich. »Du'bist wunderschön und ein toller Mensch. Er mag deine Persönlichkeit bereits, oder das, was er von dir kennt. Wenn er dich versetzt, gehen wir alle auf seine Facebook-Seite und erzählen jedem, was für ein Arschloch er ist.«

Bei dem Gedanken, dass meine Freundinnen sich so für mich einsetzen würden, stiegen mir Tränen in die Augen. Es schien so eine Kleinigkeit zu sein, aber für mich war es riesig. Zu wissen, dass sie so sehr an mich glaubten und dachten, ich hätte jemanden wie ihn verdient.

Ich wollte es auch glauben.

»Lasst uns über etwas anderes reden«, schlug ich vor, in der Hoffnung, sie würden den Wink verstehen, dass ich eine Weile nicht an Xander denken wollte. Ich warf einen Blick auf mein Handy und sah, dass er in nur zwanzig Minuten da sein würde. Ich musste mich entspannen, bevor er auftauchte, sonst würde ich mein Kleid noch durchschwitzen.

Zum Glück verstanden sie meinen Wink und fingen an, über das schönere Wetter zu reden. »Addi, wirst du diese Woche den Unterricht draußen abhalten? Es soll wunderschön werden. Ich habe es immer geliebt, wenn meine Lehrer uns für den Unterricht nach draußen gehen ließen.«

Addi lachte leise über Sams Idee. »Ich liebe es auch, aber mit meiner Klasse ist es schwierig. Wenn ich English oder sogar Geschichte unterrichten würde, ginge das, weil man dann für den Unterricht rausgehen und lesen oder einer Geschichte oder sogar einem Vortrag zuhören könnte. Ich benutze die Tafel so oft, ganz zu schweigen von den Experimenten, dass ich nicht wüsste, wie ich draußen unterrichten sollte. Ich muss meinen Schülern zeigen können, woran ich arbeite. Wenn sie es nicht sehen können, werden sie es nie kapieren.«

»Ist es seltsam, ohne Bücher zu unterrichten?«

Addi hatte zu Beginn des Jahres erwähnt, dass ihre Schule auf Elektronik umgestiegen war und den Schülern keine Bücher mehr aushändigte. Das sparte zwar etwas Steuergelder, weil sie keine Bücher kauften, aber Addi machte sich Sorgen, dass es für die Schüler schwieriger werden würde.

Sie zuckte mit den Schultern. »Ich dachte, es würde total seltsam sein, aber ich glaube, ich habe mich daran gewöhnt. Die Eltern hassen es aber, weil sie alles online nachschlagen müssen, um herauszufinden, wie sie den Kindern helfen können. Ein paar meiner Kinder haben ihre Hausaufgaben nie gemacht, weil sie zu Hause kein Internet haben und nichts online nachschlagen können.«

»Im Ernst?«, fragte Sam. »Ich kann es mir nicht vorstellen, nicht ständig Internet zu haben. Verdammt, wir haben das Internet in unseren Händen und diese Kinder haben es nicht zu Hause. Sind ihre Eltern dagegen oder können sie es sich nicht leisten?«

»Sie können'es sich nicht leisten. Einige Bundesstaaten bieten günstiges oder kostenloses Internet für Schüler an, die ein ermäßigtes Mittagessen bekommen. Ich glaube, New York zieht es in Erwägung. Das müssen sie auch, wenn wir keine Bücher mehr ausgeben. Ich finde, das ist toll für die Kinder, aber die Schule hätte eine Art Online-Ressource einrichten sollen, wenn sie schon die Bücher wegnehmen. Am Ende stelle ich Vorträge aus einer Vielzahl von Seiten zusammen und versuche, die Web-Adressen jeden Tag mit nach Hause zu schicken, aber es wird anstrengend.«

Ich hörte ihnen zu, wie sie über Schulen redeten und dann informierte uns Sam über ihr Treffen mit ihrer Braut aus der Hölle. Claire hatte ein paar neue Geschichten über die verrückten Dinge zu erzählen, die Leute versuchen, mit an Bord eines Flugzeugs zu nehmen. Die ganze Zeit, während sie redeten, beobachtete ich die Tür. Ich wusste, ich würde Xander erkennen, wenn er hereinkam. Ich hatte mir seine Facebook-Bilder oft genug angesehen.

Ich lauschte gerade einer von Claires Geschichten, als er ankam. Zuerst würdigte ich ihn keines Blickes, denn der Mann, der hereinkam, war so umwerfend, dass es fast wehtat, ihn anzusehen. Dann wurde mir klar, dass es Xander war.

Er überflog schnell den Raum, seine Augen huschten direkt über unseren Tisch hinweg. Mein Herz sackte mir in die Hose, als ich merkte, dass er mich nicht eines Blickes gewürdigt hatte. Er sah einen Haufen dicker Mädchen und schaute über uns hinweg, um jemanden Besseres zu finden.

Ich sah zu, wie er zum Tresen ging. Er lehnte sich dagegen, seine Jeans drohte, von seinen schmalen Hüften zu rutschen. Sein Gesicht erhellte sich zu einem sofortigen Lächeln, als der Barista ihn ansprach.

Er war ein Flirt.

Großartig.

Sein dunkles Haar war kurz geschnitten, kürzer als auf seinen Bildern, aber es stand ihm. Sein kantiger Kiefer war von einem leichten Bart gesäumt, als ob er sich nicht entscheiden konnte, ob er ihn wachsen lassen wollte oder nicht. Zu seiner Jeans trug er ein langärmliges T-Shirt in einem verwaschenen Grün, das seine haselnussbraunen Augen grün aussehen ließ. Ich stopfte mir den Rest meines zweiten Cupcakes in den Mund, um nicht anzufangen zu sabbern. Er war von mir abgewandt, sodass ich sein Profil sah, das Grübchen in seiner linken Wange, die Wölbung seiner Brustmuskeln, die sich gegen sein Shirt spannten, die sanften Konturen seines Bauches und die Masse seiner Arme.

Fuck, er konnte ein Mädchen allein durch seinen Anblick zum Kommen bringen.

Ich wollte nicht denken, dass er heiß war. Schon gar nicht so heiß. Ich hatte gehofft, die Bilder wären alt und er wäre ein wenig weicher geworden, vielleicht etwas weniger umwerfend. Nicht einmal annähernd.

Er fragte den Barista, ob jemand nach ihm gefragt hätte. Sie schüttelte traurig den Kopf, als ob sie selbst ein Auge auf ihn geworfen hätte. Wie könnte sie auch nicht? Er dankte ihr für seinen Kaffee und ging zum Tisch in der vorderen Ecke, direkt neben der Tür. Seine Jeans spannte sich über seinen perfekten Arsch, als er ging, und pummeine Finger zuckten bei dem Wunsch, diese Muskeln in meinen Händen zu spüren.

Als er sich setzte, blickte er sich erneut um, dann zog er sein Handy heraus, wahrscheinlich um seinem Freund Drew eine SMS zu schreiben.

Mist, ich hasste es, dass ich wusste, was für ein perfekter Kerl er war.

Als Xander an seinem Tisch saß, bemerkte ich endlich, dass an meinem Tisch Stille herrschte. Meine Freundinnen hatten aufgehört zu reden und starrten stattdessen mich an. »Was?«, fuhr ich sie an.

»Wirst du hingehen und mit ihm reden?«, fragte Addi mit einem Grinsen.

»Geh du doch mit ihm reden«, fuhr ich sie wieder an. »Du'bist die Dünne.«

Sie prustete lachend los und zog eine Augenbraue hoch. »Dünn ist in diesem Kreis ein relativer Begriff. Komm schon, Mandy, du hast diesem Date zugestimmt. Geh rüber und triff den heißen Feger. Wenn er mein Date wäre, würde ich schon auf seinem Schoß sitzen.«

Ich sah sie an, als wüsste ich, dass sie Bullshit redete. »Er könnte mich nicht halten.«

»So wie du gestarrt hast, weiß ich, dass du diese Muskeln gesehen hast. Er könnte wahrscheinlich uns alle halten. Zum Glück für dich teile ich weder meine Männer noch stehle ich sie meinen Freundinnen. Außerdem ist er hier, um dich zu treffen.«

»Nein, das ist er nicht«, sagte ich enttäuscht. »Er ist hier, um die heiße Version von mir zu treffen. Die Version, die ungefähr halb so groß ist wie ich.«

»Mandy, er ist hier, um dich zu treffen. Jetzt geh und gib dem heißen Mann eine Chance zu beweisen, dass er nicht das Arschloch ist, für das du ihn hältst«, wies Sam mich zurecht.

Ich stieß verärgert die Luft aus und stand auf, um auf ihn zuzugehen.

Irgendwie wusste ich, dass mein Leben nie wieder dasselbe sein würde.

KAPITEL 5

XANDER SAH NICHT, wie ich auf ihn zukam. Er blickte nicht von seinem Handy auf. Ich stand an seinem Tisch und versuchte herauszufinden, was ich sagen sollte, und er wusste immer noch nicht, dass ich da war.

Dumme Nuss, die ich war, hatte ich meine heiße Schokolade, die inzwischen kalt war, an meinem Tisch stehen lassen. Zusammen mit meiner Handtasche und meinem Verstand.

Schließlich räusperte ich mich und sagte: »Xander?«

Er blickte langsam auf und musterte mich, während sein Blick zu meinem wanderte. Es war wie eine langsame, träge Liebkosung. Eine, die meinen ganzen Körper zum Leuchten brachte. Seine Augen lächelten mich an und seine Lippen verzogen sich, als ob er überlegte, was er mit ihnen anfangen sollte. »Ja? Bist du Mandy?«

Er richtete sich auf seinem Stuhl auf, als ich nickte. Er deutete auf den Stuhl ihm gegenüber und ich setzte mich, wobei ich mit den Händen über mein Kleid strich und versuchte, meine Nervosität zu unterdrücken. Er beobachtete mich, verfolgte jede meiner Bewegungen und machte mich noch unruhiger.

»Schön, der schönen Stimme ein Gesicht geben zu können. Danke, dass du dich mit mir triffst.«

Die Förmlichkeit in seinem Tonfall brachte mich aus dem Konzept. Schon nach wenigen Sekunden wimmelte er mich ab.

»Verzeihung, kann ich dir eine heiße Schokolade holen?« Er war schon halb aufgestanden, bevor ich den Kopf schüttelte. Was hatte es zu bedeuten, dass er sich daran erinnerte, dass ich heiße Schokolade mochte, aber keinen Kaffee? War das ein gutes Zeichen?

»Ich hatte schon eine. Danke.«

Er ließ sich wieder auf seinen Stuhl sinken, seine Jeans spannte sich über seinen Oberschenkeln und zog meine Blicke auf sich. Mein Blick wanderte zwischen seinen Beinen zu der kleinen Beule am Ansatz seiner Jeans. Nicht hart, nur riesig.

Ich sah wieder in sein Gesicht, als er sich setzte, und sah, dass er mich anstarrte. »Ich habe nicht gesehen, wie du hereingekommen bist. Ich habe versucht, nach dir Ausschau zu halten.«

Er klang freundlich, aber irgendetwas in seiner Stimme brachte mich aus dem Konzept. Es war keine Verärgerung oder Wut, es war Enttäuschung. Natürlich.

»Tatsächlich war ich schon früher hier. Meine Freundinnen und ich treffen uns jeden Dienstag hier, also war ich schon da, als du angekommen bist.«

Gott, ich klang so förmlich. Nicht wie ich selbst. Ich hasste es, dass er mich so nervös machte. Ich wollte, dass es mir egal war, ihn abzutun, so wie ich wusste, dass er mich abtat, aber innerlich machte ich mir Vorwürfe, überhaupt hier zu sein.

Ich hätte es besser wissen müssen.

Seine Augen wanderten hinter mich dorthin, wo Addi, Claire und Sam saßen und uns sicher anstarrten. Er nickte einmal kurz in ihre Richtung, und ich hörte ihr leises Kichern. Sie hatten eine Schwäche für heiße Typen.

Dann richtete er seine Augen auf mich.

Ja, ich hatte auch eine Schwäche für heiße Typen.

Ich war aufgeschmissen.

»Du hast mir immer noch nicht getraut, oder? Hattest du Angst, ich wäre irgendein Psycho?«, neckte er mich. Seine Lippenwinkel zuckten nach oben, als er seine Tasse an sie hob. Ich beobachtete, wie seine Lippen sich um den Rand der Tasse schlossen, und wünschte, ich könnte diese Tasse sein.

Ich bemühte mich, eine plausible Ausrede dafür zu finden, dass ich mit meinen Freundinnen hier war, etwas, das Sinn ergab. Etwas Besseres als die Wahrheit. Ich konnte ihm nicht gestehen, dass ich erwartet hatte, er wäre oberflächlich und wegen meines Aussehens nicht an mir interessiert. Das Einzige, was demütigender wäre, als dass er mich nicht wollte, weil ich dick war, wäre, wenn er es mir ins Gesicht sagen würde.

»Ich bin nur vorsichtig. Wenn du dich als Arschloch herausgestellt hättest, wollte ich meine Freundinnen hier haben, damit ich nicht allein damit fertigwerden muss.«

Er legte den Kopf schief, ein fragender Ausdruck in seinen Augen. »Wirklich? Warum hast du gedacht, ich wäre ein Arschloch? Habe ich etwas Falsches gesagt? Es tut mir leid, wenn ich zu forsch war.«

»Nein, das war es nicht, es ist nur … ich habe meistens kein so großes Glück mit Männern. Ich bin eher vorsichtig, wenn ich jemanden völlig Unbekannten treffe. Hätte ich irgendetwas über dich gewusst, hätte ich nicht zweimal überlegt, dich allein zu treffen.«

Er nickte zustimmend, aber irgendetwas in seinen Augen hielt mich davon ab, ihm zu glauben, dass er es verstand.

»Das verstehe ich, aber deshalb habe ich dir doch meinen Hintergrund erzählt. Damit du mir vertraust. Ich dachte, du wolltest hier sein, aber es klingt, als ob du das Gefühl hast, ich hätte dich dazu gezwungen.«

Ich konnte nicht glauben, dass er das tat. Er verdrehte alles, was ich sagte, um es so aussehen zu lassen, als wäre ich diejenige, die keine Lust auf das Date hatte. Als wäre ich diejenige, die ihm einen Korb gab. Das beruhigte sein Gewissen, sodass er mit dem Glauben weggehen konnte, ich hätte es getan.

»Ich habe von mir aus zugestimmt. Ich weiß die Hintergrundinformationen zu schätzen, aber du musst zugeben, sie verraten mir immer noch nicht viel darüber, wer du wirklich bist. Ich weiß, wo du arbeitest, dass du eine Schwester hast und wo du aufgewachsen bist, aber ich kenne dich nicht wirklich.«

Sein Blick fühlte sich an wie Eis, das über meine Haut lief. Es verursachte Gänsehaut auf meiner nackten Haut und ließ meine Brustwarzen hart werden. Er sah raubtierhaft aus, als ob er sich darauf vorbereitete, seinen Anspruch auf mich geltend zu machen. Als ob er gleichzeitig stinksauer und besitzergreifend wäre.

I'ch war noch nie von einem Mann so angeschaut worden.

Und es gefiel mir.

»Was willst du wissen? Ich erzähle dir alles.«

Ich beäugte ihn misstrauisch. Was Menschen sagen und was sie tun, können zwei sehr unterschiedliche Dinge sein. Ich kannte ihn immer noch nicht und hatte keine Ahnung, ob er tatsächlich irgendwelche Fragen beantworten würde, aber ich dachte mir, ich versuche es einfach mal.

»Wie lange dauerte deine letzte Beziehung?«

»Sechs Monate«, sagte er ohne zu zögern. Wenn er überrascht war, dass ich damit anfing, ließ er es sich nicht anmerken.

»Wann ist sie zu Ende gegangen?«

»Vor vier Monaten. Und bevor du fragst, ich habe Schluss gemacht, weil ich gemerkt habe, dass sie nicht die Richtige für mich war. Sie hat mich nicht mehr zum Lachen gebracht.«

»Was ist das Wichtigste in einer Beziehung?«

»Kompatibilität«, antwortete er und sah mir direkt in die Augen. Ich versuchte, etwas darin zu erkennen, um zu sehen, ob er dachte, dass wir auch nur im Entferntesten kompatibel wären, aber ich hatte keine Ahnung.

»Was bedeutet Kompatibilität für dich?«

»Nun, sie muss jemand sein, mit dem ich mich unterhalten kann. Jemand, mit dem ich reden und auskommen kann. Ich mag eine Frau, die sich ihrer selbst sicher ist und weiß, wer sie ist, und nicht immer einen Mann, einen Job oder ihre Freunde braucht, um sich zu definieren. Ich möchte jemanden, der einige der gleichen Dinge mag wie ich, aber offen für neue Aktivitäten ist.«

»Was ist mit Sex?«

Er hielt inne, seine Kaffeetasse wenige Zentimeter über dem Tisch. Er setzte sie vorsichtig ab und sah mir in die Augen, sein schlammgrün zog mich in seinen Bann und ließ mich vergessen, wo wir waren und dass wir uns gerade erst kennengelernt hatten. »Was ist mit Sex, Mandy?«

Mein Name auf seinen Lippen war wie der Himmel. Ich wollte ihn wieder hören, ein sanftes und perfektes Wort, das ein leidenschaftlicher Laut oder ein abweisender hätte sein können, aber alles, was ich hörte, war Leidenschaft.

Spielte er mit mir?

»Ist Sex wichtig, um die Kompatibilität zu bestimmen?«

Er nahm einen Schluck von seinem Kaffee und beobachtete mich, während er seine nächsten Worte abwog. Ich war mir sicher, er dachte, ich würde ihm ein Angebot machen, ihm sagen, dass ich bereit und willig sei. Natürlich würde er das annehmen. Das dicke Mädchen war verzweifelt, also warum sollte sie nicht darum betteln.

»Sex ist sehr wichtig, um die Kompatibilität zu bestimmen. Aber ich denke auch, dass es eines der letzten Dinge ist, bei denen man herausfindet, ob es funktioniert. Das Erste, was ich an einer Frau bemerke, ist ihr Lächeln. Deshalb wollte ich dich treffen. Dein Lachen hat mich glauben lassen, dass du ein wunderschönes Lächeln haben würdest.«

Er vermied sorgfältig genau das, was ich von ihm hören wollte. Ich wollte, dass er es ausspricht. Mir einfach sagt, dass ich eine fette, hässliche Kuh war und er mich niemals wollen würde. Das war alles, was ich von ihm wollte, aber er sagte es nicht.

Ich schätze, ich musste ihm zugutehalten, dass er diplomatisch war.

»Was fällt dir nach dem Lächeln an einer Frau auf? Körperlich.«

»Körperlich?«, stellte er mit einer hochgezogenen Augenbraue klar. »Ist das eine Art Forschungsprojekt oder so etwas? Ich fühle mich, als würde ich einen Test machen.«

Niemand sollte so gut aussehen wie er, wenn er eine Augenbraue hochzog. Die meisten Leute sahen albern aus, aber an Xander war nichts albern. Es war einfach nur verdammt sexy. Er neckte mich, quälte mich geradezu, damit ich ihm direkt die Frage stellte, die ich zu vermeiden versuchte.

»Stehst du auf dicke Mädchen? So wie mich? Reden wir einfach Klartext.«

Xander lehnte sich in seinem Sitz zurück. Plötzlich waren das Necken und der Humor aus seinem Gesicht verschwunden und ein stiller Ernst trat an ihre Stelle. Er sah bedrohlich aus, stark. Und stinksauer.

»Ich würde nicht sagen, dass du dick bist, Mandy, aber ehrlich gesagt habe ich mir noch nie viele Gedanken über die Figur der Frauen gemacht, mit denen ich ausgehe. Ich suche nach einer Frau, deren Gesellschaft ich genieße, und sehe dann weiter.«

»Wirklich, du bist also schon mit dicken Frauen ausgegangen«, knurrte ich ihn an. Seine Antwort wich dem aus, was ich wissen wollte, und das wusste er. Er versuchte, es mir schonend beizubringen, und das machte mich fuchsteufelswild. Sag mir einfach die verdammte Wahrheit.

Sein Blick glitt über mich, als ob er versuchte herauszufinden, wie kräftig ich war. Ich saß unbeweglich da, mein Kiefer war zu einer harten Linie angespannt, um ihm zu zeigen, dass ich nicht irgendein kleines Dummchen sein würde, das er vögeln und dann vergessen konnte. Mit mir konnte er das nicht machen.

»Die meisten Frauen, mit denen ich ausgegangen bin, waren schlank, ja. Ich würde sagen, du bist die Fülligste, mit der ich ausgegangen bin.«

Ich nickte und versuchte, die Tränen zurückzuhalten, die in meinen Augen brannten, bis ich wegging. »Das habe ich mir gedacht. Tja, danke, dass du mich daran erinnert hast, wo mein Platz auf dieser Welt ist.«

Ich stand auf und ging zurück zu meinem Tisch, wo meine Freundinnen saßen und mich entgeistert anstarrten. Ich schnappte mir meine Handtasche und steuerte direkt auf die Damentoilette zu, wobei ich ignorierte, dass Xander meinen Namen rief und meine Freundinnen mich anstarrten.

Auf der Damentoilette ließ ich ein paar Tränen kullern. Es tat gut, sie rauszulassen, den Schmerz, den ich fühlte, zu lindern. Obwohl ich wusste, dass Xander mich nicht mögen würde, tat es weh zu hören, dass er nie mit einer dicken Frau ausgehen würde. Ich weiß nicht, warum ich mich überhaupt die Mühe gemacht hatte, mit ihm auszugehen. Das war wirklich einfach nur töricht von mir.

Nach ein paar Minuten riss ich mich zusammen, spritzte mir kaltes Wasser auf die Augen und trug meine Wimperntusche neu auf. Ich verließ die Damentoilette mit erhobenem Kopf und ging direkt zu meinem Tisch. Es war keine große Überraschung, Xanders Tisch leer vorzufinden.

Was jedoch eine Überraschung war, war die Reaktion meiner Freundinnen.

»Warum warst du so gemein zu ihm?«, verlangte Claire zu wissen. »Er war nett zu dir.«

»Du hast anscheinend nicht gehört, wie er gesagt hat, dass er nur mit dünnen Mädchen ausgeht. Wenn das kein Korb war, dann weiß ich auch nicht.«

Claire legte ihren Arm um meine Schulter und drückte mich. »Das tut mir leid. Ich wollte glauben, dass er anders sein könnte. Ausgerechnet ich sollte es besser wissen.«

Ich legte meinen Arm um ihren Rücken und umarmte sie. »So war er nicht, Claire. Ich hoffe, du kannst Männern eines Tages wieder vertrauen.«

Claire machte eine abwehrende Handbewegung. »Hier geht es nicht um mich und meine Verrücktheit. Hier geht es um dich und deine.«

Ich lachte und fühlte mich sofort besser. »Ich dachte, er wäre vielleicht anders. Melody hat mir neulich gesagt, dass ich ihn täusche, weil ich ihm nicht sage, wie ich aussehe. Ich hatte schon angefangen zu glauben, dass du recht hattest, Addi, und dass es ihm egal ist, wie ich aussehe, weil er nie gefragt hat. Leider sieht es so aus, als hätte die selbstgefällige Schlampe recht gehabt.«

Meine Freundinnen sahen alle beschämt und unsicher aus. Sie alle waren schon in der gleichen Situation wie ich gewesen, hatten gedacht, es gäbe eine Chance bei einem

Mann, und hatten dann an den Kopf geworfen bekommen, dass wir zu dick sind, um geliebt zu werden.

Es tat trotzdem weh.

Jedes.

Einzelne.

Mal.

Wir unterhielten uns noch ein paar Minuten und waren uns alle einig, dass Xander süß, aber den Ärger nicht wert war. Meine Freundinnen sagten mir, ich solle weitermachen und einfach mein Leben leben.

Und für ein oder zwei Sekunden dachte ich, ich könnte zurück. Ich dachte, es wäre vollkommen in Ordnung, nach Hause zu gehen und damit klarzukommen.

Als ich an diesem Abend nach Hause kam, wartete meine Katze Zada auf mich. Ich lächelte über ihr Miauen und ließ mich von ihr in die Küche führen.

Ich liebte meine Eigentumswohnung. Ich hatte sie zwei Jahre zuvor gekauft und sie war durch und durch mein Zuhause. Das Einzige, was ich mir gewünscht hätte, wäre eine Garage gewesen, aber ansonsten war sie perfekt für mich.

In der Ecke meiner Küche öffnete ich die Tür zur Speisekammer und holte den Sack mit Katzenfutter heraus. Zada schlängelte sich durch meine Beine, während ich ihr Futter herausschaufelte und ihr den Napf hinstellte. Ich wandte mich dem Rest meiner Küche zu und versuchte zu entscheiden, ob ich etwas essen wollte.

Die beschämte Seite in mir wollte das Abendessen ausfallen lassen. Ein paar Mahlzeiten auszulassen, würde mir wahrscheinlich helfen, ein paar Pfunde zu verlieren. Vielleicht könnte ich abnehmen und dorthin gelangen, wo mich jemand schön fände, wenn ich nur genügend Mahlzeiten auslieẞ.

Meine praktische Seite sagte mir, dass ich verrückt war.

Ich war schon immer dick gewesen und das war zu dem geworden, was ich bin. Ich wollte nicht zugeben, wie deprimierend das war. Ich hatte das Gefühl, als wäre etwas in mir zerbrochen. Als hätte ich all meine Hoffnungen für meine Zukunft in einen Mann gesetzt, der meine Stimme mochte. Ein Mann, der sagte, dass ihn nichts weiter als der Klang meiner Stimme anzog. Das hatte mich glauben lassen, meine Stimme sei genug. Dass ich genug sei.

Verärgert über meine Schwäche überquerte ich den grauen Fliesenboden meiner Küche zu meinem eleganten Edelstahlkühlschrank. Ich öffnete das Gefrierfach und holte eine Packung Keksteigeis heraus. Ich öffnete die Schublade neben dem Kühlschrank und schnappte mir einen Löffel. Aus dem Kühlschrank holte ich eine Flasche Pinot Noir. Bewaffnet mit meinen Vorräten ging ich ins Wohnzimmer und ließ mich auf meine übergroße, extra tiefe, mitternachtsblaue Couch fallen.

Ich nahm meine Fernbedienung und schaltete den Fernseher ein. Er lief immer noch auf The Food Network und es kam *Cupcake Wars*. Ich legte die Fernbedienung wieder hin und ertränkte meinen Kummer in Wein, Eiscreme und virtuellen Cupcakes.

Meine Gedanken schweiften zurück in meine Vergangenheit, besonders zu der Beziehung, die mich immer noch heimsuchte, wenn ich aufhörte, gegen die Erinnerungen anzukämpfen.

Das letzte Mal, dass ich mich so verloren fühlte, war, als ich Dave kennenlernte. Es war in meinem ersten Jahr am College. Claire und ich hatten gerade Addi und Sam kennengelernt und wir hatten uns an unsere Wochenenden im Wohnheim gewöhnt. Dave war mit Sam in einem Kurs und schloss sich uns eines Abends an. Er war kein großer Partylöwe und freute sich, an seinem Wochenende etwas zu tun zu haben.

Zuerst redeten wir nur. Er flirtete ein wenig mit mir, aber größtenteils hatten wir eine lockere Beziehung. Er kam immer regelmäßiger zu unseren Filmabenden und suchte sich normalerweise einen Platz in meiner Nähe.

Als er mich um ein Date bat, fühlte ich mich besonders. Es fühlte sich an, als wäre er an mir interessiert. Ich meine, wir hatten alle Zeit miteinander verbracht, aber er hatte mich als diejenige ausgewählt, die er mochte.

Unsere Beziehung begann langsam, aber sie nahm schnell an Fahrt auf. Innerhalb weniger Monate schliefen wir miteinander und übernachteten in den Wohnheimzimmern des anderen.

Als unser neues Semester begann, begannen wir, uns auseinanderzuleben. Dave wurde immer beschäftigter und schob es aufs Lernen. Er sagte immer, er hätte eine Prüfung oder ein Projekt abzugeben.

Eines Abends beschloss ich, ihn zu überraschen. Den Rest der Geschichte kannst du dir wahrscheinlich denken. Ich ging zu seinem Zimmer. Ich hatte mich für ihn sexy angezogen und etwas Besonderes gekauft. Dessous. Wir hatten so etwas noch nie zuvor gemacht, aber ich fühlte mich erwachsen, als ich etwas Sexy für meinen Freund kaufte und anzog.

Ich wusste, dass er zu Hause sein würde, weil er mir gesagt hatte, dass er die ganze Nacht lernen würde. Ich wollte ihn überraschen, also klopfte ich an die Tür und öffnete meine Jacke nur einen Spalt breit, sodass er sehen konnte, was ich darunter versteckte, aber niemand auf dem Flur es sehen konnte.

Er riss die Tür auf und fing an, seinen Mitbewohner anzuschreien, von dem er dachte, er stünde vor der Tür. Stattdessen sah er mich und ein langsames Lächeln überzog sein Gesicht. Er blickte auf das, was ich trug, und grinste mich höhnisch an.

»Wirst du langsam ein bisschen verzweifelt, was?«

Ich schüttelte verwirrt den Kopf. Ich war nicht verzweifelt, nur verliebt. Ich wollte etwas Neues mit ihm teilen.

»Oh, Mandy, hast du wirklich gedacht, ich würde bei dir bleiben? Wo es doch so viele andere Frauen gibt. Wir sind erst 18. Und ich bin hier, um Spaß zu haben, nicht um mich in eine Beziehung mit dem ersten Mädchen zu verstricken, das ich sehe. Besonders nicht mit einer, die aussieht wie du.«

In diesem Moment blickte ich an ihm vorbei zu der schlanken Blondine in seinem Bett. Ich war schockiert, aber sie grinste mich höhnisch an. Ich stolperte rückwärts in den Flur und zog meinen Mantel eng um mich. Ich rannte zurück in mein Wohnheimzimmer und weinte mich in den Schlaf.

Xander war nicht Dave. Das sagte ich mir immer und immer wieder. Er war bei weitem nicht so grausam gewesen wie Dave, nicht annähernd so ein fieser Mistkerl, aber er wollte mich trotzdem nicht. Das musste ich wieder einmal akzeptieren. Und ich war mir nicht sicher, wie ich wieder von vorn mit Hoffnung anfangen sollte.

KAPITEL 6

DIE NÄCHSTEN PAAR Tage suhlte ich mich in meinem Elend. Ich vermied es, bei der Arbeit mit irgendjemandem zu reden, und hielt sogar die Telefonate mit meinen Freundinnen kurz. Claire versuchte eines Abends, mich dazu zu überreden, zu ihr zu kommen, aber ich hatte einfach nicht die Kraft dazu.

Das Schlimmste daran war, dass ich nicht einmal wirklich wusste, warum ich so aufgebracht war. Ich meine, es war ja nicht so, als wären wir zusammen gewesen oder hätten sonst irgendwie etwas miteinander zu tun gehabt. Ich wusste, dass ich auf die ganze Situation überreagierte. Aber irgendetwas daran gab mir das Gefühl, etwas Großartiges mit Xander verpasst zu haben.

Bei der Arbeit spürte ich die meiste Zeit, wie Melody um mich herumschlich. Sie wusste, dass ich mich am Dienstag mit Xander treffen sollte, und versuchte ständig, mich in die Enge zu treiben. Ich sorgte dafür, dass ich ununterbrochen telefonierte. Wenn ich nicht am Telefon war, flüchtete ich mich auf die Toilette. Mein Mittagessen aß ich im Auto statt an meinem Schreibtisch.

Ich versteckte mich.

Vor einer Frau, die halb so groß war wie ich.

Ich wollte es mir einfach nicht anhören. Ich wusste, dass sie merken konnte, dass es nicht gut gelaufen war, und ich war nicht in der Stimmung, mich von ihr damit aufziehen zu lassen.

Das einzig Gute, das in dieser Woche geschah, war meine Entscheidung, mich definitiv auf Dianas Stelle zu bewerben. Ich konnte nicht länger dasitzen und mein Leben an mir vorbeiziehen lassen. Und wenn ich schon keinen Mann in meinem Leben haben sollte, konnte ich wenigstens sicherstellen, dass ich meinen Job nicht verlor, wenn Melody vor mir befördert und mich dann umgehend feuerte.

Am Freitag nach dem Mittagessen war ich auf dem Weg zurück zu meinem Schreibtisch, als ich hörte, wie Melody meinen Namen rief. Ich ging schneller, in der Hoffnung, einen Anruf entgegennehmen zu können, bevor sie mich einholte. Das Klacken ihrer Absätze war auf dem kurzflorigen Teppich im Arbeitsbereich gedämpft, aber ich konnte es trotzdem deutlich hinter mir hören. Es kam näher.

»Entschuldigen Sie, Mandy, ich brauche Ihre Hilfe bei etwas«, sagte sie laut. Ich wusste, es war nur für die Ohren der anderen um uns herum, damit ich gezwungen war, stehen zu bleiben. Diana steckte den Kopf aus ihrer Bürozelle und ich atmete tief durch, als ich anhielt.

Ich drehte mich um und setzte ein Lächeln auf. »Was kann ich für Sie tun, Melody?«

»Oh, ich habe mich nur gefragt, ob Sie wieder von Mr. Carlson gehört haben. Ich habe gehört, Sie haben letzte Woche seinen Fall bearbeitet, nachdem ich die Woche davor mit ihm gesprochen hatte. Diana hat mir erzählt, dass Sie etwas bemerkt haben, was mir hätte auffallen sollen. Wir können von Glück sagen, dass Sie sich darum gekümmert haben. Hat er sich wieder bei Ihnen gemeldet?«

Ich holte tief Luft. Ich wusste nicht, wie sie eins und eins zusammengezählt hatte, aber sie hatte herausgefunden, wer Xander war. Und nun benutzte sie die Arbeit, um an Informationen über unser Date zu kommen.

»Nein, Melody. Ich habe seit letzter Woche nicht mehr mit ihm gesprochen.«

»Oh, wirklich? Ich dachte, Sie wollten ihn am Dienstag treffen«, flüsterte sie.

Mein Rücken versteifte sich und ich sah ihr in die Augen. Ich sah die Herausforderung in ihren, die mich aufforderte, etwas Unangebrachtes zu sagen. Soweit alle anderen es beurteilen konnten, fragte sie mich nach einem Kunden, nicht nach meinem Privatleben. Melody kannte die Regeln genauso gut wie ich, und sie wusste, dass ich eine Grenze überschritten hatte, indem ich mit einem Kunden ausging.

»Ja, ich habe ihn am Dienstag gesehen«, sagte ich mit zusammengebissenen Zähnen.

»Hmm, und Sie haben nichts mehr von ihm gehört? Keine große Überraschung.« Sie musterte mich von oben bis unten und machte damit ihre Meinung unmissverständlich klar. »Wenn ich gewusst hätte, wie süß er ist, hätte ich mich vielleicht besonders ins Zeug gelegt, um sicherzustellen, dass er mir wirklich dankbar ist. Natürlich, wenn er mich ausgeführt hätte, bin ich mir sicher, er hätte mich zurückgerufen.«

Galle stieg mir in der Kehle hoch, als ich mir vorstellte, wie Melody sich an Xander heranmachte. Sie war genau die Art von Frau, an der jemand wie er wahrscheinlich interessiert wäre. Melody hätte er nicht übersehen und sie abgetan, als würde sie nicht existieren.

»Gibt es sonst noch etwas, Melody?«, fragte ich zuckersüß und schluckte die aufsteigenden Tränen hinunter.

»Nein, ich glaube, das wäre alles«, sagte sie und drehte sich zu ihrem Schreibtisch um. Ich sah ihr nach, wie sie davonstolzierte, und fragte mich, ob ich gefeuert würde, wenn ich einen Tacker nach ihr werfen würde.

Ich vermutete, dass ich es besser nicht übertreiben sollte, und setzte meinen Weg zu meinem eigenen Schreibtisch fort. Ich setzte mich und stieß einen Seufzer der Erleichterung aus. So sehr ich auch nicht mit Melody über Xander reden wollte, es hinter mich gebracht zu haben, bedeutete, dass ich wieder etwas leichter atmen konnte.

Auch wenn es Bilder von den beiden zusammen durch meinen Kopf jagte.

Ich schickte Claire eine kurze SMS und fragte sie, ob wir uns am Wochenende treffen könnten. Melody hatte mich vielleicht dazu gezwungen, mich erneut meiner Enttäuschung über Xander zu stellen, aber sie half mir auch, mich daran zu erinnern, dass ich weitermachen musste.

Mein Telefon summte mit einer Antwort von Claire, in der sie schrieb, sie würde Sam und Addi anrufen und wir würden alle versuchen, uns auf Wein und Schokolade zu treffen – unser Wochenend-Standardprogramm, wenn wir bei jemandem übernachten konnten. Normalerweise kamen alle zu mir, weil ich den Platz hatte, um uns alle unterzubringen. Ich konnte die Gesellschaft gut gebrauchen.

Lächelnd über meine bevorstehenden Wochenendpläne wählte ich mich in das Telefonsystem ein und aktivierte mein Telefon wieder, damit Anrufe zu mir durchgestellt wurden. Innerhalb weniger Minuten klingelte mein Telefon.

»Western New York Health, hier ist Mandy. Wie kann ich Ihnen helfen?«, sagte ich, als ich den Anruf entgegennahm.

»Hi Mandy. Wie geht's dir heute?«, sagte die Stimme leise in meinem Ohr. Xander. Was zum Teufel wollte er mit seinem Anruf bei mir?

Und was zum Teufel brachte meine Brustwarzen dazu, hart zu werden, um zu hören, was er zu sagen hatte?

»Mir geht's gut«, presste ich hervor. »Wie geht es dir denn heute?«

»Tja, siehst du, deshalb rufe ich an, Mandy. Ich habe ein

kleines Problem. Ich habe letzte Woche angerufen und mit einer Frau gesprochen, die seltsamerweise auch Mandy hieß. Sie klang süß und sexy. Ich habe es wirklich genossen, mit ihr zu reden.«

»Aha«, sagte ich und fragte mich, worauf zum Teufel er mit dieser ganzen Sache hinauswollte.

»Na ja, also, ich habe sie auf eine heiße Schokolade eingeladen – sie mag keinen Kaffee – und es ist eine Frau aufgetaucht, aber es war nicht dieselbe.«

»Oh, wirklich?«, gab ich schnippisch zurück. Ich wurde langsam stinksauer. Er glaubte tatsächlich, ich sei nicht dieselbe Frau. Dass eine dicke Frau so getan hatte, als wäre sie ich, und an meiner Stelle hingegangen war. Er war ein verfluchter Verrückter.

»Ja, nun, lass es mich erklären. Siehst du, sie klang genauso, hatte dieselbe verführerische Stimme. Das Problem war, dass diese Frau eine Einstellung hatte, die ich nicht erwartet hatte. Die Frau am Telefon ist selbstbewusst und von sich überzeugt. Sie ist sexy, weil sie weiß, wer sie ist. Sie hat in mir den Wunsch geweckt, sie kennenzulernen, deshalb habe ich sie eingeladen. Die Frau, die mich getroffen hat, kam mit einer abwehrenden Haltung an und hat mir nie wirklich eine Chance gegeben. Sie hat mich im Grunde abblitzen lassen, ohne wirklich mit mir zu reden, und ist dann einfach weggegangen. Ich war am Boden zerstört. Ich habe Tage gebraucht, um den Mut aufzubringen, dich um Hilfe zu bitten.«

Das konnte nicht sein Ernst sein. Er rief mich an, um sich über mich zu beschweren. Um meine Einstellung infrage zu stellen. Okay, vielleicht hatte ich ihm keine große Chance gegeben, aber warum auch? Er hatte doch gesagt, dass er keine dicken Mädchen datet.

»Du warst am Boden zerstört? Das fällt mir schwer zu glauben. Du hättest mit den Fingern schnippen können und eine Handvoll Frauen, die halb so groß und doppelt so heiß sind wie ich, wären dir sabbernd nachgelaufen«, stellte ich nüchtern fest.

Er lachte leise. »Also liegt es daran, dass ich gut aussehe? Meinst du, hübsche Menschen werden nicht verletzt, wenn jemand ihnen Dinge unterstellt? Glaubst du, ich wäre nicht an dir interessiert, weil du nicht aussiehst, als bräuchtest du ein paar Dutzend Cheeseburger, um gesund zu werden? Bin ich, nur weil ich attraktiv bin, automatisch oberflächlich? Ist es das?«

Ich stammelte herum. Ich wusste nicht, was ich ihm sagen sollte. Plötzlich fühlte ich mich wie ein erstklassiges Arschloch.

»Es tut mir leid, dass ich das unterstellt habe.«

»Nein, tut es nicht. Du hast es so gemeint. Und ich verstehe das. Die Sache ist die, Mandy, ich wünschte, die Frau vom Telefonat wäre aufgetaucht. Die sexy, freche. Die, an der ich interessiert war. Die Frau, die da war, war verbittert und hat es an mir ausgelassen. Ich weiß nicht, was in ihrer Vergangenheit passiert ist, dass sie das Gefühl hatte, sie könnte mir nicht vertrauen, aber ich würde liebend gern wissen, was es war. Tatsächlich würde ich liebend gern so ziemlich alles über sie wissen.«

»Warum?«, hauchte ich. Er musste mich aufziehen, es in die Länge ziehen, damit ich mich in ihn verliebte und er mich dann fallen lassen konnte.

»Weil die Frau am Telefon süß und sexy klang und ich sie mochte. Sie war nett zu mir und hat mir gezeigt, dass sie wirklich jemand ist, der sich um andere sorgt. Sie hat mich glauben lassen, dass es vielleicht doch Gutes auf der Welt gibt. Selbst wenn sie nicht mein persönliches Happy End ist, würde ich gern die Chance bekommen, sie kennenzulernen und herauszufinden, ob sie es sein könnte.«

Tränen liefen mir über die Wangen. Er war gut. Er war wirklich gut.

»Ein Mann, der so aussieht wie du, würde sich niemals für eine Frau entscheiden, die so aussieht wie ich. Das passiert einfach nicht.«

»Wenn das so ist, dann musst du mir erklären, warum ich nicht aufhören kann, an dich zu denken. Wenn ich die Augen schließe, verbinde ich deine Persönlichkeit vom Telefon mit deinem Aussehen und träume von dir. Mandy, ich will dich sehen, die echte dich. Ich will dir beim Lachen zusehen, dieses wunderschöne Lächeln auf deinem Gesicht sehen und wissen, dass ich es dorthin gezaubert habe.«

»Ist das dein Ernst? Ich meine, wirklich? Denn ich kann es nicht ertragen, wenn du mit mir spielst«, sagte ich ihm ehrlich. Wenn er mit mir spielte, würde er es in Wirklichkeit wahrscheinlich nicht zugeben. Aber vielleicht würde mein Geständnis ihn dazu bringen, es sich zweimal zu überlegen, mich zu täuschen.

»Mandy, es ist mir absolut ernst. Ich weiß, wie du aussiehst, ich weiß, wer du bist. Alles, worum ich bitte, ist eine Chance, dich kennenzulernen, damit wir uns gegenseitig kennenlernen können.«

Ich holte tief Luft und wischte mir die Tränen von den Wangen. Er klang aufrichtig, als ob er es ernst meinte. Konnte ich ihm vertrauen? War er ehrlich?

Ich wusste, dass ich eine Entscheidung treffen musste. Ich konnte entweder darauf vertrauen, dass seine Absichten ehrlich waren, und den Sprung wagen, oder ich konnte glauben, dass er genauso war wie mein Ex, und ihn abblitzen lassen.

Schweigend dachte ich über die Möglichkeiten nach, wissend, dass ich nur wenige Augenblicke Zeit hatte. Ich wollte ihm glauben. Ich wollte glauben, dass er anders war.

Er war der eine Mann da draußen, der mich wunderschön fand. Aber alte Gewohnheiten legte man nur schwer ab.

»Mandy, ich weiß, du hast keinen Grund, mir zu vertrauen, aber du hast auch keinen Grund, es nicht zu tun. Es ist schwer, jemanden Neues kennenzulernen, vertrau mir, das verstehe ich. Aber sieh es mal so: Ich habe dich um ein Date gebeten, bevor ich wusste, wie du aussiehst. Ich habe mich nicht zu deinem Körper hingezogen gefühlt, ich habe mich zu deiner Persönlichkeit hingezogen gefühlt. Ich hoffe, das bedeutet etwas.«

Er hatte recht. Addi sagte dasselbe, und ich wollte nicht auf sie hören, aber es war die Wahrheit. Ich hatte nur eine Frage.

»Hast du dir vorgestellt, wie ich aussehen würde, bevor wir uns getroffen haben?«

Ich musste es wissen. Sein Schweigen gab mir die Antwort, vor der ich mich fürchtete, aber dann sprach er. »Ich habe es versucht. Ich habe mich gefragt, wer einen so erstaunlichen Geist und eine solche Stimme verkörpern könnte. Aber jedes Mal, wenn ich versuchte, mir ein Bild von dir zu machen, wurde es verschwommen. Ich konnte höchstens Augen sehen, sanfte grüne Augen, aber das war das Einzige, was jemals klar war. Ich hatte das Gefühl, dass mir kein Bild von dir gegeben wurde, weil ich keine Vorstellung davon haben sollte, wer du bist. Die Wahrheit ist, ich hätte mir keine schönere Frau als dich erträumen können.«

Tränen schossen mir ungehindert aus den Augen. Ich schlug die Hand vor den Mund und schmiegte das Telefon an mein Ohr. »Ich fühle mich nicht so, da bin ich ehrlich zu dir.«

»Aber das bist du. Wir sehen uns nie so, wie andere uns sehen. Du sagst, ich bin attraktiv, aber ich sehe nur mich. Ich sehe nicht, was Frauen sehen, ich sehe nur mich. Und ich sehe dich. Ich will mehr von dir sehen. Was denkst du?«

Oh verdammt, er sprach schon über Sex. Dafür war ich nicht bereit.

»Scheiße, so habe ich das nicht gemeint. Ich meinte nur, ich möchte dich kennenlernen. Die echte dich. Was ich eigentlich wissen möchte, ist, ob du mir deine Telefonnummer gibst, deine private Nummer, nicht die von der Arbeit. Dann können wir reden, uns kennenlernen und von da aus weitermachen. Wenn wir uns so gut verstehen, wie ich glaube, dass wir es werden, werden wir ein weiteres Date haben. Und hoffentlich machst du dir dann keine Sorgen mehr, dass ich ein Idiot bin, wenn du mich etwas besser kennengelernt hast.«

Ich nickte. Was er sagte, ergab Sinn. Wenn ich mir Sorgen machte, dass er zu heiß für mich war, könnte die Tatsache, unser Aussehen aus der Gleichung zu nehmen, mir erlauben, ihn als einen unsichtbaren Mann zu betrachten, anstatt als den heißesten Mann, den ich je getroffen hatte.

Er war verdammt schlau.

»Okay.«

»Okay? Hast du okay gesagt?«, fragte er. Ich hörte die Aufregung in seiner Stimme. Das war nichts, was er vortäuschen konnte. Es war echt, aufrichtig. Er wollte mich wirklich kennenlernen.

»Ja, ich gebe dir meine Nummer. Wir können uns kennenlernen und von da aus weitermachen.«

»Ich gebe dir auch meine Nummer, damit du weißt, von wem du einen Anruf bekommst. Ich nehme nie Anrufe von Leuten an, die ich nicht kenne, und ich vermute, du bist genauso.«

Ich lächelte ins Telefon und dachte daran, wie ähnlich wir uns trotz unserer offensichtlichen Unterschiede waren. »Du hast recht. Danke.«

Wir tauschten Nummern aus und legten auf. Ich wusste, dass es immer noch eine Chance gab, dass er mich nicht anrufen würde, aber es fühlte sich gut an zu wissen, dass ich ihm nicht einfach nur meine Nummer gegeben hatte und herumsitzen und auf ihn warten würde. Wenn er nicht anrief, konnte ich ihn anrufen.

Oder einfach mit meinem Leben weitermachen.

Bevor ich mein Telefon wegsteckte, summte es. Bereit für eine weitere Nachricht von Claire, in der sie Pläne schmiedete, war ich überrascht, als Xanders Name aufleuchtete.

> Es war schön, mit dir zu reden, der echten Mandy. Ich freue mich darauf, dich besser kennenzulernen. Wir hören uns heute Abend.

Ich lächelte mein Handy an. Er ignorierte mich nicht nur nicht, sondern hatte mir bereits eine Nachricht geschickt. Ich schickte ihm schnell eine SMS zurück, dass ich mich darauf freute, von ihm zu hören, und steckte mein Handy weg, gespannt darauf, später am Abend von ihm zu hören.

KAPITEL 7

IN DER DARAUFFOLGENDEN Woche rief Xander mich jeden Tag an. Er schrieb mir auch mehrmals. Er war der hingebungsvolle Freund, obwohl er nicht wirklich mein Freund war.

Wir sprachen nicht darüber, eine Beziehung zu führen. Das Thema lag da, greifbar und schwebte über jedem Gespräch, aber Xander brachte nicht zur Sprache, wieder auszugehen. Ich war mir nicht sicher, ob es daran lag, dass er mich nicht daten wollte, oder ob er versuchte, mich nicht wieder zu verschrecken.

Ich wollte glauben, dass es Letzteres war, doch die meisten Männer waren nicht so geduldig. Selten war ich einem Mann begegnet, der überhaupt bereit gewesen wäre, sich zu unterhalten und kennenzulernen, vor allem am Telefon, anstatt gleich körperlich zu werden. Ich wusste, dass es nicht möglich war, dass er genauso viel Angst hatte wie ich, aber er hielt sich zurück.

Am darauffolgenden Freitagabend, eine Woche, nachdem er mich überzeugt hatte, ihm meine Nummer zu geben, setzte er unseren Anruf für spät an. Ich machte mir Sorgen, dass er sich mit jemand anderem traf und mich auf nach seinem Date vertröstet hatte. Als er anrief, war ich nicht nur verletzt, sondern auch stinksauer. Ich wäre beinahe nicht rangegangen.

»Hallo«, fauchte ich, als ich den Anruf entgegennahm.

Auf seiner Seite der Leitung herrschte Stille. Ich wusste, dass er sich fragte, ob er die falsche Person angerufen hatte. »Mandy? Was ist los? Warum klingst du so aufgebracht?«

»Ich bin nicht aufgebracht, warum sollte ich?«

Ich trug dick auf, denn ich wusste, dass er den Sarkasmus in meiner Stimme bemerken würde. Und er tat es.

»Ach wirklich? Warum ist dann die Frau aus dem Coffeeshop am Telefon? Was ist passiert? Hat Melody dich heute zur Schnecke gemacht? Ich hab dir doch gesagt, du sollst dir keine Sorgen um sie machen.«

Ist es schlimm, dass es mich berührte, dass er als Erstes an Melody dachte? Ich hatte mich die ganze Woche über sie beschwert und ihm erzählt, wie schrecklich ihre Art und wie perfekt ihr Aussehen war. Er gestand, dass Frauen wie sie genau der Grund waren, warum er überhaupt mit mir ausgehen wollte. Ein guter Körper bedeutet nicht eine gute Persönlichkeit. Meine Worte, nicht seine.

Ich war auch froh, dass er nicht automatisch davon ausging, dass ich meine Tage bekam. Die meisten Männer, besonders mein Dad, dachten, Frauen würden nur zickig, wenn es mal wieder so weit war. Er pflegte sich in seinem Büro einzusperren, wenn meine Mom und ich gleichzeitig unsere Tage hatten. Es war urkomisch, denn wann immer wir einen Abend für uns haben wollten, gaben wir ihm ein wenig Kontra und er verschwand.

Zum Glück nahm er meinen Bruder mit.

»Ich bin nicht wegen Melody aufgebracht. Sie hat heute nicht einmal mit mir gesprochen. Was hast du vorhin gemacht?«

»Wie meinst du das? Ich habe heute gearbeitet.«

Ich war mir nicht sicher, ob er sich absichtlich dumm stellte oder ob er mich auf den Arm nahm, aber so oder so gefiel es mir nicht.

»Ich meine, warum rufst du mich so spät an?«

»Ahhhh«, sagte er direkt ins Telefon. Endlich hatte er meine Fragerei und meine Laune durchschaut. »Du denkst, ich war mit jemand anderem unterwegs, ist es das? Ernsthaft, Mandy? Du bist die Einzige, an die ich seit zwei Wochen denken kann. Nur du bist in meinen Gedanken, nur du. Warum sollte ich mit jemand anderem ausgehen?«

Sofort fühlte ich mich verlegen und schuldig. Ich hatte ihn des Fremdgehens beschuldigt, obwohl es gar kein wirkliches »uns« gab. Man kann nicht fremdgehen, wenn man nicht zusammen ist.

Aber er hatte gesagt, dass er nur an mich dachte. Das ist gut, oder?

Andererseits hatte er mir nicht gesagt, was er tat. Das ist schlecht, oder?

Als ob er meine Gedanken lesen könnte, fuhr er fort: »Ich war mit meiner Schwester zusammen. Ich habe dir von ihr erzählt. Wir versuchen, etwa einmal im Monat zusammen essen zu gehen. Wir sind beide immer so beschäftigt, dass wir uns nicht oft sehen, aber wir stehen uns trotzdem nahe. Als sie fragte, ob wir am Freitag ausgehen könnten, habe ich zugestimmt, aber ich wollte unseren Anruf nicht verpassen.«

Wow, ich war ein Idiot. Ich konnte mir nicht vorstellen, meinem Bruder so nahezustehen. Wir wuchsen mit ständigen Streitereien auf und mochten uns nie. Als Erwachsene sehen wir uns nur bei Familientreffen, und selbst da reden wir kaum miteinander. Es ist, als wären wir völlig Fremde.

»Es tut mir leid, dass ich dir gegenüber misstrauisch war.«

»Süße, hör zu, ich möchte, dass du mir sagen kannst, was du denkst. Wir müssen ehrlich zueinander sein, auch wenn die Wahrheit manchmal wehtut. Ich will mit dir zusammen sein, und nur mit dir, und ich werde nichts tun, um das zu vermasseln.«

Er wusste immer, was er sagen musste, um mir ein besseres Gefühl zu geben. Ich weiß nicht, wie er das machte, aber es war, als würde er mich bereits kennen. Mein Herz kennen. Auf eine gewisse Weise tat er das wohl auch.

»Danke, dass du wegen mir nicht ausgeflippt bist. Ich habe noch nie jemandem die Dinge erzählt, die ich dir erzähle.«

Er lachte leise. »Ich auch nicht. Es ist seltsam, wie verbunden ich mich dir fühle. Besonders, da ich dich erst einmal gesehen habe.«

»Und da war ich eine Zicke«, fügte ich hinzu.

Er lachte wieder, diesmal lauter. Ich hörte ein Rascheln im Hintergrund und schaute auf meine Uhr. Es war fast zehn und ich fragte mich, ob er ins Bett ging. Es hatte etwas sehr Sexy an sich, mit einem Mann zu reden, während er im Bett lag.

»Du warst dir bei mir unsicher. Ich weiß, dass die Dinge beim nächsten Mal, wenn wir uns sehen, anders sein werden.«

»Bist du im Bett?«

Er zögerte kurz, bevor er antwortete: »Ja. Es war eine lange Woche. Ich wollte mich hinlegen, während ich mit dir rede. Ist das in Ordnung?«

»Ja. Es fühlt sich nur … ich weiß nicht, sehr persönlich an. Als ob wir Geheimnisse teilen würden.«

Er kicherte. »Das tun wir doch. Wir teilen Geheimnisse. Ich teile sie nur, während ich im Bett liege.«

Mein Puls beschleunigte sich bei dem Gedanken an Xander im Bett. Ich wusste, wie umwerfend er war, und ertappte mich bei der Frage, was er wohl trug. Ich öffnete den Mund, um ihn zu fragen, doch er kam mir zuvor.

»Warum erzählst du mir nicht etwas Neues, etwas, das du mir noch nicht erzählt hast. Wie wäre es, wenn du mir fünf neue Dinge erzählst und ich dir fünf neue Dinge erzähle.«

Plötzlich fühlte ich mich müde und stieg die Treppe zu meinem Zimmer hinauf. »Okay«, sagte ich auf dem Weg nach oben. Ich ging in mein Zimmer und schaltete die Lampe neben meinem Bett an. Aus irgendeinem Grund fühlte ich mich bei dem gedämpften Licht besser dabei, mit Xander zu reden, während ich im Bett lag. Ich ging in meinen Schrank und wechselte von der Arbeitskleidung, die ich immer noch trug, in meinen Pyjama. Ich zog ein Paar Baumwollshorts und ein Tanktop an und kletterte dann ins Bett.

»Bist du auch im Bett?«, fragte er mit tiefer, sinnlicher Stimme.

»Ja. Ich wurde langsam müde und dachte mir, wenn du im Bett bist, kann ich es ja auch sein.«

»Gott, ich wünschte, ich wäre bei dir, an deiner Seite.«

Ich lächelte, ein Atemzug entwich mir in einem Laut, der halb Lachen, halb nervöses Geräusch war. »Ich auch.«

»Hmmm«, stöhnte er leise. »Okay, bevor ich zu sehr abgelenkt werde, erzähl mir deine fünf neuen Dinge.«

Ich kuschelte mich tiefer unter die Decke und versuchte, mir etwas Neues auszudenken, das ich ihm erzählen konnte. Nachdem wir die ganze Woche geredet hatten, war ich mir nicht sicher, was es an mir gab, das er nicht schon wusste.

»Meinen ersten Kuss hatte ich mit vierzehn, meine erste Liebe war George Strait, weil meine Mom Country-Musik gehört hat, ich lese ungefähr drei Bücher pro Woche, das einzige fremde Land, das ich besucht habe, ist Kanada, und … ich möchte dich wirklich wiedersehen.«

Xander lachte über meine ersten Geständnisse und wurde beim letzten ganz still. Ich fragte mich schon, ob er aufgelegt hatte oder die Verbindung unterbrochen worden war, weil er so lange schwieg. »Ich möchte dich auch sehr gerne sehen. Wer war dein erster Kuss? Wie war sein Name?« Seine Stimme war tiefer, sanfter geworden. Er war müde, das hörte ich an der langsamen Art, wie er sprach, aber mit seiner schläfrigen Stimme klang er auch noch sexier.

»Sein Name war Joey Maynard. Wir hatten zusammen Sozialkunde und er hat mich eines Tages nach dem Unterricht um eine Verabredung gebeten. Er hat mich im Wald hinter der Schule geküsst. Wir waren ungefähr einen Monat zusammen, bevor er zur Nächsten übergegangen ist.«

»Sein Verlust«, sagte Xander heiser. »Ich hätte nie gedacht, dass ich mal auf George Strait eifersüchtig sein würde, aber du hast es offiziell geschafft, dass ich ihn hasse. Joey Maynard auch.«

Ich lachte. Er war ein Charmeur, das war klar. Andererseits hatte ich das schon vor diesem Abend herausgefunden.

»Was für Bücher liest du gerne?«

»Du wirst mich auslachen«, protestierte ich.

»Das würde ich nicht wagen. Ich lese auch gerne, aber normalerweise lese ich nicht so viel. Vielleicht mögen wir ja die gleichen Sachen.«

»Ha! Das bezweifle ich. Ich lese Liebesromane.«

»Wirklich«, sagte er und klang überrascht und interessiert. »So mit Liebe und Sex und so.«

Ich stieß ein Lachen aus. »Ja, so was in der Art. Die habe ich schon immer gemocht. In meinem Leben gab es nie wirklich viel Romantik und diese Bücher sind für mich eine Flucht, eine Möglichkeit, mir mein Leben anders vorzustellen. Der Held rettet das Mädchen vor sich selbst und sie leben glücklich bis ans Ende ihrer Tage. Und ja, ich mag auch die mit etwas Sex drin.«

»Tja, das habe ich jetzt nicht kommen sehen. Puh«, atmete er aus. »Ich habe nach der Aussage gerade ein kleines

Konzentrationsproblem. Okay, also Kanada. Wo warst du und warum?«

Ich lachte leise über die Bedrängnis in seiner Stimme, fuhr aber fort: »Ich war mit meiner Familie dort, als ich in der Middle School war. Mein Vater und mein Bruder wollten sich die Yankees beim Spiel gegen Toronto ansehen, also sind wir alle mitgefahren. Meine Mom und ich sind durchs Stadion geschlendert, während die Jungs sich das Spiel angesehen haben. Danach waren wir shoppen, während mein Dad und mein Bruder zurück ins Hotel gegangen und ins Bett gefallen sind. Es war ein schönes Wochenende mit meiner Mom, aber auf das Spiel hätte ich verzichten können. Ich schaue nicht viel Baseball.«

»Gibt es einen Sport, den du magst?«

»Äh, nicht wirklich. Ich habe mich nie besonders für Sport interessiert. Mein Bruder war ein Athlet und ich glaube, das hat mich in die entgegengesetzte Richtung gedrängt. An den meisten Tagen wollte ich so weit wie möglich von ihm entfernt sein.«

»Das kann ich verstehen. Es fällt mir schwer, mir mein Leben ohne meine Schwester vorzustellen. Jessica und ich haben zusammen viel durchgemacht. Manchmal ist es schwierig, weil wir sechs Jahre auseinander sind, aber ich würde alles für sie tun und ich weiß, bei ihr ist es genauso. Ich wünschte, du hättest das mit deinem Bruder.«

Ich zuckte mit den Schultern und verwarf den Gedanken. Manchmal wünschte ich, mein Bruder wäre nicht so ein Arsch zu mir, aber meistens war es mir egal. Wir waren blutsverwandt, nicht aus freien Stücken. Wir wussten beide, wenn wir die Wahl gehabt hätten, hätten wir nichts miteinander zu tun.

»Ich bin es von ihm einfach gewohnt. Aber dafür hatte ich Claire, als wir jünger waren. Sie war wie eine Schwester für mich. Wir haben natürlich nicht zusammengelebt, aber wir standen uns ewig nahe und ich wusste, dass ich mich auf sie verlassen konnte, so wie du dich auf Jessica verlässt. Und Drew.«

»Ich schätze schon. Drew ist jetzt irgendwie wie ein Bruder für mich, obwohl wir uns erst seit etwa neun Jahren kennen. Es fühlt sich an, als würde ich ihn schon ewig kennen.«

»So ist das bei Claire und mir auch. Wir kennen uns wirklich schon ewig. Wir haben all die schweren Dinge im Leben gemeinsam durchgestanden. Es ist schön, so eine Freundin zu haben, weißt du. Jemanden, der die Scherben aufsammelt, wenn du zerbrichst.«

Xander war ein paar Minuten still, eine vertraute Stille, die uns beide über unsere Familie und Freunde, unsere Vergangenheit und Zukunft nachdenken ließ. Ich hoffte, eines Tages würde Xander das für mich sein, jemand, auf den ich mich verlassen konnte, egal was passierte, aber ich war mir nicht sicher.

»Okay, sag mir deine fünf Dinge. Hör auf, es hinauszuzögern.«

Er stieß ein kurzes Lachen aus. »Ich habe es nicht hinausgezögert. Ich habe versucht, dich besser zu verstehen. Das sind zwei ganz verschiedene Dinge.«

»Ja, ja, schon klar«, neckte ich ihn.

Er kicherte leise, das Geräusch neckte mein Ohr, fast als wäre er hier und seine Lippen wären an mein Ohr gepresst und nicht an ein Telefon.

»Ich war in meine Kindergärtnerin verknallt, ich habe meine Unschuld mit 18 verloren, ich wollte schon immer nach England und den Buckingham Palace sehen, ich musste mich am Dienstag praktisch ans Bett fesseln, um dich nicht zu besuchen, und ich habe seit ich dich kenne, jede Nacht kalt geduscht.«

Ich wusste nicht, wie ich darauf reagieren sollte. Was sagt

man dazu? Er wollte mich sehen und es macht ihn an, mit mir zu reden. Wie ist das alles möglich?

Während ich darüber nachdachte, was Xander gesagt hatte, schwieg ich. Er fragte: »Mandy, bist du noch da?« Sorge und Angst lagen in seiner Stimme.

»Ich bin hier. Ich bin nur überrascht, das ist alles. Das habe ich nicht erwartet.«

»Nun, meine Kindergärtnerin war die erste Frau, die ich außerhalb meiner Familie kannte, und sie war jung und süß, also schätze ich, es war Schicksal, dass ich sie mögen würde«, neckte er mich.

Trotz meiner Nervosität lachte ich. »Du weißt, dass ich das nicht meinte.«

»Ich weiß«, sagte er leise. »Aber ich habe alles so gemeint.«

»Warum 18? Das scheint eine wirklich lange Zeit zu sein, besonders für jemanden wie dich.«

»Jemanden wie mich? Was meinst du damit?«

Ich lachte. »Ich meine, ein Baseball- und Fußballstar, dem die Welt zu Füßen lag. Du kannst mir nicht erzählen, dass es in der Highschool keine Mädchen gab.«

»Ich war in der Highschool unreif. Ich wusste, dass ich nicht bereit war und ich hatte keine festen Freundinnen. Ich konnte nicht mit jemandem schlafen, von dem ich wusste, dass ich nicht noch einmal mit ihr ausgehen würde, besonders bei meinem ersten Mal. Ich weiß, das ist nicht das typische Verhalten für einen Kerl, aber ich wusste, ich würde mich für den Rest meines Lebens daran erinnern und ich wollte, dass es mehr ist als ein One-Night-Stand. Meine Freundin im ersten Jahr am College war mit mir im Kurs. Es war auch ihr erstes Mal. Wir waren den Großteil unseres ersten Jahres zusammen, haben aber beschlossen, dass wir unterschiedliche Dinge wollten, und uns getrennt. Sie ist immer noch jemand, mit dem ich manchmal rede, aber wir stehen uns nicht so nahe.«

»Du bist eine ziemlich gute Partie, Xander Carlson.«

»Das bist du auch, Mandy Ryan. Ich hoffe nur, ich habe dich auch gefangen.«

Ich lächelte in mich hinein und hoffte, dass er mich auch gefangen hatte. »Warum England? Was hat es damit auf sich?«

»Ich weiß nicht. Ich habe im Geschichtsunterricht Bilder davon gesehen und war von dem Design und der Struktur fasziniert. Ich schätze, es ist der Ingenieur in mir, der es erkunden will. Stonehenge ist noch so eine Sache. Das fasziniert mich.«

»Na ja, hoffentlich schaffst du es eines Tages, beides zu sehen.«

»Ja, das hoffe ich auch«, murmelte er.

Ich war ein paar Minuten still. Ich wollte nach den letzten beiden Dingen fragen, die er mir erzählt hatte, wusste aber nicht, wie ich das zur Sprache bringen sollte. Ich meine, wie fragt man einen Mann nach seinen kalten Duschen oder danach, dass er dich besuchen wollte? Das klang so eingebildet. Aber es fühlte sich so gut an.

»Du willst nicht fragen, oder?« bot er sanft an.

»Ich habe keine Ahnung, wie ich fragen soll. Aber ich bin neugierig.«

Er lachte wieder und fand mich anscheinend immer lustig. Er war in vielerlei Hinsicht gut für mein Ego. »Nachdem wir jeden Abend miteinander geredet haben, wollte ich dich unbedingt sehen. Da ich nicht weiß, wo du wohnst, und mich wie ein Stalker fühlen würde, wenn ich zu deiner Arbeit gehen würde, habe ich einfach nur gehofft, dass ich dich bald wiedersehen kann. Am Dienstag, als du gefragt hast, ob wir später reden können wegen deines Mädelsabends, wäre ich fast zum Cooler Coffee gegangen.

Ich wusste, dass du wieder da sein würdest, und ich sehnte mich danach, dich zu sehen. Ich wollte dich einfach … sehen. Offensichtlich bin ich nicht hingegangen, aber es war das Schwerste, was ich seit langer Zeit tun musste.«

»Ich glaube nicht, dass ich diesmal so eine Zicke zu dir gewesen wäre«, sagte ich leise, meine Stimme tief und sexy. Ich erkannte sie fast selbst nicht wieder.

»Das war es nicht. Ich merke, wie wichtig dir deine Freundinnen sind, und ich wollte eure gemeinsame Zeit nicht stören. Ich wusste, dass ich nach deinem heiße-Schokolade-Date mit dir reden konnte, also habe ich mich unter die kalte Dusche gesperrt.«

»Okay, also deswegen. Warum… besorgst du es dir nicht einfach selbst?« fragte ich kühn. Ich konnte nicht fassen, dass ich ihn nach seinen Masturbationsgewohnheiten fragte, aber ich konnte mich nicht zurückhalten.

Sein scharfes Lachen schreckte mich auf. »Ich liebe es, dass du sagst, was du denkst. Was das Selbstbesorgen angeht, das habe ich getan, aber manchmal reicht es einfach nicht. Diese Woche hat es bei Weitem nicht gereicht.«

»Warum nicht?«, fragte ich laut.

»Weil deine Stimme in meinem Kopf ist. Wenn wir reden, frage ich mich unweigerlich, wie sich deine Haut anfühlt, wie du schmeckst, welche Geräusche du machst, wenn du erregt bist oder wenn du kommst. Ich kenne den Klang deines Lachens und deine Stimme ist mir so vertraut wie meine eigene, aber den Rest muss ich mir vorstellen. Und wenn ich das tue, bleibe ich einfach hart. Die ganze Zeit.«

»Wow, ich… ähm, wow. Ich weiß nicht, was ich dazu sagen soll.«

»Hast du diese Woche an mich gedacht? Dir meine Hände auf dir vorgestellt?«, seine Stimme wurde weicher und heiser. Es durchfuhr mich wie ein Schauer und mein Höschen wurde feucht.

»Natürlich«, gestand ich.

»Hast du dich selbst angefasst? Tust du das?«

»Manchmal«, gestand ich. Ich hatte noch nie jemandem erzählt, dass ich es schon mal probiert hatte, aber ich hatte das Gefühl, ihm alles sagen zu können.

»Was ist mit jetzt gerade? Stellst du dir gerade vor, wie ich dich berühre? Denn ich stelle mir dich in meinem Bett vor. Deine Finger, die über mich gleiten, deine Lippen an meinem Ohr, jedes Mal, wenn du sprichst.«

Hitze und Erregung durchströmten mich. Ich wusste nicht, wie man mit einem Mann versaut redete. Ich konnte es mir vorstellen, aber getan hatte ich es noch nie. Seine Stimme zu hören, brachte mich jedoch definitiv in Stimmung.

»Mandy, befriedigst du dich für mich? Lässt du mich zuhören? Bitte?«, flüsterte er sanft. Der tiefe Klang seiner Stimme kitzelte mein Ohr und ließ meinen ganzen Körper erzittern.

Feuer leckte an meinem Innersten und erhitzte mich von meinen Beinen aufwärts am ganzen Körper. Ich hörte mich flüstern: »Ja.«

»Danke, Süße. Davon habe ich geträumt. Wirst du tun, was ich sage? Lässt du mich deine Hände führen?«

»Ja«, flüsterte ich erneut und meine Augen schlossen sich, damit ich mich auf seine Worte konzentrieren konnte.

»Was hast du an? Ich möchte mir dich vorstellen können.«

»Baumwollshorts und ein Trägertop.«

»Welche Farbe?«

»Mein Top ist rosa und meine Shorts sind schwarz.«

»Trägst du ein Höschen?«

»Ja. Es ist granatrot. Und ein Tanga.«

»Oh Gott, du klingst so gut. Nimm deine Hand und streich dir die Haare aus dem Gesicht. Ich will dich vor meinem geistigen Auge sehen können. Leg dich auf den Rücken und lass deine Hand von deinem Gesicht über deinen Kiefer, über deinen Hals und hinunter zwischen deine schönen Brüste gleiten.«

Ich tat, wie er geheißen hatte, und vergaß, dass es nicht seine Hand war. Ich spürte ihn neben mir, seine Hand, die mich berührte.

»Wirst du einen deiner Nippel für mich drücken? Dreh und zieh ein kleines bisschen daran. Und jetzt möchte ich, dass du dein Shirt hochhebst und das Gleiche mit dem anderen machst, aber unter deinem Shirt.«

Ich stöhnte leise bei der Berührung, Schmerz und Lust vermischten sich in mir.

»Oh Gott, ich wünschte, ich wäre bei dir. Lässt du deine Hand in deine Shorts gleiten? Sag mir, wie feucht du bist, Mandy. Ich muss es wissen.«

Ich ließ meine Hand unter den Bund meiner Shorts gleiten, über meinen Bauch dorthin, wo es schmerzte. Ich ließ meine Finger durch meine Falten gleiten und spürte, wie meine Feuchtigkeit aus meinem Körper sickerte. »Ich bin so feucht, Xander. Mein Körper ist glitschig, bereit für dich.«

»Argh«, stöhnte er. »Lass deine Finger hineingleiten, bedecke sie mit deinem Saft, damit sie glatt sind.«

Ich tat, wie er sagte, und zog die Feuchtigkeit aus meinem Inneren wieder hoch. »Ich muss kommen, Xander. Hilfst du mir?«

»Gott, ja, Süße. Press deine Finger in dich, mach Kreise, reize dich. Lass es mich hören, Süße. Ich muss dich hören«, lockte er.

Ich stöhnte laut auf und fühlte mich frei. Ich wusste, dass ich bald kommen würde. »Ich bin fast da, Xander«, stieß ich hervor.

»Gut, Süße. Nun, mach schnell, so schnell du kannst, und hart, direkt obendrauf. Ich will dich hören. Ich will, dass du für mich kommst, Süße. Ich will, dass du hart kommst. Jetzt, Mandy. Komm jetzt.«

Mein Körper gehorchte seinem Befehl und ließ auf sein Wort hin los. Ich schrie seinen Namen, während ich mich allein in meinem Bett mit meiner eigenen Hand in meinen Shorts wand. Ich hörte ihn am anderen Ende der Leitung, wie er hektisch atmete und stöhnte, sein eigener Erguss nur Sekunden nach meinem.

Ich zog meine Hand langsam zwischen meinen Beinen hervor, während Nachbeben immer noch meinen Körper erschütterten. »Heilige Scheiße, Mandy, das war fantastisch. Danke, dass du das mit mir geteilt hast. Dass du mich hast zuhören lassen. Ich habe in meinem ganzen Leben noch nichts so Geiles gehört.« »Das kann ich mir kaum vorstellen, aber danke. Das war das erste Mal, dass ich das gemacht habe.«

»Ich dachte, du hättest gesagt, du hast dich schon mal selbst angefasst?«, fragte er.

»Ja, aber nicht am Telefon. Ich hatte noch nie Telefonsex.«

Sein Schweigen beunruhigte mich. Vielleicht sollte ich ihm nicht so viele Dinge gestehen.

»Ich auch nicht. Ich konnte mich einfach nicht zurückhalten. Tut mir leid, wenn ich dich verärgert habe.«

Ich lachte ein leises, heiseres Lachen. »Nicht einmal annähernd. Ich habe mich schon ewig nicht mehr so gut gefühlt.« Er lachte leise. »Ich auch nicht. Ich möchte nur, dass du weißt, dass ich es danach kaum noch erwarten kann, dich zu sehen. Ich sage nicht, dass so etwas passieren muss, aber ich muss dich sehen können. Ich will deine Haut unter meinen Fingern spüren. Ich kann mich nicht länger von dir fernhalten.« »Mir geht es genauso«, gab ich zu.

»Wie sieht es morgen aus? Hast du was vor? Kann ich

dich zum Abendessen einladen, dann vielleicht tanzen und zum Nachtisch?«

Ich dachte kurz an mein Wochenende. Claire und ich hatten darüber geredet, etwas zu unternehmen, aber wir hatten keine konkreten Pläne. Es stand mir also frei zu sagen: »Ja.«

»Ausgezeichnet. Ich kann es kaum erwarten. Und jetzt schlaf ein bisschen. Du hast dich gerade ziemlich verausgabt.«

»Du auch. Gute Nacht, Xander.«

»Gute Nacht, Mandy. Bis morgen.«

KAPITEL 8

AM NÄCHSTEN NACHMITTAG hatte ich mich in eine regelrechte Panik hineingesteigert. Ich hatte mein erstes Date mit Xander und war höllisch nervös. Nach dem, was wir in der Nacht zuvor geteilt hatten, wusste ich nicht, was ich erwarten sollte. Ich wusste auch nicht, was ich wollte.

Das Einzige, dessen ich mir sicher war, war, dass ich mich darauf freute, mit ihm auszugehen.

Ich rief Verstärkung, um mir bei der Wahl meines Outfits für unser Date zu helfen. Als sie ankamen, hatte ich bereits fast meinen gesamten Kleiderschrank auf meinem Bett ausgebreitet.

Claire kam als Erste und trat nach einem kurzen Klopfen einfach durch die Vordertür ein. Addi und Sam waren direkt hinter ihr und drängten durch die Tür, kurz nachdem Claire sie geschlossen hatte. Sie alle fanden mich oben in meinem Zimmer, umgeben von meinem Chaos, in Unterwäsche.

»Willst du das anziehen?«, fragte Addi mit gerümpfter Nase.

Ich blickte an mir herunter. Ich trug einen rosa Baum-

82

woll-BH und einen weißen Baumwollslip. Ich verstand nicht, was daran falsch war.

»Das kannst du nicht anziehen. Du schreibst seit einer Woche mit ihm und jetzt geht ihr endlich auf ein Date. Ich sage nicht, dass du mit ihm schlafen musst, aber ich sage, du solltest dir die Möglichkeit offenhalten. Und das da schreit ja geradezu ‚Geschlossen‘.«

Ich stieß einen frustrierten Seufzer aus. Dieses Date fing an, mich verrückt zu machen. Eigentlich nicht, den Wahnsinn hatte ich schon eine Weile hinter mir gelassen. Ich war einfach nur verwirrt.

»Was willst du denn, was passiert? Wenn du die Oma-Schlüpfer anlässt, wird gar nichts passieren. Wenn du darüber nachdenkst, solltest du etwas Besseres anziehen.«

Ich holte tief Luft und gab die Wahrheit zu. »Ich muss mich umziehen. Ich will nichts, das ‚Für alles zu haben‘ schreit, aber ich will ihn auch nicht abblocken, bevor er überhaupt anfängt.«

Sam wühlte in meiner Unterwäscheschublade, was mich eigentlich hätte stören sollen, aber hey, es war Sam. Sie zog einen schlichten schwarzen BH mit etwas Spitzenbesatz und Push-up-Körbchen heraus. Er war eher sinnlich als schlampig. Sie wühlte weiter, fand die passenden Slips und reichte mir beides.

»Schwarze Unterwäsche bedeutet, dass du dunkle Kleidung brauchst, damit das Schwarz nicht durchscheint. Zieh du das an, während wir uns durch das Chaos wühlen, das du angerichtet hast«, befahl Addi. Man merkte ihr an, dass sie Lehrerin war, sie übernahm immer das Kommando. In diesem Moment brauchte ich das.

Ich huschte ins Badezimmer und zog die neue Unterwäsche an. Ich musste zugeben, dass ich mich allein durch diese Veränderung schon ein wenig besser fühlte. Ein wenig sexier. Als könnte ich Xanders würdig sein.

Ich kam aus dem Badezimmer und lehnte mich an den Türrahmen, um für meine Freundinnen zu posieren. Ich kaute an meinem Nagel und bog meinen Rücken durch, um ihnen meine sexy Pose zu präsentieren.

Claire pfiff, Addi jubelte und Sam tat so, als würde sie Fotos machen. Es war eine tolle Reaktion. »Danke, danke. Ich wusste schon immer, dass ich in Unterwäsche am besten aussehe. Von wegen!«

»Du siehst umwerfend aus, Mandy. Das ist der perfekte Anfang.«

»Ich fühle mich wirklich besser. Danke, Mädels. Ohne euch hätte ich das nicht geschafft.«

Claire und Sam wurden weich, aber Addi rief alle zur Ordnung. »Das ist nicht die Zeit, um rührselig zu werden. Wir müssen immer noch etwas finden, womit wir diese Sexyness bedecken können.«

Ich sah zu, wie Addi gekonnt Sam und Claire anleitete. Sam hielt Outfits hoch und Claire hängte die Kleider weg, die sie aussortierten. Ich lehnte mich zurück und ließ sie machen, während ich mich fragte, was zum Teufel sie am Ende aussuchen würden.

»Mandy, warum schminkst du dich nicht, während wir mit den Kleidern fertig werden? Wenn wir ein paar Outfits für dich zum Anprobieren haben, kannst du sie für uns modeln«, befahl Addi.

Ich ging zurück ins Bad und ließ die Tür offen, damit ich die Unterhaltung hören konnte. Ich beugte mich nah an den Spiegel und trug eine leichte Schicht Foundation auf, bevor ich mich an meine Augen machte. Ich trug eine neutrale Grundierung auf meine Lider auf, verblendete dann ein tieferes Braun entlang meiner Lidfalte und stärker in den äußeren Augenwinkeln. Ich bedeckte meine Lider mit einem schimmernden Goldton, zog dann einen Lidstrich und tuschte meine Wimpern.

Ich trug ein kupferfarbenes Rouge auf meine Wangen auf und fügte einen helleren Kupfer-Lippenstift hinzu. Ich trat vom Spiegel zurück und war selbst erstaunt.

Meine grünen Augen stachen mir entgegen und funkelten durch das Make-up, das ich aufgetragen hatte. Ich hatte meine gebürsteten Kupferlocken locker über meinen Nacken fallen lassen. Ich sprühte sie leicht mit Haarspray ein, damit sie hielten, und verließ das Badezimmer.

»Heilige Scheiße«, sagte Claire, als sie mich ansah. »Du siehst fantastisch aus. Vielleicht solltest du einfach so gehen.«

Ich verdrehte die Augen, war aber von dem Kompliment begeistert. Addi hatte vier Outfits auf dem Bett für mich zum Anprobieren bereitgelegt. Claire hängte immer noch Kleider auf und Sam wühlte in meinem Schmuck.

Ich nahm das erste Outfit, einen kurzen grauen Rock und einen weichen rosa Pullover. Der Rock passte, aber der Pullover biss sich mit meinen Haaren. Das war selten der Fall. Rosa war meine Lieblingsfarbe, aber ich konnte sie nie tragen. Es war frustrierend.

Als Nächstes kam ein grünes Wickelkleid. Ich zog es um meinen Körper, knöpfte die erste Seite zu und band dann die zweite Seite, um mich zu bedecken. Es passte gut und sah gut aus, verbarg aber meine kleinen Makel nicht. Trotzdem war es besser als das erste Outfit.

Als Drittes probierte ich ein schwarzes Kleid an, das einfach zu langweilig war. Das war ein Date, kein Geschäftstreffen.

Zuletzt hatte Addi ein kobaltblaues Oberteil ausgesucht, das eng über meinen Brüsten saß, aber locker um meine Taille fiel. Sie hatte es mit einem hellbraunen Rock kombiniert, in den Fäden in demselben Blau- und Rosaton eingewebt waren, die Blumen bildeten.

Sobald ich in den Rock geschlüpft war, hielten meine

Freundinnen alle inne, um mich anzusehen. Ich fühlte mich, als würde ich ein Hochzeitskleid anprobieren, so emotional wurden sie. »Was? Ist es okay?«, fragte ich.

»Es ist perfekt«, sagte Claire und kam mit einem Paar brauner Stöckelschuhe mit einer rosa Schleife über den Zehen aus meinem Schrank. Ich hatte sie im letzten Sommer gekauft, aber nie gewusst, wozu ich sie tragen sollte. Offensichtlich wusste Claire es.

Als Nächstes trat Sam mit Schmuck vor. Sie legte mir eine funkelnde Goldkette mit einem winzigen goldenen Gänseblümchenanhänger um den Hals. Sie reichte mir Ohrringe, die an meinen Ohrläppchen wie winzige goldene Sanddollars hingen.

Endlich drehte ich mich zu meinem bodenlangen Spiegel, um die volle Wirkung zu sehen. »Verdammt, sehe ich gut aus«, sagte ich selbstbewusst. Meine Freundinnen lachten mit mir und folgten mir nach unten.

»Wohin gehst du?«, fragte Sam.

»Er wollte sich mit mir im Thai This treffen. Ich habe ihm erzählt, dass ich bisher nur in Kanada war, also will er sich mit mir kulinarisch um die Welt arbeiten. Er meinte, amerikanische Restaurants könnten wir jederzeit besuchen, aber es wäre etwas Besonderes, gemeinsam an einen anderen Ort zu gehen.«

»Wow, er klingt wie ein wahr gewordener Traum«, sagte Addi.

»Manchmal denke ich, das ist er. Okay, ich gehe dann mal. Danke für eure Hilfe. Es ist Wein im Kühlschrank und noch mehr im Schrank. Bedient euch einfach. Hab euch lieb«, rief ich auf dem Weg zur Haustür.

»Viel Spaß«, riefen sie mir im Chor hinterher, und ich eilte zur Tür hinaus zu meinem Auto.

Der Schnee in Winterville war endlich geschmolzen, aber die Stadt hatte immer noch einen sanften Schimmer. Ich liebte meine Stadt, besonders bei Sonnenuntergang. Wir lagen nicht direkt am Wasser des Eriesees, aber wir waren nah genug dran für beeindruckende Sonnenuntergänge. Leider waren wir auch nah genug dran, um den ganzen Schnee abzubekommen, den der Eriesee normalerweise über der Gegend ablud.

Ich bog von meiner Straße ab und lächelte, wie ich es immer tat, über die albernen Schnee- und Winternamen, die die meisten Straßen der Stadt trugen. Ich wohnte im Frozen Drive und war in der Jack Frost Lane aufgewachsen. Ich fuhr die Snowy Road entlang in Richtung Stadtzentrum. Unsere Hauptstraße war der Winter Way, eine Straße, die durch das Stadtzentrum verlief und von der die meisten anderen Straßen abzweigten. Ich fuhr am Cooler Coffee vorbei und bog dann vom Winter Way in die Icy Lane in Richtung Thai This ab.

Ich fand einen Parkplatz auf dem Gelände neben dem Restaurant. Ich hatte keine Ahnung, was Xander fuhr, also ging ich ins Restaurant, zur Abwechslung mal ein paar Minuten zu früh, da ich mir dachte, ich würde einfach drinnen auf ihn warten. Ich schob mir als Glücksbringer ein Stück Schokolade in den Mund und ging hinein.

Die Empfangsdame lächelte mich warm an und fragte, wie viele Personen in meiner Gruppe seien. »Ich treffe hier jemanden. Ich bin mir aber nicht sicher, ob er schon da ist.«

»Sind Sie Mandy?«, fragte sie freundlich.

»Ja, die bin ich.«

»Ihr Date ist bereits hier. Ich kann Sie zu Ihrem Tisch bringen, wenn Sie so weit sind.«

Ich nickte und folgte ihr durch das Restaurant. Der vordere Raum war voll und gemütlich, erfüllt vom Gemurmel der Gäste, die sich während des Abendessens unterhielten. Ich sah mich nervös um und hielt nach Xander Ausschau.

Wir gingen durch einen Durchgang in einen kleineren Speiseraum mit nur einer Handvoll Nischen, die alle rund waren, sodass eine ganze Gruppe nebeneinandersitzen konnte. Jede Nische war hoch und von den anderen abgeschirmt, sodass eine private Atmosphäre herrschte, obwohl der Raum offen war. Es war sehr romantisch.

Die Empfangsdame blieb an der Nische in der hintersten Ecke stehen und lächelte mich an. Ich trat näher und sah einen Fuß aus der Nische ragen. Dann stand Xander Carlson vor mir.

»Gehst du schon?«, fragte ich panisch bei dem Gedanken, er hätte es sich anders überlegt und versuchte, abzuhauen, bevor ich ankam.

»Nein«, sagte er mit einem Lächeln. Er bot mir seine Hand an, und ich ließ meine in seine gleiten, während ein Funke des Bewusstseins meinen Arm hinaufschoss und sich tief in meinem Bauch niederließ. »Ich versuche, ein Gentleman zu sein und dich zuerst Platz nehmen zu lassen.«

Er lächelte mich an und drückte sanft meine Hand. Ich rutschte zuerst in die Nische, immer noch seine Hand haltend, und Xander folgte mir. Die Empfangsdame sagte: »Guten Appetit«, und ließ uns dann allein.

»Hi«, sagte er und drehte sich zu mir, als sie gegangen war.

»Hi«, flüsterte ich zurück, während ein Lächeln mein Gesicht überzog.

»Du siehst umwerfend aus. Ich möchte das hier fast nicht tun«, sagte er.

»Was tun?«, wollte ich gerade fragen, wurde aber von seinen Lippen auf meinen unterbrochen.

Er hielt meine Hand fest, seine andere Hand strich sanft über meine Wange. Seine Lippen drückten sich locker auf meine, während wir kleine Küsse austauschten. Ich seufzte, liebte das Gefühl seiner Lippen auf meinen, und seine Zunge streckte sich aus, um über meine Lippen zu streichen. Sie teilten sich automatisch, als stünden sie unter seinem Befehl, und seine Zunge glitt in meinen Mund.

Seine Hand wanderte von meiner Wange in die Haare an meinem Nacken, als er mich näher an sich zog. Seine Zunge erkundete sanft meinen Mund, glitt an meiner entlang und nahm uns beide mit auf die Reise unseres Lebens.

Für einen Moment in unserem Kuss verloren, neigte Xander meinen Kopf und vertiefte unseren Kuss, Hunger und Verlangen machten uns beide fast wahnsinnig. Ich erkundete seinen Mund, leckte über seinen Gaumen und tauchte meine Zunge in die Höhle seiner Wangen. Er tat dasselbe, lernte mich kennen und kehrte zu Stellen zurück, wenn ich ein Geräusch machte oder seine Finger fester drückte.

Nach unzähligen Momenten ließ Xander mich los. Er presste seine Stirn gegen meine, unsere schweren Atemzüge vermischten sich zwischen unseren Mündern. »Es tut mir leid. Ich habe dein Make-up ruiniert. Ich konnte nur keine Minute länger warten, dich zu küssen.«

»Mhm«, murmelte ich, immer noch benommen davon, so gründlich geküsst worden zu sein. Wenn dieser Mann mich in die Besinnungslosigkeit küssen konnte, konnte ich mir nur vorstellen, was er tun würde, wenn er seinen ganzen Körper bei der Sache einsetzte.

»Du schmeckst nach Schokolade«, flüsterte er, als ob wir ein Geheimnis teilten.

Meine Augen sprangen auf und meine Wangen wurden heiß. »Ich habe ein Stück gegessen, bevor ich reingekommen bin. Für Mut oder so. Dadurch habe ich mich besser gefühlt.«

»Ich fand es gut. Ich werde nie wieder Schokolade essen, ohne an dich und diesen Kuss zu denken.«

Ich lächelte. Gott, er war perfekt.

Ich richtete mich auf meinem Platz auf und wollte gerade meine Speisekarte nehmen, als der Kellner an unseren Tisch trat. »Guten Abend«, sagte er. Er zuckte kurz zusammen, als sein Blick zwischen uns hin und her wanderte, fasste sich dann aber wieder. Ich war mir sicher, er war nur schockiert, dass jemand wie ich mit einem Gott wie Xander ausging.

»Kann ich Ihnen schon etwas zu trinken bringen? Wir haben Coca-Cola-Produkte und unsere Weinkarte befindet sich auf der Rückseite der Speisekarte. Wir haben auch einige besondere Cocktails auf dieser Karte hier.« Ich nahm die Cocktailkarte von ihm und überflog sie schnell, während Xander ein Bier und ein Wasser bestellte.

»Ich hätte gern einen Himbeer-Limonaden-Cocktail und ein Wasser«, sagte ich zu ihm. Er nickte und ließ uns dann wieder allein.

Xander hielt meine Hand immer noch fest umschlossen. »Sieh mich an«, sagte er. »Dein Lippenstift ist verschmiert. Er hat uns ziemlich komisch angesehen.«

Ich zog meine Hand aus Xanders Griff, um meinen Spiegel aus der Handtasche zu kramen. Ich klappte ihn auf und lachte über das Chaos in meinem Gesicht. Ich sah aus wie ein Kleinkind, das den Lippenstift seiner Mutter ausprobiert. Xander legte seine Hand auf mein Bein und beugte sich vor, um meine Schulter zu küssen.

»Ich dachte, er hätte sich gewundert, was du mit mir machst«, gestand ich.

Xander drückte meinen Oberschenkel. »Er wusste ganz genau, was ich mit dir mache. Wie sehe ich mit braunem Lippenstift aus?«

Ich drehte mich zu ihm um und schnaubte über den kupferfarbenen Ring um seine Lippen. »Komm her«, winkte ich ihn mit einer Serviette in der Hand zu mir. Vorsichtig wischte ich meinen Lippenstift von seinem Gesicht, sodass keine Spuren unserer leidenschaftlichen Knutscherei im Restaurant mehr zu sehen waren.

Er nahm mir die Serviette aus den Händen und fasste mein Kinn, um mein Gesicht zu sich zu drehen. Behutsam wischte er um meinen Mund herum und entfernte den Lippenstift. Die sanfte Berührung seiner Hände in meinem Gesicht ließ meinen Puls in die Höhe schnellen und ich hechelte fast, als er fertig war. Sein Puls flatterte an seinem Hals und sein Atem ging stoßweise.

Er legte die Serviette ab und beäugte den Lippenstift, den ich in der Hand hielt. »Trag keinen neuen auf. Ich küsse ihn dir sowieso nur wieder ab«, sagte er und beugte sich mit jedem Wort näher, sodass seine Lippen beim letzten Wort nur einen Hauch von meinem Ohr entfernt waren. Meine Brustwarzen wurden steif und mein Höschen war drauf und dran, nass zu werden.

Xander atmete tief ein. »Du riechst so gut«, flüsterte er mir ins Ohr. Die Sanftheit seiner Worte und das Kitzeln seines Atems jagten mir einen Schauer über den Rücken. Seine Zunge schnellte hervor und leckte hinter mein Ohr. »Und du schmeckst auch gut.«

Ich presste die Lippen zusammen, um zu verhindern, dass mir ein Stöhnen entfuhr. Xander bahnte sich mit Küssen einen Weg an meinem Hals hinunter zu meiner Kehle und dann wieder hoch zu meinem Mund. Er hielt eine meiner Hände umschlungen, während die andere in seinem Schoß ruhte. Als er mich wieder küsste, war es sanfter, eher flehentlich als fordernd. Sein Kuss machte Versprechungen, erzählte Geschichten, war aber genauso leidenschaftlich wie der letzte und ließ meine Zehen sich immer noch kräuseln.

»Ich sehe schon eine lange, kalte Dusche in meiner Zukunft«, murmelte er mir ins Ohr. Ich blickte hinunter und sah, wie seine Jeans vorne eine deutliche Beule warf, um der beachtlichen Erektion Platz zu machen, die er unter dem Tisch versteckte.

Genau in diesem Moment kehrte der Kellner mit unseren Getränken zurück und nahm unsere Bestellung auf. Er zog sich schnell wieder zurück, als er sah, dass wir nichts weiter brauchten.

Ich nippte an meinem Getränk und versuchte, die Hormone zu beruhigen, die durch mich rauschten. Ich war es nicht gewohnt, mich so begehrt zu fühlen, und es machte mich ein wenig verrückt. Ich wollte unter den Tisch krabbeln und Xander von dem Druck befreien, den er verspürte. Oder ihn mit mir nach unten zerren und uns beiden helfen.

Als ob er meine Gedanken spüren könnte, fuhr Xander mit seiner Hand meinen Rücken hinauf zu meinem Nacken. Er hielt mich locker, aber fest genug, dass unmissverständlich klar war, dass er da war. »Ich kann nicht aufhören, dich zu berühren, dich zu küssen oder deinen Duft einzuatmen. Das ist das Verrückteste, was mir je passiert ist, dieses Gefühl, und ich kann es nicht kontrollieren. Ich mache dir doch keine Angst, oder?«

Ich schüttelte den Kopf und sah ihn über meine Schulter an, wobei ich ihm einen flirtenden Blick zuwarf. »Du machst mich unglaublich an. Ich habe mich in meinem ganzen Leben noch nie so schön gefühlt.«

Er beugte sich vor und legte sein Kinn auf meine Schulter. »Du bist wunderschön. So verdammt hinreißend. Danke, dass du mir eine Chance gibst.«

Ich lächelte. »Danke, dass du mir mehrere Chancen gegeben hast.«

Er lachte, überrascht von meiner Bemerkung. Sein Atem strich über mein Gesicht und kitzelte meine Nase. Ich lehnte mich an ihn und drückte sanft unsere Lippen aufeinander. Er reagierte sofort, verstärkte seinen Griff um meinen Nacken und drehte mich zu sich. Ich drehte mich in seine Arme und ließ unsere Körper miteinander verschmelzen, meine weichen Kurven schmiegten sich an seine harten Konturen.

So an ihn gepresst, konnte ich spüren, wie außergewöhnlich gut gebaut er war. Ich ließ meine Hände über seine Brust und hinunter zu seinem Bauch gleiten, wobei meine Finger über die harten Linien seines Körpers fuhren. Meine Hände glitten zurück zu seinen Schultern, und ich hielt mich an den Muskeln dort fest, die sich bei jeder Bewegung meiner Hände anspannten und zuckten. Ich streifte über seine Arme, fuhr mit einem zarten Finger über jede Muskelwölbung und spürte, wie sie sich unter meiner Berührung anspannte.

Auch Xanders Hände gingen auf Erkundungstour. Er ließ meinen Nacken los und fuhr mit einer Hand meinen Rücken hinunter, bis sie an meinem Hinternansatz ruhte. Er schob mein Oberteil aus dem Rockbund und ließ seine Finger über meinen unteren Rücken wandern, was Funken durch meinen Körper jagte. Seine andere Hand ruhte besitzergreifend auf meinem Oberschenkel, knapp unter dem Saum meines Rocks. Er liebkoste meinen Schenkel, der unter meinem Rock nackt war, und ließ mich danach schmachten, dass er höher wanderte.

»Ich bitte um Verzeihung«, sagte eine Stimme von irgendwo außerhalb meines Bewusstseins. Xander zog sich schuldbewusst von mir zurück, aber er ließ seine Hand auf meinem Oberschenkel. Ich blickte auf und sah unseren Kellner mit Tellern voller Essen über uns stehen. Er stellte alles auf den Tisch, fragte, ob wir noch etwas brauchten, und verschwand dann wieder.

Xander beugte sich zu mir und küsste meinen Hals. »Hoppla«, scherzte er an meiner Haut. Ich lachte mit ihm, gestärkt durch die Art, wie er mich fühlen ließ.

Wir stürzten uns beide hungrig auf unser Essen. Oder vielleicht waren wir auch nur darauf erpicht, von dort wegzukommen. So oder so aßen wir schnell, teilten das

Essen vom Teller des anderen und fütterten uns gegenseitig von derselben Gabel. Xander berührte oder küsste mich alle paar Sekunden, als könnte er nicht genug von mir bekommen. Es war ein neues, aber wunderbares Gefühl. Ich konnte auch nicht genug von ihm bekommen.

Als wir mit dem Abendessen fertig waren, lehnten wir uns zurück und hielten Händchen, stahlen uns schnelle Küsse, während wir uns unterhielten. »Ich dachte, wir könnten zum Nachtisch ins Sweet & Sassy gehen. Dort gibt es samstagabends Live-Musik von lokalen Künstlern. Und ihre Desserts sind natürlich fantastisch.«

»Das klingt gut. Wir können von hier aus zu Fuß gehen, oder?«

»Ja«, nickte Xander. »Es ist an der Ecke vom Winter Way.«

Nachdem er das Abendessen bezahlt hatte, rutschte Xander aus der Nische und streckte mir seine Hand hin. Ich schob meine Hand in seine und lächelte, als er sie fest umklammerte, während wir das Restaurant verließen.

KAPITEL 9

IM SWEET & SASSY war es brechend voll, aber wir schafften es trotzdem, einen Tisch zu ergattern. Eine Kellnerin ganz in Schwarz mit einer rosa Schürze um die Taille begrüßte uns herzlich und gab uns die Speisekarten. Ich war ein wenig enttäuscht, dass wir uns am Tisch gegenübersaßen, aber Xander änderte das schnell, indem er seinen Stuhl neben meinen schob.

Und seine Hand wieder auf meinen Oberschenkel legte.

»Worauf hast du Lust?«, fragte er mich leise und presste seine Lippen an mein Ohr.

Mein Körper erzitterte, während Lustschauer durch mich zuckten. Ich warf einen Blick auf die Karte und sah Schokolade, Schokolade und noch mehr Schokolade. »Such du aus. Für mich sieht alles gut aus.«

»Für mich siehst du gut aus«, flüsterte er und knabberte sanft an meinem Ohr. Ich zuckte zusammen, überrascht von der intimen Berührung in solch einer öffentlichen Umgebung. Ein Lächeln umspielte meine Lippen, als sich mein Körper erhitzte. »Wie wäre es mit etwas Schokoladigem?«, neckte er mich.

Die Kellnerin kam zurück und Xander bestellte eine gemischte Pralinenplatte, zwei Mini-Schokoladenmousse-Törtchen und zwei Gläser Wein. Als sie wegging, forderte Xander mich zum Tanzen auf. Eine Liveband spielte, aber niemand tanzte. Vor der Band war die Tanzfläche komplett frei, aber ich war mir nicht sicher, ob ich mich vor der Menge zur Schau stellen wollte. »Ich weiß nicht. Niemand sonst tanzt.«

»Na und?«, sagte er mit einem Schulterzucken. »Vielleicht bringen wir sie dazu, mitzumachen.«

Ich lächelte bei seinem hoffnungsvollen Blick und ließ mich von ihm nach vorne ins Restaurant führen. Die Band begann ein langsames, süßliches Lied zu spielen, als wir die Tanzfläche betraten. Xander zog mich eng an sich, seine eine Hand ergriff meine, während die andere besitzergreifend tief auf meinem Rücken ruhte.

In seinen Armen fühlte ich mich kleiner als meine Konfektionsgröße 48. Xander war groß, locker über eins achtzig. Die Masse seines Körpers ließ meinen zwergenhaft erscheinen und erlaubte es mir, mich im Vergleich zu ihm klein zu fühlen. Er hielt mich fest, unsere Körper aneinandergepresst, was mir erlaubte, die Festigkeit seines Körpers zu genießen.

Muskeln hielten mich an ihn gepresst und seine wachsende Erektion drückte sich an mich. Wir tanzten langsam, unsere Füße schlurften leicht, um uns in Bewegung zu halten, aber eigentlich nutzten wir die Musik nur als Ausrede, um uns eng zu umarmen. Als er mich hielt, wurde mir klar, dass ich mich noch nie so umsorgt oder geliebt gefühlt hatte wie in diesem Moment.

Das jagte mir eine Heidenangst ein.

Ich wollte mich nicht so schnell in Xander verlieben, aber ich tat es. Er kannte mich besser als jeder andere zuvor, einschließlich Claire. Ich hatte ihm meine tiefsten Geheimnisse und meine Ängste anvertraut. Ich hatte ihm von meiner Vergangenheit und meinen Hoffnungen für die Zukunft erzählt. Und er hatte all das Gleiche mit mir geteilt.

Ich wusste, dass ich nach ihm nie wieder dieselbe sein würde.

Als das Lied endete, bemerkte Xander, dass unser Dessert am Tisch auf uns wartete. Er schlang seine Arme um meine Taille, als er mir folgte, und hielt dabei seine sich abzeichnende Hose verborgen, zurück zu unserem Tisch.

Xander ließ sich auf den Sitz neben mich fallen und führte unsere verschränkten Hände an seine Lippen, wo er einen sanften Kuss über meine Fingerknöchel hauchte. Xander griff nach dem Teller mit den Leckereien, um ihn näher an uns heranzuziehen, und wählte eine aus. Er schnupperte daran, als ob er erraten könnte, welche Geschmacksrichtung sich unter der dicken Schokoladenschicht verbarg.

Er bot sie mir an und flüsterte: »Beiß ab.«

Ich öffnete meinen Mund und schloss meine Lippen um die Schokolade, wobei seine Finger kaum die Innenseite meiner Lippen streiften. Ich biss in die Praline und schmeckte die süße Schokolade, dann traf die herzhafte Erdnussbutter auf meine Geschmacksknospen. Ich stöhnte leise auf und schloss die Augen. Als ich sie wieder öffnete, beobachtete Xander mich. Er schob den Rest der Praline in seinen eigenen Mund und leckte seine Finger sauber.

»Das war wirklich gut«, sagte ich.

Xander wählte eine weitere Praline und teilte sie wieder zwischen uns. Wir teilten jede Praline, wobei sich die Aromen in unseren Mündern vermischten. Als Xander seine Lippen auf meine legte, konnte ich die Schokolade in seinem Mund schmecken, die Süße vermischte sich mit seiner herrischen Zunge und ließ meinen Körper vor Vorfreude vibrieren.

Wir tranken unseren Wein, dann fütterte Xander mich mit einem der Törtchen. Es war weich und süß und zerging in meinem Mund. Ich nahm das zweite und hielt es ihm hin. Er hielt meinen Blick fest, als er seine Lippen über meine Finger schloss und das Törtchen mit seiner Zunge wegnahm. Seine Hand an meinem Handgelenk hielt meine Finger in seinem Mund und er leckte und saugte an ihnen, bis sie sauber und ich am Keuchen war. Ein nasses Höschen und harte Brustwarzen waren die Vorboten für meinen schmerzenden Körper, der nach ihm verlangte. Ich wollte ihn. Dringend.

Als er sich vorbeugte und mir ins Ohr flüsterte: »Willst du mit zu mir kommen?«, nickte ich eifrig und folgte ihm aus der Tür.

In der kühlen, frischen Luft überkam mich ein Gefühl der Klarheit. Wollte ich wirklich mit jemandem nach Hause gehen, den ich kaum kannte? Schließlich hatten Xander und ich uns unterhalten, aber wir hatten uns wirklich nur einmal getroffen. War ich die Art von Frau, die mit einem Mann beim ersten Date schlief?

Als ob er meinen Stimmungsumschwung spüren könnte, hielt Xander mich auf dem Bürgersteig an. Das Licht aus den geöffneten Läden neben uns wich tiefen Schatten, wo wir standen. Er zog mich an sich und hielt mich fest. »Ist alles in Ordnung?«

Ich versuchte zu nicken, war mir aber nicht ganz sicher, wie ich mich fühlte. Fest in seinen Armen umschlungen fühlte ich mich sicher und beschützt, aber als ich mit ihm nach Hause ging, befürchtete ich, dass ich mich Hals über Kopf in etwas stürzte.

Xander beugte sich hinunter und fuhr mit seiner Zunge leicht über mein Ohr. Seine Lippen blieben nahe bei mir, als er tief Luft holte. Dann sagte er: »Du musst nicht mit zu mir nach Hause kommen, wenn du nicht willst. Ich weiß, das ist alles seltsam und die Verbindung zwischen uns ist … Ich weiß nicht. Sie ist verdammt stark. Ich bitte dich nicht mit zu mir, weil ich Sex will. Ich will nur mit dir allein sein. Ohne dass jeder andere Mann im Laden dir Schlafzimmeraugen macht.«

Ich lachte an seine feste Brust, mich an seiner Taille wie an einem Rettungsring festhaltend. »Niemand hat mich so angesehen.«

Er trat von mir zurück, um mir in die Augen zu sehen. »Doch, das haben sie. Wie konntest du das nicht bemerken?«

»Äh, weil es nicht passiert ist«, neckte ich ihn.

»Doch, Schatz, das ist es. Du merkst gar nicht, wie umwerfend du bist.«

Ich machte eine abweisende Handbewegung, unfähig auszudrücken, wie viel es mir bedeutete, ihn diese Worte sagen zu hören. Ich hatte mein ganzes Leben davon geträumt, dass mich jemand attraktiv findet, und der heißeste Typ, den ich je getroffen hatte, sagte mir, ich sei umwerfend. Es war fast zu viel für mich.

Xander lehnte sich gegen den Ziegelstein des Gebäudes hinter uns und zog mich an sich. »Mandy, hör zu. Ich bin hier bei dir, weil ich deine Persönlichkeit liebe. Wir können uns leicht unterhalten und ich genieße es, alles über dich zu erfahren. Heute Abend, die Art, wie ich meine Hände nicht von dir lassen konnte, das hatte nichts mit unseren Gesprächen zu tun. Das bist alles du, Baby. Du bist wunderschön und du machst mich an. Ich weiß, du kannst es spüren, du merkst es. Ich will dich, nicht irgendeine dünne Version von dir. Du bist wunderschön, so wie du bist. Ich wünschte, du könntest sehen, was ich sehe.«

»Ich weiß nicht, ob ich mich jemals so sehen werde. Ich habe akzeptiert, wer ich bin, und bin im Grunde glücklich, aber ich halte mich nicht für sexy. Es verblüfft mich, dass du mich überhaupt willst.«

Xander verankerte seine Hände an meinen Hüften, seine Finger gruben sich in meine fleischigen Seiten, und zog mich an sich. Unsere Körper trafen aufeinander und er stieß sanft gegen mich, seine feste Erektion grub sich in meinen weichen Bauch. »Du weißt, dass ich dich will. Das kannst du spüren. Hier draußen sind nur wir beide, und das alles deinetwegen. Und ja, ich würde dich liebend gern mit nach Hause nehmen und bis zum Morgengrauen mit dir schlafen, aber ich bin mehr als glücklich, einfach nur mehr Zeit mit dir zu verbringen. Es geht hier um uns beide. Ich will dich glücklich machen.«

»Ich hatte das noch nie. Ich hatte noch nie jemanden, der sich darum schert, ob ich glücklich bin. Der zuerst an mich denkt, anstatt an sich selbst. Es ist … es ist einfach seltsam. Keine meiner Freundinnen hat Männer wie dich in ihrem Leben. Es ist, als wären wir immer aussortiert worden, weil wir mollig sind, und dass du hier stehst und mir sagst, du willst mich … Das ist alles ein bisschen surreal für mich.«

Xander zog mich fest an sich und hielt mich. Seine Hände strichen über meinen Rücken und er drückte seine Lippen auf meine Haare. Während er beim Abendessen und Dessert sexy und sinnlich gewesen war, war er süß und einfühlsam, als wir auf dem Bürgersteig standen. Seine Berührung war eine Zusicherung, nicht dazu gedacht, mich anzumachen oder ihn geil zu machen, sondern nur, um mich davon zu überzeugen, dass er aus denselben Gründen da war wie ich. Er wollte es sein.

»Wenn es dir hilft: Das ist für mich auch ein bisschen surreal. Ich weiß, du denkst, ich hatte so ein einfaches Leben, weil ich gut aussehe –«

»Heiß, Xander. Nicht nur gut aussehend. Du bist verdammt gut aussehend. Ganz zu schweigen von charmant.«

Er lachte leise in mein Haar. »Wie auch immer, es ist

nicht so, dass mir alles leichtfällt. Ich habe dir vom College erzählt und wie schlecht ich war. Ich habe auch ständig Probleme mit Frauen. Du würdest nicht glauben, wie viele Frauen da draußen mich nur als hübsches Anhängsel wollen.«

»Wer sagt, dass ich das nicht tue?«, neckte ich ihn.

Er warf den Kopf zurück und lachte aus vollem Herzen. Das Geräusch polterte von seiner Brust in mich, die an ihn gepresst war. »Siehst du, das ist es, was ich an dir liebe. Du kannst mit mir scherzen. Keine Frau, die mich wirklich aus hinterhältigen Gründen will, würde darüber Witze machen. Wir haben einfach eine Verbindung. Es ist seltsam und es ist beängstigend, aber es ist unglaublich. Du bist unglaublich.«

»Bist du sicher, dass du mich nicht nur ins Bett kriegen willst?«

Er trat von mir zurück, seine Hände hielten noch immer meine Hüften. Er sah mir in die Augen, während er sich auf mich zubewegte, sein Blick wanderte Sekunden bevor sein Mund den meinen fand, zu meinen Lippen. Sein Kuss war langsam, sanft. Er küsste meine Lippen und arbeitete sich von einem Mundwinkel zum anderen vor. Er zog meine Unterlippe in seinen Mund und saugte fest daran. Er ließ sie nur los, um meine Lippe zwischen seinen Zähnen wieder einzufangen, knabberte und zog daran.

Mein Herz hämmerte in meiner Brust und drohte, sich loszureißen. Xanders Lippen bedeckten wieder meine, seine Zunge glitt an meinen Lippen vorbei, als ich vor Vergnügen seufzte. Seine Zunge glitt sanft über meine. Sein Kuss war immer noch weich, aber es lag eine Dringlichkeit dahinter, als ob er befürchtete, jemand würde uns aufhalten.

Ich klammerte mich an ihn, lehnte seinen Rücken gegen den Ziegelstein und ließ meine Hände über seinen Körper wandern. Sein Hemd war langärmelig, aber es war dünn und erlaubte mir, die Flächen seines Körpers zu fühlen, die

Stärke, die er unter seiner Kleidung verbarg. Meine Hände wanderten zu seiner Taille und ich zögerte. Ich wollte zwischen uns greifen und ihn halten, ihn in meiner Hand pulsieren spüren, aber ich konnte es nicht in der Öffentlichkeit tun. Stattdessen schob ich meine Hand unter sein Hemd und fühlte die weiche Haut und die seidigen Haare auf seinem Bauch. Seine Muskeln zuckten unter meinen Fingern und er stöhnte auf, als er gegen mich stieß.

Seine Hände wanderten von meinen Hüften nach Süden, um meinen Hintern zu umschließen. Er drückte und knetete mein Fleisch und hielt mich an sich. Ich stöhnte leise in ihn hinein und zog mich zurück.

»Lass uns zu dir gehen«, sagte ich. Meine Stimme war durch die dichte Emotion, die sie umwölkte, nicht wiederzuerkennen.

Xander sah mich an und nahm mein Gesicht in seine Hände. »Deswegen habe ich dich nicht geküsst. Ich wollte dich küssen und dich nach Hause gehen lassen. Ich will nicht, dass du etwas tust, was du nicht tun willst. Ich brauche dein Vertrauen.«

»Ich weiß. Ich vertraue dir. Und ich will mit zu dir kommen. Jetzt.«

Xander beobachtete mich noch ein paar Sekunden, dann ergriff er meine Hände und schleifte mich praktisch zurück zum Parkplatz vor dem Thai This, wo wir unsere Autos abgestellt hatten. Er zeigte mir seines und führte mich zu meinem Wagen, wo er mich stürmisch küsste, bevor ich einstieg. Er joggte über den Parkplatz zu seinem Jeep und Sekunden später folgte ich ihm zu sich nach Hause.

KAPITEL 10

DIE FAHRT zu Xanders Haus führte uns zurück in Richtung meiner eigenen Wohnung. Als wir in die Einfahrt eines älteren Hauses im Ranch-Stil einbogen, war ich beeindruckt. Xander hatte erwähnt, dass ihm sein Haus gehörte, aber ich hatte eine schicke Junggesellenbude erwartet, kein Zuhause in einer Nachbarschaft in der Nähe von meiner.

Xander fuhr in die Garage und ich parkte direkt hinter ihm in der Einfahrt. Er stieg aus seinem Jeep und ging auf mich zu. Ich traf ihn am Eingang zur Garage und er ergriff meine Hand und zog mich hinter sich her hinein.

Wir gingen geradewegs in die Küche. Sie hatte eine alte, rustikale Ausstrahlung. Die Schränke waren eindeutig die originalen des Hauses, aber in ausgezeichnetem Zustand. Die Steinarbeitsplatten sahen aus, als wären sie erst vor Kurzem erneuert worden. Rechts stand ein Massivholztisch in einem tiefen, satten Espressoton mit vier ungleichen Stühlen, die irgendwie perfekt aussahen.

»Das ist wunderschön«, hauchte ich, beeindruckt von seinem Zuhause.

»Danke. Du hättest das Haus sehen sollen, als ich es

gekauft habe. Es hat eine gute Bausubstanz, aber es brauchte etwas Liebe.«

»Du hast die ganze Arbeit hier selbst gemacht?« Er nickte. »Wow, jetzt bin ich noch beeindruckter. Erzählst du mir, was du alles gemacht hast?«

Er zog eine skeptische Augenbraue hoch. »Du willst wirklich von all dem hören?«

Ich lächelte. »Ja. So bekomme ich ein besseres Bild davon, wer du bist. Außerdem liebe ich mein Reihenhaus, aber es hat nicht den Charme dieses Ortes. Ich liebe alte Häuser wie dieses. Bei denen man das Gefühl hat, dass sie eine Geschichte zu erzählen haben, und man herausfinden muss, welche das ist. Ich glaube, du hast die Geschichte dieses Hauses gefunden.«

Er errötete und blickte weg, sah sich in der Küche seines Hauses um. Stolz und Verlegenheit kämpften auf seinem Gesicht, aber als er sich wieder zu mir umdrehte, strahlte der Stolz durch.

»Das Haus gehörte einer Frau, die hier aufgewachsen ist. Ihre Eltern haben das Haus gebaut. Sie wollte in ein Seniorenheim ziehen und hatte keine Familie, also verkaufte sie das Haus und plante, das Geld für ihren Aufenthalt im Heim zu verwenden.«

Er stand neben mir, während er sprach. Als sich unsere Blicke trafen, konnte ich sehen, wie wichtig ihm das Haus war.

»Sie hatte es weit unter dem Marktwert angeboten, aber niemand wollte es wegen der ganzen Arbeit, die gemacht werden musste. Ich habe sie besucht, sie war schon ins Seniorenheim umgezogen, und habe mit ihr über das Haus gesprochen. Sie erzählte mir davon, wie sie hier aufgewachsen ist und wie viel Liebe das Haus erfüllt hatte. Sie hatte zwei Geschwister, aber beide sind vor Jahren weggezogen und hatten kein Interesse an dem Haus. Sie hatte nie geheiratet, also hatte sie auch keine Kinder, die es hätten beanspruchen können. Sie wollte nur, dass es an jemanden geht, der das Haus lieben würde.«

Ich drückte seine Hand und ermutigte ihn, weiterzusprechen. Ich merkte, dass er die Frau ins Herz geschlossen hatte.

»Jedenfalls machte sie sich Sorgen um das Geld, weil der geforderte Preis nur für etwa fünf Jahre im Seniorenheim reichen würde. Sie sagte, sie wisse, dass viel Arbeit nötig sei, aber sie müsse genug dafür bekommen, um sicherzugehen, dass sie ohne Sorgen leben könne. Da sie auf sich allein gestellt war, hatte sie keine Familie, an die sie sich wenden konnte, falls ihr das Geld ausging. Ich erklärte mich bereit, etwas mehr als ihren geforderten Preis zu zahlen, und ich habe einen Vertrag mit dem Pflegeheim unterzeichnet, dass sie sich an mich wenden, um ihr zu helfen, falls ihr das Geld ausgeht.«

»Wie heißt sie?«

»Louise. Sie ist für mich wie eine Großmutter geworden. Ich besuche sie jede Woche und wir spielen Karten. Ich bringe ihr Bilder vom Haus mit und sie erzählt mir Geschichten. Dieses Haus hat eine Menge Geschichten, und du hast recht, ich habe mir große Mühe gegeben, sie zu finden. Louise hat dabei geholfen.«

»Sie klingt wundervoll. Das macht diesen Ort noch besonderer, weil du eine Verbindung zu seiner Vergangenheit hast.«

Xander nickte. »Deshalb liebe ich es so sehr. Ich weiß, es ist nur ein Haus, aber es ist mein Zuhause. Es ist der erste Ort, auf den ich je stolz war.«

Ich lächelte und streckte mich, um ihn zu küssen. Er kam mir entgegen und seine Zunge fuhr schnell durch meinen Mund. Ich zog mich zurück, bevor wir uns zu sehr in unserem Kuss verloren, und fragte: »Also, was hast du hier alles gemacht?«

Er sah sich in der Küche um und nahm den Raum in sich auf. »Eigentlich so ziemlich alles. Die Schränke sind nicht original, aber ich habe welche maßgefertigt, die dem alten Design entsprechen. Die Arbeitsplatten sind neu und den Fliesenboden habe ich ersetzt, als ich hier ankam. Natürlich sind alle Geräte neu. Den Tisch habe ich vor ein paar Jahren auf einem Flohmarkt gefunden und dachte einfach, er passt. Die Stühle habe ich über die Jahre gesammelt, auf der Suche nach ähnlichen Größen und Farben, aber ich wollte etwas, das ein bisschen anders ist.«

»Das hast du fantastisch gemacht. Ich dachte wirklich, das wären die originalen Schränke. Sie sind wunderschön.« Ich fuhr mit der Hand über die Schranktüren und spürte das glatte, kühle Holz unter meinen Fingerspitzen.

»Willst du den Rest sehen?«, fragte Xander schüchtern.

Ich drehte mich zu ihm, ein breites Grinsen auf meinem Gesicht. »Absolut.«

Er führte mich durch das Esszimmer, wo er den Parkettboden erneuert und ein Einbauregal für Serviergeschirr und andere selten benutzte Küchenutensilien installiert hatte. Das Wohnzimmer hatte denselben Parkettboden und einen neuen Deckenventilator. Die Möbel waren groß und aus Leder, sehr einladend. Xander hatte einen riesigen Fernseher gegenüber der Couch und ein paar kleine Tische, die im Raum verteilt waren. Der ganze Ort hatte ein sehr gemütliches, heimeliges Gefühl.

Hinter dem Wohnzimmer befand sich ein schmaler Flur, der zu den Schlafzimmern führte. Wir kamen an zwei kleinen Räumen vorbei, die Xander als sein Büro und Heim-Fitnessstudio nutzte, sowie an einem Gästebad, bevor wir uns seinem Schlafzimmer näherten.

»Ich'versuche nicht, dich hier reinzulocken. Ich möchte nur, dass du es siehst.«

»Ist das ein Euphemismus?«

Er lachte rau auf und zog mich für einen kurzen, heftigen Kuss an sich, dann knipste er das Licht in seinem Schlafzimmer an.

Ich war froh, dass er es sich bis zum Schluss aufgehoben hatte, denn ich wusste, dass ich es sonst nicht durch den Rest des Hauses geschafft hätte.

Im Mittelpunkt stand ein Kingsize-Bett mit einem riesigen hölzernen Kopfteil, das die halbe Wand bedeckte. Knackig weiße Laken und eine Bettdecke säumten das Bett, über das achtlos Kissen geworfen waren. Eine große Kommode stand an einer Seite und ein Fernseher thronte auf einem Ständer in der Ecke. Zwei Türen flankierten das Bett neben den Nachttischen und führten zum Badezimmer und zum Kleiderschrank.

Als ich in den überdimensionierten Kleiderschrank ging, fragte ich mich, warum Xander nicht mehr Kleidung hatte. Der Schrank schien nur halb voll zu sein. »Wo sind deine restlichen Sachen?«

Er blickte auf seine Füße und fuhr sich mit einer Hand durch sein kurzes, dunkles Haar. »Ich habe nicht so viele Sachen. Der Schrank ist toll, weil selten etwas verloren geht, aber er ist viel zu groß für mich. Wenn aber mal jemand bei mir einzieht, ist es gut, dass sie Platz hat, also versuche ich nicht, ihn aufzufüllen.«

Den letzten Satz sagte er mit auf mich gerichteten Augen, als ob er die Möglichkeit in Betracht zog, dass ich bei ihm einziehen könnte. Ich formte mit den Lippen ein »Oh« und ging zurück ins Schlafzimmer. Ich ging um sein Bett herum zur anderen Tür.

Xander knipste das Licht in seinem Badezimmer an, und ich wäre fast umgefallen. »Heilige Scheiße«, sagte ich, bevor ich mich zurückhalten konnte. Der Raum war atemberaubend.

Eine Dusche für zwei oder mehr Personen erstreckte sich

entlang einer Wand, daneben eine Badewanne mit Massage-düsen und direkt darüber ein Fenster. Der Waschtisch und die Toilette befanden sich auf der anderen Seite, mit einer Tür, die für Privatsphäre bei der Toilette sorgte. Zwei Waschbecken zierten die glatten Betonarbeitsplatten, die von einem stabilen hölzernen Waschtischunterschrank getragen wurden. Schieferfliesenböden funkelten im Licht, und der bernsteinfarbene Ton des Bodens war an den Wänden wieder aufgegriffen worden.

Ich wollte in diesem Badezimmer leben.

»Hast du das hier auch alles gemacht?«, fragte ich.

Er nickte schüchtern. »Ich dachte mir, wenn ich schon alles neu mache, dann drehe ich dabei richtig durch. Es ist ein bisschen viel, aber ich liebe es.«

»Es ist fantastisch. Für so ein Badezimmer würde ich sterben.«

»Du siehst hier drin gut aus. Es steht dir.« Er streckte die Hand nach mir aus und ich ließ mich mühelos in seine Arme fallen. Er hielt mich, lehnte an der Anrichte, und ich lauschte seinem Herzschlag. Seine Hände glitten langsam über meinen Rücken. Ich tat dasselbe und lauschte, wie sein gleichmäßiger Herzschlag immer schneller wurde, je länger wir uns umarmten.

Als er mein Gesicht zu sich hochzog, küsste er mich, ließ seine Hand in mein Haar gleiten und hielt mich fest. Meine Hände strichen über seine Brust und wanderten zu seiner Taille. Ich hob den Saum seines Shirts an und ließ meine Finger über seine Muskeln fahren, genoss das Zucken, das sie machten, als ich jeden einzelnen berührte.

Xanders Zunge fuhr durch meinen Mund und nahm mich für sich in Besitz. Die Kraft und Geschwindigkeit seiner Zunge nahmen mit jeder Berührung meiner Hände auf seinem Bauch zu, bis er atemlos unseren Kuss löste.

»Es tut mir leid, Süße, ich kann das nicht. Ich kann dich

nicht so küssen. Nicht hier, so nah an meinem Bett. Wir können ins andere Zimmer gehen und reden.«

»Oder ...« Ich warf einen Blick in Richtung seines Zimmers, wo das Kingsize-Bett gerade außer Sichtweite stand.

»Oder was?«, stieß er hervor und kämpfte gegen die Hormone an, von denen ich wusste, dass sie durch ihn rasten.

Ich beschloss, die kühne, selbstbewusste Frau zu sein, die ich am Telefon war. Diejenige, die Xander erst in der Nacht zuvor nur mit ihren Worten und Geräuschen zum Kommen gebracht hatte. Diejenige, die ihn den ganzen Abend über hart gemacht hatte.

»Oder wir könnten sehen, wohin das führt, vielleicht auf deinem Bett.«

Er griff so schnell um mich, dass ich nicht wusste, was er tat, bis er mich in seinen Armen hochgehoben hatte. »Du wirst dich verletzen. Lass mich runter«, protestierte ich.

Xander trug mich zum Bett, küsste meinen Hals, während er ging, und murmelte etwas gegen meine Haut. Meine Beine waren um ihn geschlungen und ich hielt mich fest, in der Hoffnung, er würde sich keinen Bruch heben.

Am Bettrand ließ Xander mich langsam herunter, unsere Körper rieben den ganzen Weg nach unten aneinander. Er stöhnte auf, als meine Füße den Boden berührten, und er versiegelte unsere Münder miteinander und küsste mich hektisch.

»Aufs Bett. Jetzt«, befahl er. Ein kleiner Schauer durchfuhr mich bei der plötzlichen Veränderung in ihm. Ich hatte noch nie einen Mann gehabt, der mich im Bett herumkommandierte, aber ich dachte mir, dass es mir gefallen würde.

Mein Höschen wurde feuchter, als ich den Ausdruck puren Verlangens auf seinem Gesicht sah. Er wollte mich. Und wie.

Er krabbelte auf das Bett und an meinem Körper hoch und hielt an meiner Taille an. Er schob mein Shirt mit der Nase hoch und fuhr mit seiner Zunge über die weiche Haut meines Bauches. Ich zuckte zusammen und versuchte, mich wegzubewegen, und wünschte, sein Gesicht wäre nicht so nah an meinem dicksten Teil.

»Beweg dich nicht«, sagte er barsch. »Ich habe diese Stelle die ganze Nacht berührt und ich muss wissen, wie sie schmeckt.«

Ich lag stocksteif da, während er mein Shirt weiter hochschob und die schlaffe Haut meines Bauches küsste und daran saugte. Er tauchte seine Zunge in meinen Bauchnabel und summte gegen meinen Körper. Mein Herz raste und Feuer leckte über jeden Zentimeter meiner Haut, schmerzte und brannte vor Verlangen, dass er mich weiter berührte.

»Zieh dein Shirt aus«, sagte er zu mir. Ich hob meine Schultern vom Bett und zog mein Shirt über den Kopf, dann ließ ich es neben dem Bett fallen.

Seine haselnussbraunen Augen, ein tiefes, schlammiges, lüsterngrün, musterten meine obere Hälfte und ruhten für eine kurze Sekunde auf meinem Mund, bevor sie meine Augen trafen. »Du bist wunderschön«, sagte er ernst, als sich unsere Blicke trafen. Meine Augen füllten sich mit Tränen und er bewegte sich sofort nach oben, um mich zu küssen.

Er stützte sich mit einer Hand ab und zwang die andere in mein Haar, zog mich hoch, um seinen Kuss zu erwidern. Seine Zunge drängte sich durch meine Zähne und stieß rau in meinen Mund. Ich hielt mich an ihm fest und versuchte, mich an alles zu erinnern, was ich fühlte, für den Fall, dass es ein Traum war und ich aufwachte.

Als er sich von mir zurückzog, schaute er mir in die Augen, unsere Stirnen aneinandergepresst. »Du bist die schönste Frau, die ich je in meinem Bett hatte. Die schönste Frau, die ich je gesehen habe. Und ich werde dafür sorgen, dass du weißt, wie sehr ich dich will, wenn ich mit dir fertig bin.«

Ich schluckte, plötzlich zu Tode erschrocken von dem, was er tun würde. Nein, ich wusste, er würde mich nicht verletzen, aber ich wusste, dass es für mich sehr emotional werden würde, wenn er versuchte, mich dazu zu bringen, mich anders zu sehen.

»Ich küsse deine Lippen und ich sehe kein fettes Gesicht, wie du meinst, dass du es hast. Ich schmecke deine Süße, einen Hauch von Schokolade, der mich an dich erinnert, und ich weiß, dass ich da nicht aufhören kann.«

Er bewegte sich zu meinem Ohr und flüsterte: »Wenn ich deine Wange küsse, denke ich nicht an deine verborgenen Wangenknochen oder deine pausbackigen Wangen. Ich denke daran, wie gut deine Haut riecht und wie sehr du es magst, wenn ich meine Zunge hinter dein Ohr tauche, und wie schnell dein Puls ist, wenn ich in deiner Nähe bin.«

Seine Zunge streichelte meinen Puls und er schlug schneller, was ihn ermutigte.

»Ich arbeite mich deinen Hals hinunter zu deinen Brüsten und ich denke nicht, dass sie zu groß oder schwer sind, ich denke, dass sie perfekt in meine Hände passen und«, hielt er inne, als er mit einem Daumen über eine Brustwarze rieb. Ich bog mich ihm entgegen und drückte meine Brüste fester in seine Hand. »Ich denke daran, wie du auf meine Berührung reagierst. Daran, wie ich dir letzte Nacht zuge-hört habe, als du deine Brustwarzen berührt hast, und wie hart ich geworden bin.«

Er griff hinter mich und öffnete meinen BH, schob ihn meine Arme hinunter und warf ihn hinter sich. Sein Mund bedeckte eine Brustwarze, während seine Finger die andere zwirbelten. Ich stöhnte und krallte mich an ihm fest. Ich war kurz vor einem Orgasmus, nur durch seine Worte und ein wenig Brustwarzenspiel, etwas, das noch nie zuvor passiert war. Ich wusste, ich würde zerspringen, wenn er mich dort berührte, wo ich mich nach ihm sehnte.

Seine Hände glitten zu meinen Hüften hinunter und er verteilte Küsse auf dem Weg. Auf meinem Bauch sagte er: »Wenn ich hier küsse, denke ich nicht an das Gewicht, von dem du meinst, dass du es verlieren musst. Ich denke daran, wie weich deine Haut ist und dass dies ein Ort ist, von dem ich weiß, dass er nach dir riecht. Ein Ort, der nicht von Deo oder Parfüm oder irgendetwas anderem befleckt ist, sondern einfach nur dich birgt.«

Meine Hände umfassten seinen Kopf, sein kurzes Haar strich über meine Fingerspitzen und kitzelte meine Handflächen. Während er mich küsste, schob er mir Rock und Höschen von den Hüften. Er sah zu mir auf, eine Frage in seinen Augen. Ich lächelte ihn an und gab ihm die Erlaubnis, die er suchte.

Er warf meinen Rock und mein Höschen mit meinen anderen Kleidern auf den Boden und ich kniff meine Augen fest zusammen, weil ich den Ausdruck in seinen Augen nicht sehen wollte, wenn er meinen ganzen nackten Körper in Augenschein nahm.

»Sieh mich an, Mandy«, sagte er sanft. Ich zwang meine Augen auf und begegnete seinen, in denen ich Bedürfnis und schmerzliches Verlangen fand, statt des Ekels, den ich erwartet hatte. »Du bist verdammt schön. Ich weiß nicht, wie ich so viel Glück haben konnte, aber danke, dass du hier bist.«

Eine Träne rann aus meinem Auge und Xander legte sich neben mich. »Rede mit mir, Süße. Was denkst du gerade?«

Ich zögerte. Er sagte, er möge die selbstbewusste Frau vom Telefon, und ich fühlte mich in diesem Moment alles andere als das. Ich wollte die Decke um mich ziehen und mich vor ihm verstecken. Ich wollte schreiend aus seinem Haus rennen und nie zurückblicken. Ich wollte aus dem

Traum aufwachen, von dem ich sicher war, dass er mir bald Herzschmerz bereiten würde.

»Ich habe eine Heidenangst. Ich verstehe nicht, warum du mich attraktiv findest, weil ich es nicht tue.«

»Stopp. Genau da, stopp. Anziehung ist nichts, was wir kontrollieren können. Ich mochte dich von dem Moment an, als du ans Telefon gegangen bist, und das hat sich nicht wegen deines Aussehens geändert. Wenn überhaupt, ist es noch intensiver geworden. Ich weiß, du verstehst es nicht, aber in meinen Augen bist du wunderschön. Es muss nichts passieren. Ich kann dir deine Kleidung wieder anziehen und wir können uns auf die Couch setzen. Du hast hier das Sagen.«

»Wirklich?«, neckte ich ihn. »Ich fand es nämlich irgendwie gut, herumkommandiert zu werden.«

»Ja?«

»Es war irgendwie heiß.«

»Das muss ich mir merken. Fürs Erste denke ich, wir sollten es langsam angehen lassen. Ist das für dich in Ordnung?«

Ich blickte auf unsere nebeneinandergepressten Körper hinab, meiner völlig nackt und seiner vollständig bekleidet. »Ich glaube, ich fände alles besser, wenn du auch nackt wärst.«

Er lächelte und küsste meine Nase, bevor er sich vom Bett rollte. Seine Kleidung verschwand schnell, und er kehrte an meine Seite zurück, wo er sich auf seinen Ellbogen stützte. Ich drehte mich zu ihm und spürte, wie er sich tief und hart an meinen nackten Bauch drückte. Ich sah hinab und griff nach ihm, unfähig, mich zurückzuhalten.

Ich schlang meine Finger um seine Länge und bestaunte die seidige Haut, die seinen harten Schaft bedeckte. Ein paar Tropfen Lusttropfen glänzten auf der Spitze, und ich wischte sie mit meinem Daumen weg, während ich seine Eichel umkreiste. Xander knirschte mit den Zähnen und stieß in meine Hand. »Verdammt, Süße, du kannst nicht damit weitermachen, sonst komme ich.«

»Ich will, dass du kommst. Ich will dir zusehen. Ich will dich schmecken.«

»Kann ich dich zuerst schmecken? Bitte«, stöhnte er, als ich ihn sanft streichelte. Er drückte mich sanft auf den Rücken und beugte sich über mich, küsste meinen Hals und wanderte meinen Körper hinab. Er hielt an meinen Brustwarzen inne, um sie zu lecken und daran zu knabbern, dann fuhr er mit der Zunge über meinen Bauch, bevor er sich zwischen meinen Beinen niederließ.

Ich hatte ihm immer noch nicht geantwortet, also sah er mich erwartungsvoll an, während er seine Nase an meinen Körper drückte. Seine Finger strichen meine Innenschenkel hinab, kitzelten und reizten mich, damit ich mich für ihn weit öffnete. Ich stöhnte leise und ließ meine Knie auf das Bett sinken, um Xander den Zugang zu gewähren, den er brauchte.

Er verschwendete keine Zeit und fuhr mit seiner Zunge in einer einzigen schnellen Bewegung über mich. Ich stöhnte laut auf und bog mich ihm entgegen. »Verdammt, du schmeckst gut«, murmelte er an meiner Haut. Seine Hände hielten meine Beine gespreizt, während seine Zunge in mich eindrang und sanft in mich stieß, bevor sie zu meiner Perle zurückkehrte.

Er umkreiste sie und saugte sanft an mir. Seine Finger wanderten näher zu mir, bis er einen in mich hineingleiten ließ und tief in mich eindrang. Er zog seinen feuchten Finger aus mir heraus und stieß ihn zusammen mit einem weiteren wieder hinein, während er mich in seinen Mund sog. Ich schrie auf und wehrte mich gegen ihn, versuchte mich zurückzuhalten, anstatt mich von der Erlösung erfüllen zu lassen.

»Komm für mich, Süße. Ich muss dich schmecken. Jetzt.«

Xander fügte einen dritten Finger hinzu und stieß tief und kräftig in mich, während seine Zunge mich wie wild leckte, als sich mein Körper fest um ihn schloss und ich meine Erlösung auf der Spitze seiner Zunge spürte. Er streckte seine freie Hand aus und zwirbelte meine Brustwarze, als er seine Finger das nächste Mal in mich stieß, die Lust und der Schmerz seiner Bewegung rissen den Orgasmus aus mir heraus.

Ich schrie seinen Namen und kam in einer gewaltigen, zuckenden Explosion. Er hielt mich fest, sog und stieß, während eine Welle des Orgasmus nach der anderen über mich hinwegrollte. Als der Rausch nachließ, spürte ich, wie Xanders Finger aus meinem tiefsten Inneren glitten, und er küsste meinen Oberschenkel mit feuchten Lippen. Er kroch über mich, legte sich neben mich auf das Bett, seine Erektion überbrückte die Lücke zwischen uns.

»Das war das Tollste überhaupt. Ich werde nie aufhören können, daran zu denken, wie du klingst und wie du schmeckst.«

Ich griff zwischen uns und hielt ihn in meiner Hand, zögernd. Er strich mir sanft durchs Haar, küsste meine Schläfe und hielt mich fest. »Wirst du mit mir schlafen?«, fragte ich schließlich.

Er erstarrte. Als hätte er es sich anders überlegt. Als ich den Mut aufbrachte, ihn anzusehen, hatte er das breiteste Grinsen im Gesicht. »Bist du sicher? Ich will nicht, dass du das Gefühl hast, du müsstest das tun.«

»Wenn du nicht will—«

»Verdammt, nein«, unterbrach er mich. »Du weißt, dass ich es will. Ich will nur sicher sein, dass du bereit bist.«

»Ich will dich in mir spüren. I… Ich brauche dich in mir.«

Xander beugte sich über mich, öffnete die Schublade seines Nachttischs und zog ein Kondom heraus. Ich nahm es ihm aus den Fingern und riss es auf. Er legte sich auf den Rücken, seine Erektion zeigte zur Decke. Ich hielt das Kondom über ihn und sah ihn kurz an, bevor ich anfing, es über ihn abzurollen.

Seine Finger fanden meine nackte Vagina, und er ließ zwei hineingleiten, während ich mich an ihm zu schaffen machte. Mein Körper bewegte sich mit seinen Fingern, hüpfte über seine Hand, auf der Suche nach einer weiteren Erlösung, während er mit mir spielte.

Als das Kondom saß, packte Xander meine Hüften und fing an, mich anzuleiten, über ihn zu krabbeln. »Was machst du da?«, fragte ich panisch. Ich konnte mich nicht auf ihn setzen, ich würde ihn zerquetschen.

»Ich will dich oben haben, zumindest am Anfang. Ich will dir zusehen, wie du mich reitest.«

»Ich habe Angst, dass ich dir wehtue.«

»Keine Chance. Bitte. Ich will dir nur ein paar Minuten lang zusehen.«

Ich gab unter dem flehenden Blick in seinen Augen nach und krabbelte auf ihn. Er führte sich selbst in mich ein und hielt meine Hüften fest, als er richtig positioniert war. Ich ließ ihn meinen Körper kontrollieren und genoss das Gefühl, wie er an meinem Eingang pulsierte. Mein Körper war feucht und bereit für ihn, schmerzte bereits von seiner Berührung.

Xander ließ mich Zentimeter für Zentimeter auf sich herabgleiten und erlaubte meinem Körper, sich zu dehnen, um seinen dicken Schwanz aufzunehmen. Ich spreizte die Knie weiter, um ihn willkommen zu heißen, und ließ mich auf ihn fallen, wobei ich mich auf seiner Erektion aufspießte.

Der Schmerz und die Lust, ihn in mir zu haben, überfielen meinen Körper und ließen mich wissen, dass ich für eine weitere Runde bereit war. Xander spürte, wie sich mein Körper um ihn schloss, und stöhnte leise. »Reite mich, Süße.

Nimm dir deine Lust an meinem Körper. So wie du sie dir letzte Nacht an meinen Worten genommen hast. Reite mich hart.«

Ich stützte meine Hände auf seiner Brust ab, um mehr Hebelkraft zu haben, und hob mich langsam von ihm ab. Ich ließ mich wieder fallen und spreizte meine Knie weit, um Xander so tief aufzunehmen, wie es nur ging. Sein Schwanz traf mich tief und hart, aber ich brauchte es schneller. Seine Hände hielten meine Hüften, nicht kontrollierend, nur um mich zu fühlen. Ich hob und senkte mich härter und schneller und spürte, wie sich mein Körper fest um ihn wand, während mein Orgasmus näher an die Oberfläche kroch.

Frustriert, dass ich mich nicht schneller bewegen konnte, warf ich den Kopf zurück und richtete mich auf. Xander spürte mein Bedürfnis und ließ seine Hand zwischen uns gleiten. Er rieb wie wild mit seinen Fingern an mir, was mich dazu brachte, mich weiter zurückzulehnen, um ihm besseren Zugang zu gewähren. Ich stöhnte laut, immer näher an dem Abgrund, über den ich unbedingt stürzen musste. Xander drehte uns abrupt um, hielt sich in meinem Körper umschlossen und rammte in mich.

Seine Finger wirkten ihre Magie an mir, während er unsere Körper gegeneinanderschlug. Das Klatschen der Haut war nur ein leises Geräusch im Hintergrund im Vergleich zu dem schweren Atmen und Stöhnen, das wir von uns gaben. Xander stöhnte mir ins Ohr: »Komm für mich, Mandy. Süße, ich brauche dich jetzt, komm. Ich kann nicht mehr lange durchhalten, Baby. Gib es mir.«

Ich kam auf sein Kommando hin, schrie seinen Namen und klammerte mich an ihn, während mein Körper von der Macht meines Orgasmus erschüttert wurde. Er stieß hart und tief, mein Name auf seinen Lippen, als er direkt nach mir kam.

Er küsste meine Augen, meine Wangen, meine Finger, alles, was er erreichen konnte, während wir beide von Nachbeben erzitterten. Ihn zu lieben war die intensivste und zärtlichste Erfahrung meines Lebens. Selbst als es zwischen meinen Beinen zu schmerzen begann und ich wusste, dass ich tagelang Muskelkater haben würde, wusste ich mehr als alles andere, dass er mich für andere Männer ruiniert hatte. Niemand würde jemals mit Xander Carlson mithalten können.

KAPITEL 11

DANACH ZOG Xander mich in seine Arme und hielt mich fest. Er flüsterte mir ins Ohr und sagte mir, wie wunderschön ich sei. Im Nachglühen nach dem Sex erlaubte ich mir zu glauben, dass er das wirklich so empfinden konnte.

Köstlich befriedigt und von unserem gegenseitigen Vergnügen pochend, blieb ich in Xanders Armen, in seinem Bett. Ich wusste, dass ich gehen sollte, nach Hause, anstatt mich mit einem peinlichen Morgen danach oder einem Walk of Shame auseinandersetzen zu müssen. Xander hielt mich fest, während wir in seinem Bett kuschelten und zwischen sanften Küssen redeten. Ich sagte ihm, dass ich gehen sollte, aber er redete und küsste mich einfach weiter und ich ging nie.

Irgendwann nach Mitternacht schliefen wir ein, ineinander verschlungen, die frischen weißen Laken um uns gezogen. Mir war vage bewusst, dass ich noch nie so viel Zeit nackt mit einem Mann verbracht hatte. Als ich in den Schlaf abdriftete, wurde mir auch klar, dass ich auch noch nie die Nacht bei einem Mann verbracht hatte.

Ein paar Stunden später wachte ich auf und fühlte mich

unwohl, dort zu sein. Nach allem, was wir geteilt hatten, unseren Telefonaten, den Berührungen, dem Liebesspiel, machte ich mir immer noch Sorgen, dass der Morgen seltsam werden würde.

Ich löste mich aus seiner Umarmung und glitt aus dem Bett. Leise sammelte ich meine Kleidung ein und zog mich an. Ich warf einen Blick zurück zum Bett, wo Xander bäuchlings lag und sich auf seiner Seite des Bettes ausgestreckt hatte. Mein Herz schmerzte und sagte mir, ich solle mich wieder neben ihn kuscheln, aber ich wusste, dass ich gehen sollte.

Anstatt mich ohne ein Wort davonzuschleichen, beschloss ich, ihm zu sagen, dass ich gehe. Ich ging zur Seite des Bettes und legte meine Hand auf seine nackte Schulter, wobei die Wärme seiner Haut mich wärmte. »Xander«, rief ich leise, während ich ihn anstupste.

»Hmm?«

»Ich fahre jetzt nach Hause.«

Er rollte sich um und sah zu mir auf, seine Augen verschlafen und verwirrt. »Mandy. Schatz, komm zurück ins Bett.«

»Nein, ich fahre nach Hause. Schlaf du nur weiter.«

Er ergriff meine Hand und zog mich für einen verschlafenen Kuss zu sich herunter. »Du musst nicht gehen. Ich will, dass du bleibst.«

Ich lächelte und überlegte, ob ich vielleicht bleiben sollte, aber ich wusste, dass der Morgen komisch werden würde. »Ich muss nach Hause. Ich glaube, meine Freunde sind noch da.«

»Oh babe, ich wusste nicht, dass ich dich von deinen Freunden abhalte. Tut mir leid.«

Ich lächelte. »Nein, schon gut. Sie sind rübergekommen, um mir zu helfen, herauszufinden, was ich zu unserem Date anziehen soll.«

Er fuhr mit der Hand über meinen Hintern und dann unter meinen Rock, um meine nackte Haut zu berühren. »Dann richte ihnen ein Dankeschön von mir aus. Du sahst umwerfend aus. Tust du immer noch.«

»Werde ich ausrichten. Rufst du mich morgen an?«

»Auf jeden Fall. Fahr vorsichtig, Schatz.«

Ich küsste ihn sanft und schlich mich zur Haustür hinaus. Die Straßen waren ruhig, als ich nach Hause fuhr, und ich fand mein Reihenhaus dunkel vor. Drinnen sah ich Sam auf der Couch und lächelte. Ich schleppte mich die Treppe hoch und ging in mein Zimmer, wo ich mir zum zweiten Mal die Kleider vom Leib riss. Ich zog mir ein Trägertop und Shorts an und kletterte neben eine völlig weggetretene Claire ins Bett.

Am nächsten Morgen rollte Claire sich um und verpasste mir einen Klaps, wodurch sie mich aufweckte. Sie schrie auf und sprang hoch, bevor sie sah, dass nur ich es war. In meinem Bett. »Wann bist du nach Hause gekommen?«, fragte sie und kletterte zurück ins Bett.

»Gegen drei. Xander wollte, dass ich bleibe, aber ich hatte Angst, dass der Morgen danach komisch werden würde.«

»Ooh, der Morgen danach. Klingt, als hättest du eine gute Nacht gehabt.«

»Jap, eine richtig gute Nacht. Er ist unglaublich. Und er hat mich total fertiggemacht. Ich habe einen Mordshunger. Lass uns Sam und Addi wecken, dann erzähle ich euch alles über meine Nacht.«

In der Küche holte ich eine Pfannkuchenmischung hervor. Sam schnappte sich die Rührschüsseln und Addi holte Milch, Eier und Speck aus dem Kühlschrank. Claire setzte den Kaffee auf.

Ich schaltete den Herd ein und erhitzte die Pfanne für die Pfannkuchen, während Addi Speckstreifen auf einen Teller legte, um sie in der Mikrowelle zu garen.

»Okay, spuck's aus. Wie war es gestern Abend?«, fragte Addi, als ich die ersten Pfannkuchen in die Pfanne goss.

»Es war unglaublich. Wir waren Abendessen und er konnte die Finger nicht von mir lassen. Das Erste, was er tat, war, mich zu küssen, so richtig wahnsinnig leidenschaftlich, richtiges Rummachen. Mein Lippenstift war in meinem und seinem ganzen Gesicht verschmiert und der Kellner sah uns an, als wären wir verrückt. Er sagte, er konnte einfach nicht anders, als herauszufinden, wie ich schmecke.«

»Verdammt, das ist heiß«, sagte Sam.

»Ja, das war es. Er konnte die ganze Nacht die Finger nicht von mir lassen. Er hielt entweder meine Hand, rieb mein Bein oder hatte seine Arme so ziemlich die ganze Nacht um mich gelegt. Es war … Scheiße, ich kann es nicht einmal beschreiben.«

»Glaubst du immer noch, dass er es nicht ernst meint?«, fragte Addi.

»Ich glaube, das wird immer in meinem Hinterkopf sein, die Frage, ob er nur mit mir zusammen ist, bis jemand Dünneres daherkommt. Ich habe 27 Jahre lang geglaubt, ich sei zu dick, als dass mich jemand lieben könnte, und es ist seltsam, jetzt zu denken, dass es vielleicht doch passieren könnte. Ich meine, ich denke nicht, dass er jetzt in mich verliebt ist, aber die Art, wie er auf mich reagiert, wie angemacht er die ganze Nacht war, nicht nur ich, war einfach … es war anders als bei jedem, mit dem ich je zusammen war.«

»Er klingt perfekt, fast zu gut, um wahr zu sein. Ich bin einfach froh, dass du glücklich bist«, fügte Sam hinzu.

»Danke. Es ist komisch, langsam daran zu glauben, aber ich tue es. Und ich weiß, wenn es bei mir passieren kann, dann kann es auch bei euch passieren.«

Sie stöhnten einstimmig auf und ich lachte, wendete die Pfannkuchen auf einem Teller und biss in ein Stück dunklen, knusprigen Speck.

»Also, hast du mit ihm geschlafen?«, fragte Addi mich.

Ich errötete und fragte mich, was sie von mir denken würden, weil ich bei unserem ersten Date mit ihm geschlafen hatte. Das erste Mal, als wir uns getroffen hatten, zählte ich nicht mit, weil ich das Gefühl hatte, dass es eine andere Situation war. Dies war unser erstes Date.

»Habe ich. Macht mich das jetzt zur Schlampe?«

»Zur Hölle, nein«, schrie Sam. »Das ist der Hammer. Wie war es?«

Ich blickte zu Addi und Claire und sah, dass sie aufmunternd lächelten. Sie schienen auch nicht zu denken, dass ich eine Schlampe war und warteten gespannt auf Details. Es war seltsam, diejenige zu sein, die eine Geschichte zu erzählen hatte.

»Es war unglaublich, so im Sinne von bester Sex meines Lebens unglaublich. Ich glaube nicht, dass ich jemals wieder Sex haben werde, ohne ihn mit ihm zu vergleichen, und ich bezweifle, dass jemals jemand mithalten kann. Es war süß und sexy, aber auch leidenschaftlich und wild. Er hat sich zuerst um mich gekümmert, ein paar Mal, und dann nochmal währenddessen. Aber er war einfach … Ich könnte leicht süchtig nach ihm werden.«

»Mann, ich will auch einen. Hat er einen heißen Bruder, der auch auf dicke Frauen steht?«, neckte Addi.

Ich lachte und schüttelte den Kopf. »Nö, nur eine Schwester. Und ich bin mir ziemlich sicher, dass sie auf Männer steht.«

»Ich könnte sowieso nicht für das andere Team spielen. Der Gedanke, eine Frau zu berühren, lässt mich erschaudern. Und nicht auf die gute Art.«

»Ich weiß«, mischte sich Claire ein. »Ich glaube, das Leben wäre einfacher, wenn ich auf Frauen stehen würde, aber ich kann es einfach nicht.«

»Jap, auch hier ein Würstchen-Fan. Frauen sind

verdammt nochmal zu launisch. Außerdem mag ich Schwänze viel zu sehr. Naja, das, woran ich mich davon noch erinnere«, witzelte Sam.

Addi lachte. »Ja, da bin ich bei dir. Es ist so lange her, dass ich nicht sicher wäre, was ich mit einem anfangen sollte. Aber wir werden wohl stellvertretend durch Mandy leben müssen. Vielleicht können wir dabei ein paar Tipps aufschnappen.«

Ich lachte mit ihnen, wendete Pfannkuchen und aß ab und zu einen heißen. Claire machte mir eine heiße Schokolade, während die anderen ihren Kaffee genossen. Nach dem Frühstück machten wir es uns auf meiner Couch gemütlich und zappten durch die Kanäle, bevor wir uns entschieden, *Brautalarm* anzusehen.

Mein Handy piepte kurz nach Beginn des Films mit einer neuen Nachricht. Ich nahm es halbherzig in die Hand und erwartete nicht mehr als eine Benachrichtigung über bald ablaufende Gutscheine oder etwas Ähnliches.

Xanders Name stand auf meinem Bildschirm und ich öffnete die Nachricht. Claire pausierte den Film. »Was ist los?«

»Nichts, nur eine SMS von Xander. Oh, er ist so süß«, sagte ich und reichte mein Handy rüber. Er hatte ein Foto von sich mit einem leeren Kissen neben sich gemacht und geschrieben: »Dein Kissen und ich sind einsam ohne dich.«

Das Handy piepte erneut, als es bei Addi am anderen Ende der Couch ankam, und sie quietschte und ließ mein Handy fallen. »Was ist passiert?«

»Das musste ich jetzt nicht lesen!«, rief sie. »Oh Scheiße, ich kann es nicht ungelesen machen.«

»Was stand da?«, fragte Sam lachend. Sie hob mein Handy auf, las die Nachricht und lachte. Sie gab das Handy an Claire weiter, die ähnlich wie Addi reagierte und es mir zuwarf.

> Mein Schwanz vermisst dich auch. Ich bin
> bereit für Runde zwei, wenn du es bist.

Ich errötete und schickte ihm schnell eine SMS zurück, damit wir uns am nächsten Tag treffen. Er antwortete sofort, dass er meine Wohnung sehen wolle. Ich schickte ihm meine Adresse und wir einigten uns darauf, dass er am nächsten Tag nach der Arbeit zum Abendessen vorbeikommen würde.

Ich steckte mein Handy weg und versank wieder im Film, froh über den doch nicht so peinlichen Morgen danach.

DIE NÄCHSTEN PAAR Wochen vergingen wie im Flug. Xander und ich verbrachten viel Zeit miteinander und lernten die Gewohnheiten, Launen und Körper des anderen kennen. Ich wusste, dass ich mich langsam in ihn verliebte, und das machte mir gleichzeitig Angst und begeisterte mich. Schon bald verbrachten wir fast jede Nacht zusammen.

Melody bekam Wind von meiner neuen Beziehung und drohte, mich bei Diana wegen Verstoßes gegen die Firmenrichtlinien zu verpfeifen. Wir wussten beide, dass sie mir nicht wirklich Ärger machen konnte, aber es half meinen Chancen auf eine Beförderung nicht. Natürlich war es genau das, worauf Melody aus war. Wenn ich aus dem Weg geräumt war, war ihr die Beförderung garantiert. Diana sagte mir, Melody und ich seien die beiden aussichtsreichsten Kandidatinnen. Da ich die Regeln strapazierte, konnte Melody mich leicht anschwärzen und ihre Position sichern.

Aus irgendeinem Grund hatte sie es noch nicht getan.

»Mandy, hast du in letzter Zeit von Mr. Carlson gehört?«,

fragte sie an einem Freitagnachmittag, als ich an ihrem Platz vorbeiging.

Melodys Stimme hallte durch das Büro, sodass ich stehen blieb und mich fragte, was zum Teufel sie vorhatte.

»Ja, ich habe von ihm gehört. Warum?«, antwortete ich, wohl wissend, dass sie ganz genau wusste, dass ich mich mit Xander traf.

»Ich wollte nur sichergehen, dass er keine weiteren Probleme hatte. Wenn er dich anruft, dann nehme ich an, dass es ein Problem mit seinem Konto gibt. Wurde sein vorheriger Anspruch bezahlt?«

Ich biss die Zähne zusammen, da ich wusste, dass sie andeutete, er würde nur mit mir reden wollen, wenn er ein Problem hätte. Natürlich konnte ich nicht einfach verkünden, dass unsere Gespräche nichts mit der Arbeit und alles mit … anderen Dingen zu tun hatten. »Sein Anspruch wurde bezahlt. Soweit ich weiß, hatte er keine weiteren Probleme damit, dass seine Ansprüche nicht korrekt bezahlt wurden.«

»Vielleicht sollte ich ihn anrufen und nachhaken. Sichergehen, dass er mit dem Service, den er von dir erhalten hat, zufrieden ist. Mal sehen, ob es etwas gibt, was *ich* für ihn tun kann …«

Mein Blut kochte und ich ballte die Hände zu Fäusten. Ich hatte noch nie jemanden so sehr schlagen wollen wie in diesem Moment. Sie provozierte mich, und verdammt, es funktionierte.

»Aber klar, Melody. Wenn Mr. Carlson meine Dienste … mangelhaft findet … bin ich sicher, dass du ihm helfen können wirst.«

Damit machte ich auf dem Absatz kehrt und eilte zurück zu meinem Platz, in der Hoffnung, Xander erreichen zu können, bevor Melody es tat.

Ich schickte ihm zuerst eine SMS, aber er antwortete nicht sofort. Ich rief ihn an, aber es ging nach einer Minute die Mailbox ran, was bedeutete, dass er beschäftigt war, mich aber zurückrufen würde, sobald er eine Minute Zeit hatte.

Ein Unbehagen rumorte in meinem Bauch, während ich darauf wartete, von ihm zu hören. Der Morgen schien sich in die Länge zu ziehen, und als die Mittagspause kam, war ich so nervös, dass ich nicht einmal essen konnte. Jedes Mal, wenn mein Telefon klingelte, zuckte ich zusammen.

Es war fast Feierabend, bevor ich von Xander hörte.

> Viel zu tun gehabt. Alles ok?

> Melody will mit dir reden. Versucht, mich auf die Palme zu bringen.

> Darum ging es also? Habe schon mit ihr geredet.

Mir sank das Herz in die Hose.

Bevor ich antworten konnte, hallte das unverkennbare Klackern von Melodys Absätzen um mich herum, was anzeigte, dass sie näher kam. Ich schob mein Handy zurück in meinen Schreibtisch und klickte zu meinen E-Mails, in der Hoffnung, sie würde mich nicht stören.

»Mandy, ich habe gerade mit Mr. Carlson gesprochen. Ich dachte, du solltest das wissen, da du ja so *interessiert* an seinem Fall warst.«

Ich nickte, sagte aber nichts, in der Hoffnung, es wäre alles bald vorbei.

»Willst du wissen, was er gesagt hat?«

»Natürlich, Melody. Mir liegen unsere Kunden genauso am Herzen wie dir.«

Melody grinste, als hätte sie ein Geheimnis. »Mr. Carlson sagte, er habe sich gefreut, von mir zu hören. Er hat versprochen, dass er mich wissen lassen würde, falls es irgendetwas gäbe, was ich für ihn tun könnte.«

»Das hat er sicher«, knirschte ich, erfüllt von einer

Mischung aus Wut und Schmerz. Warum sollte Xander das sagen?

»Er war sehr dankbar, dass ich ihn angerufen habe. Ich glaube, ich setze ihn auf meine Liste der Kunden, die ich regelmäßig anrufen werde, nur um sicherzugehen, dass es ihm gut geht. Schließlich«, sagte sie leise, damit niemand sonst es hören konnte, »hat er eine sexy Stimme. Eine, die nicht an jemanden verschwendet werden sollte, der so aussieht wie du.«

Damit drehte sie sich um und ging weg, und ich fühlte mich, als hätte man mir einen Schlag in die Magengrube verpasst.

In gewisser Weise hatte man das auch.

Die letzte Stunde meines Arbeitstages verbrachte ich damit, das Summen meines Handys im Schreibtisch zu ignorieren, obwohl ich wusste, dass es nur Xander war. Ich war nicht bereit, mit ihm zu reden, nachdem ich gehört hatte, wie sehr er sich gefreut hatte, mit Melody zu sprechen.

Meine Freunde hatten mich genervt, weil sie Xander kennenlernen wollten. Ich wusste, sie wollten ihn selbst unter die Lupe nehmen. An diesem Abend kamen alle für einen Filmabend zu mir. Ich wusste, ich konnte ihm nicht ewig aus dem Weg gehen, aber ich brauchte ein wenig Zeit zum Durchatmen, ohne Melody im Nacken zu haben.

Im Vorfeld des Tages war ich nervös. Die vier Menschen, die mir am nächsten standen, würden alle den Abend bei mir verbringen, und ich machte mir Sorgen, dass sie sich nicht verstehen würden. Ich dachte, vielleicht würde Xander meine Freunde nicht mögen oder sie würden ihn für einen Idioten halten. Ich wollte, dass alles perfekt ist.

Mit Melodys Gespräch mit Xander, das mir im Kopf herumschwebte, war ich nicht mehr nervös. Ich war einfach nur verletzt, frustriert und verwirrt.

Nach einem Abstecher zum Spirituosengeschäft, um eine

neue Flasche Wodka und ein paar Flaschen Wein zu besorgen, hielt ich im Supermarkt an. Ich fand das Bier, das Xander mochte, obwohl ich sauer auf ihn war, und deckte mich mit rohem Keksteig, Eiscreme und Cupcakes ein. Wir neigten dazu, an Filmabenden viele Snacks zu essen und viel zu trinken.

Gegen fünf Uhr klingelte es an der Tür, und ich hörte, wie die Tür aufgestoßen wurde. Ich bog um die Ecke der Küche und betrat das Wohnzimmer, gerade rechtzeitig, um zu sehen, wie Claire die Tür hinter sich schloss. »Hey«, sagte sie. »Kann ich irgendwas tun?«

Claire kannte mich zu gut. Ich hatte nicht direkt gesagt, wie nervös ich wegen des Abends war, aber das spielte bei besten Freundinnen offensichtlich keine Rolle.

»Ich versuche nur, mich gerade ein wenig zu entspannen. Melody hat Xander heute von der Arbeit aus angerufen und gesagt, er hätte ihr gesagt, er freue sich, von ihr zu hören und würde sie anrufen, wenn es etwas gäbe, das er braucht.«

Claires Augen verengten sich. »Warum regst du dich darüber so auf?« Sie holte einen Korkenzieher hervor, füllte zwei Weingläser und reichte mir eines.

»Es fühlte sich einfach so an, als würde er ihr sagen, dass er lieber mit ihr zu tun hätte.«

»Und seitdem hast du seine Anrufe ignoriert, nicht wahr?«, sagte sie, nahm mein Handy und entsperrte es. »Siebzehn verpasste Anrufe von ihm? Mandy, ich bin total verkorkst, was Männer angeht, aber selbst ich kann erkennen, dass Xander sich hier Mühe gibt. Melody verdreht alles, das weißt du doch. Er weiß, dass alle deine Anrufe aufgezeichnet werden. Er wollte wahrscheinlich nichts sagen, was darauf hindeuten würde, dass er etwas mit dir am Laufen hat, oder ohne Grund übermäßig fies zu ihr sein. Er wird bald hier sein. Ihr solltet euch nicht streiten, wenn er hier ist, um uns kennenzulernen.«

Ich seufzte schwer, denn ich wusste, dass Claire recht hatte. Das sah Melody wieder ähnlich, mich so zu verunsichern. Soweit ich wusste, hatte sie nicht einmal mit ihm gesprochen. Nein, er sagte, sie hätte es getan, aber das bedeutete noch lange nicht, dass er das gesagt hatte, was sie behauptete.

»Ich benehme mich schon wieder wie eine verrückte Zicke, oder?«

Claire zuckte mit den Schultern und nippte an ihrem Wein. »Das hast du gesagt, nicht ich.«

Ich lachte, als ich ein Klopfen an der Haustür hörte, und erstarrte dann. Ich wusste, dass es Xander war, denn Sam und Addi wären einfach hereingekommen. Ich holte tief Luft und murmelte: »Besser, ich bringe es hinter mich.«

Sobald sich die Tür öffnete, grinste er mich zaghaft an. Ich fühlte mich schon etwas besser und versuchte, die Anspannung aus meinem Körper weichen zu lassen. Xander trat ein und nahm mein Kinn in seine starke Hand. Er drehte mein Gesicht zu sich hoch und fragte: »Was ist los? Ist alles in Ordnung bei dir?«

Ich trat in seine Arme und lächelte, als sie sich wie von selbst um mich schlossen. Ich schmiegte mich an seine starke Brust und lauschte für ein paar Sekunden seinem gleichmäßigen Herzschlag. Seine Muskeln spannten sich unter mir an, als er meine Anspannung spürte, und er hielt mich fest, während er seine Lippen in mein Haar drückte. »Was ist passiert, Schatz? Rede mit mir. Warum bist du nicht an dein Handy gegangen oder hast auf meine Nachrichten geantwortet?«

»Melody hat es so klingen lassen, als wolltest du von jetzt an mit ihr zu tun haben, als würdest du sie mögen, und das hat mich einfach total aus der Bahn geworfen.«

»Oh, Babe, das tut mir leid. Ich wusste, dass sie etwas im Schilde führte, als ich hörte, dass sie anrief und nicht du. Sie hat gefragt, ob all meine Probleme mit meinem früheren Antrag geklärt worden waren und ob ich mit dem Service von WNY Health zufrieden sei. Dann hat sie gesagt, ich solle anrufen, wenn ich noch etwas bräuchte. Ich habe Okay gesagt. Das war alles.«

Ich wollte lachen. Ich hatte mich so aufgeregt, und das alles wegen nichts. Es schien albern, als Xander es mir erzählte. Gott, ich war so ein Dummkopf.

»Was ist sonst noch los? Machst du dir Sorgen wegen heute Abend? Du warst schon angespannt, als du heute Morgen aufgestanden bist.«

»Woher kennst du mich so gut?« Er zuckte mit den Schultern und zog mich näher an sich. »Ja, ich bin ein bisschen nervös deswegen, dass du meine Freunde triffst.«

Er trat einen Schritt zurück, um mich anzusehen, ließ seine Arme aber um meine Taille geschlungen. »Ist es schlimm, zuzugeben, dass ich auch nervös bin? Ich möchte, dass sie mich mögen.«

Ich stellte mich auf die Zehenspitzen und drückte meine Lippen auf seine, seufzte, als er mich enger an sich zog und mit seiner Zunge schnell durch meinen Mund fuhr. Meine Arme schlangen sich um seinen Hals, und ich ließ mich in ihn hineinschmelzen. Es waren nur wenige Stunden vergangen, seit ich in seinen Armen gelegen hatte, aber ich hatte ihn vermisst.

»Oh, Entschuldigung«, hörte ich Claire hinter uns sagen. Ich löste mich von Xander, und er zwinkerte mir zu, als er mich losließ und zu Claire hinüberging.

»Hi, ich bin Xander. Du bist Claire, richtig?«

»Ja«, stammelte sie. »Woher weißt du das?«

»Oh, also, Mandy hat mir Fotos von euch vieren gezeigt, und sie hat mir so viel über euch alle erzählt. Entschuldige, falls ich zu aufdringlich bin, aber ich habe das Gefühl, ich kenne dich schon. Mandy schwärmt von dir.«

»Äh, danke. Es scheint, sie ist auch ziemlich hin und weg von dir«, erwiderte Claire, was mich erröten ließ.

»Nun, sie ist nicht die Einzige, die hier hin und weg ist. Sie ist ziemlich unglaublich, aber das wusstest du ja schon.«

Claire lächelte und nickte. »Wir haben schon angefangen zu trinken. Möchtest du etwas Wein?«

»Nein, danke«, antwortete Xander. »Davon bekomme ich Kopfschmerzen. Ich nehme mir ein Wasser oder so.«

»Ich habe dein Bier gekauft, Babe«, bot ich an, als Xander in Richtung Küche ging.

»Danke, Schatz«, rief er zurück.

Claire ergriff meine Hand und sagte: »Ist alles in Ordnung? Hat er es erklärt?«

»Ja. Ich war wie üblich verrückt. Er sagte, es sei wirklich nichts gewesen, nur dass Melody gefragt hatte, ob alles geklärt sei, und ihm sagte, er solle anrufen, falls es weitere Probleme gäbe.«

Claire nickte, als Xander mit einem Bier in der einen und meinem Weinglas in der anderen Hand zurück ins Zimmer kam. »Gehört das dir, Schatz?«

Ich dankte ihm und nahm ihm das Glas aus der Hand. Der vertraute Funke des Bewusstseins durchfuhr mich, als sich unsere Finger streiften. Sein Blick traf meinen, und ich sah, dass er dasselbe fühlte. Er zwinkerte mir zu, und ich wusste, dass er an unseren Morgen dachte. Daran, wie er meine Hände gehalten hatte, als ich ihn ritt.

Addi und Sam kamen ein paar Minuten später an, stürmten durch die Tür, stellten sich Xander vor und umarmten mich und Claire. Als jeder ein Getränk hatte, bestellten wir Pizza und fingen an, nach Filmen zu suchen.

»Welche Filme schaust du gerne, Xander?« fragte ihn Addi.

Er lächelte mich an, bevor er sagte: »In letzter Zeit schaue ich, was auch immer Mandy sehen will, aber normalerweise schaue ich mir Actionfilme an. Ich mag es, wenn es etwas zum Knobeln oder eine Aufgabe zu lösen gibt. Ich stehe nicht so auf viel Blut oder Horrorfilme, aber Nahkampf oder etwas mit schnellen Autos ist ziemlich cool.«

»Ich mag schnelle Autos«, gab Claire zu. »Ich liebe die Fast and Furious-Filme. Ich mochte die Actionfilme, die ein kleines komödiantisches Element haben, wie 21 Jump Street mit Channing Tatum. Natürlich ist alles mit ihm gut, sogar ohne Ton.«

Xander lachte und Claire wackelte mit den Augenbrauen zu mir herüber. Wir hatten schon oft über die Vorzüge von Channing Tatum gesprochen. Und es gab viele Vorzüge. Er war der einzige Mann, von dem wir je gesagt hatten, dass wir bereit wären, einen Dreier mit ihm zu haben, falls er uns nicht einzeln haben wollte.

»Ich hätte Lust auf einen Channing-Tatum-Film, wenn ihr wollt. Was ist mit dir, Xander?«, fragte Sam.

»Alles ist in Ordnung. Er ist ein guter Schauspieler, obwohl ich den Ton schon gerne anlassen würde«, neckte er Claire.

Sie lachte ihn an und sagte: »Wenn du darauf bestehst. Dann träume ich eben von ihm, während du den Film schaust.«

Ich scrollte durch und fand eine Liste mit Filmen von Channing Tatum. »Wie wäre es mit einem der GI-Joe-Filme?«, schlug Addi vor. »Da gibt es sicher Action, aber ich glaube, es gibt auch eine Handlung.«

»Ihr müsst eure normale Filmroutine nicht ändern, nur weil ich hier bin, wisst ihr. Ich würde mir auch She's the Man oder Dear John ansehen, wenn ihr einen davon wollt. Verdammt, sogar Step Up ist in Ordnung.«

Ich lächelte und küsste ihn leicht. Seine Hand auf meinem Oberschenkel wurde fester, und ich spürte die Zurückhaltung, die er aufbrachte, um mich nicht vor meinen Freundinnen zu vernaschen. Ich schätzte es, aber es ließ es zwischen meinen Schenkeln pochen. Das würde eine lange Nacht werden.

Schließlich einigten wir uns darauf, mit Step Up anzufangen, weil wir es alle liebten, Channing Tatum tanzen zu sehen. Xander sagte, er sei damit einverstanden, und machte es sich bequem, um den Film anzusehen.

Xander saß mir zu Füßen auf dem Boden und überließ uns vieren das Sofa. Ich fragte mich, ob ihn das störte, aber er hatte es angeboten. In der Ecke stand ein Sessel, den ich ihm anbot, aber er sagte, er wolle in meiner Nähe sein. Ich erhaschte aus den Augenwinkeln einen Blick, der zwischen Addi, Sam und Claire hin und her ging, aber Claire drückte nur meinen Arm. Es schien, als würden sie mit ihm warmwerden.

KAPITEL 13

MITTEN IM FILM kam die Pizza. Xander bezahlte alles und lehnte Angebote ab, ihm Geld zu geben. »Wenn du versuchst, unsere Zustimmung mit Pizza zu erkaufen, könnte das sogar klappen«, neckte Addi ihn.

Er lachte und sagte: »Ich hatte gehofft, eure Zustimmung mit meinem Charme und Witz zu gewinnen, aber solange ich sie habe, ist es wohl egal, wie ich sie bekommen habe.«

Alle lachten, während wir unsere Teller mit Pizza beluden und zurück ins Wohnzimmer gingen. Xander packte meinen Arm, bevor wir die Küche verließen, und zog mich in einen rauen Kuss, wobei seine Zunge sich in meinen Mund zwängte. Er erkundete mich, packte meinen Arsch und rieb seine Hüften an meine, während ich mit Pizza und Wein in den Händen dastand.

Genauso schnell, wie er mich gepackt hatte, ließ er wieder von mir ab und sagte: »Ich sterbe schon die ganze Zeit danach, dich zu küssen. Es ist schwer, die Hände bei mir zu behalten, wenn du so nah bist. Allein ein Hauch deines Duftes ist berauschend.«

Fassungslos und unglaublich angetörnt stand ich da und

starrte ihn an. »Du kannst mich nicht einfach so küssen und weggehen. Scheiße, ich hatte nicht mal die Chance, dich zu berühren.«

Er nahm seine Pizza und seine Flasche Bier und zwinkerte mir zu, als er die Küche verließ, um mit meinen Freundinnen den Film zu Ende zu schauen. Ich starrte ihm nach und wünschte mir, das Pochen zwischen meinen Schenkeln würde aufhören, aber ich wusste, dass nur eine Sache das bewirken konnte. Und es schien, als hätte ich da Pech.

Als Step Up zu Ende war, sammelte Xander die Pizzateller ein und trug sie in die Küche. »Er ist wirklich süß«, sagte Addi, als er außer Sichtweite war. »Ich mag ihn. Und er steht total auf dich.«

»Ja«, sagte ich mit einem Blick zur Küche, »meistens kann ich es immer noch nicht glauben. Frauen gaffen ihn an, wann immer wir ausgehen, aber er bemerkt es nicht einmal. Es ist seltsam.«

»Er mag dich sehr, Mandy. Hinterfrag es nicht, genieß es einfach«, sagte Sam. »Ich wünschte, ich könnte den Blick einfangen, mit dem er dich ansieht, wenn du nicht hinschaust. Der Blick in seinen Augen … Es ist derselbe Blick, den die meisten Bräutigame haben, wenn ihre Braut zum ersten Mal in Sicht kommt. Er ist einfach nur kraftvoll und unglaublich.«

»Na ja, wir sind noch lange nicht so weit, zu heiraten, aber ich weiß, dass er mich mag. Er hat nicht gesagt, dass er mich liebt, und ich auch nicht.«

»Tust du es? Liebst du ihn?«, fragte Claire überrascht.

Ich zuckte mit den Schultern, unsicher, wie ich die plötzliche und starke Verbindung zwischen uns erklären sollte. Ich wusste, ich war auf dem besten Weg, mich in Xander zu verlieben, aber ich wusste auch, dass die Liebe mir mein ganzes Leben lang ein Rätsel gewesen war. Ich war mir nicht ganz sicher, wie sich Liebe anfühlen würde, und ich wollte

Liebe nicht mit dem Genuss von großartigem Sex verwechseln.

»Ich glaube nicht, noch nicht. Aber ich empfinde etwas sehr Starkes für ihn. Ich bin nur noch nicht bereit zu sagen, dass es Liebe ist.«

Bevor ich die Gelegenheit hatte zu sagen, dass die Vorstellung, mich in Xander zu verlieben, mir eine Heidenangst einjagte, kam er zurück ins Zimmer. Er hatte ein Tablett, beladen mit den Cupcakes, die ich gekauft hatte, einem Becher Keksteig und einer großen Schüssel frischem Popcorn.

»Ich hoffe, es macht euch nichts aus, meine Damen. Ich mag Popcorn beim Filmeschauen und habe dazu immer gerne etwas Süßes. Abgesehen von dieser Süßen hier«, sagte er mit einem Zwinkern in meine Richtung.

Er ließ sich wieder zu meinen Füßen auf dem Boden nieder und küsste die Innenseite meines Knies. Er öffnete seinen Mund leicht, um an der Haut meines Oberschenkels zu saugen, und bei der Empfindung stöhnte ich beinahe auf. Filmabende dauerten normalerweise die ganze Nacht und endeten mit einer Übernachtung, aber seine Anwesenheit machte mich verrückt. Ich fragte mich ständig, ob ich ihn bitten könnte, mir oben mit etwas zu helfen, ohne dass meine Freundinnen merkten, dass es ein Code für ›Komm und fick mich, während sie den Film schauen‹ war. Ich war mir ziemlich sicher, dass sie alles durchschauen würden, was ich mir ausdachte.

Für unseren nächsten Film wählten wir Fast Five und waren uns einig, dass Vin Diesel und Paul Walker mit Channing Tatum mithalten konnten. Xander legte seinen Kopf auf mein Knie und fuhr während des Films mit seinen Fingern meine Waden auf und ab. Als er aufstand, um sich noch ein Bier zu holen, küsste er mich sanft und flüsterte mir ins Ohr: »Das Geräusch, das du machst, wenn dich etwas erschreckt, ist dasselbe, das du machst, wenn ich meinen Schwanz in dich stoße. Du machst mich verdammt noch mal verrückt.«

Ich lächelte ihn an, als er wegging, und beobachtete, wie sich seine Jeans eng um seinen Arsch spannte. Sein Hemd spannte sich über seinem breiten Rücken, als er sich umdrehte, um mich dabei zu erwischen, wie ich ihn anstarrte, und er schenkte mir ein Millionen-Dollar-Lächeln, bevor er um die Ecke in die Küche verschwand.

Als ich ihn zurückkommen hörte, legte ich meinen Kopf an die Lehne der Couch und wartete darauf, dass er sich herunterbeugte, um mich zu küssen. Seine von der Bierflasche kalte Hand legte sich an meinen Hals, als seine Zunge in meinen Mund glitt. Ich zuckte wegen der Kälte zusammen und hätte ihn beinahe gebissen. Er lachte und setzte sich wieder vor mich, wobei er seine kalte Bierflasche an mein Bein hielt. Ich schreckte bei der Berührung auf und spürte, wie seine Hand sich fester um meinen Knöchel schloss, als er das Geräusch hörte, das von mir kam. Ich strich mit meiner Hand über sein kurzes Haar, und er lehnte sich hinein, als könnte er nicht genug davon bekommen, von mir berührt zu werden.

Wir verputzten das Popcorn und die Cupcakes während des Films und beschlossen, aus dem letzten Film ein Trinkspiel zu machen. Nachdem die Regeln festgelegt waren, schaltete ich ›Ungeküsst‹ ein. Innerhalb von Sekunden tranken und lachten wir alle. Es war lustig und albern, und ich wusste, wir würden es am Morgen wahrscheinlich alle bereuen, aber in dem Moment amüsierten wir uns.

Als der Film zu Ende war, waren wir alle glücklich betrunken. Sam streckte sich auf der Couch aus und verscheuchte uns alle, damit sie schlafen konnte. Der Rest von uns ging nach oben, und Claire und Addi steuerten mein Gästezimmer an, während Xander mir in mein Zimmer folgte.

»Deine Freundinnen sind super. Ich bin wirklich froh, dass sie mich mochten.«

»Ich auch«, sagte ich, während ich auf mein Bett krabbelte.

»Fick mich, Süße. Das kannst du nicht machen.«

»Was machen?«, fragte ich schlaftrunken.

»Du kannst nicht auf allen vieren sein. Ich muss dich vielleicht so nehmen. Jesus, ich bin so ziemlich die ganze Nacht steinhart und ich ertrage es nicht, wenn du mich reizt.«

»Wer sagt, dass ich dich reize? Erstens wusste ich nicht, dass dich das antörnt. Zweitens bin ich genauso angetörnt wie du«, hauchte ich.

Ich lag auf dem Rücken auf dem Bett und beobachtete ihn, als ich die Veränderung in seinen Augen sah. Sie wechselten in einer Sekunde von erregt zu besessen. Er kroch das Bett hoch, seine Augen auf meine gerichtet, während er mir immer näher kam. Er stützte sein Gewicht auf seine Unterarme und ich spürte, wie sein Körper über meinen strich, als er sich über mich bewegte.

Ich pochte vor Verlangen und sehnte mich danach, dass er mich berührte, mich küsste, irgendetwas. Obwohl ich noch vollständig bekleidet war, umkreiste Xander die schwache Kontur meiner Brustwarze, und sie richtete sich auf, um mehr Aufmerksamkeit zu bekommen. Er senkte seine Lippen darüber, kniff mich durch mein Shirt, und ich schrie auf.

Schnell schlug ich mir die Hand auf den Mund, da ich vergessen hatte, dass wir nicht allein waren. »Ich will sehen, wie heiß ich dich machen kann, bevor du deine Schreie nicht mehr zurückhalten kannst. Ich werde dich dazu bringen, mich anzuflehen, dich kommen zu lassen.«

Seine Worte schickten einen Stromstoß direkt durch meinen Körper zu der Hitze, die sich zwischen meinen Schenkeln gesammelt hatte. Ich wusste, dass es nicht viel brauchen würde, als er seinen Schwanz gegen mich stieß und ich leise stöhnte.

»Hat dir das gefallen, Süße?«

»Ja«, stöhnte ich und bog mich ihm entgegen, als er es ein zweites Mal tat.

Mit seinem dritten Stoß schloss Xander die Lücke zwischen unseren Mündern und verschluckte das Stöhnen, das meinen Lippen entkam. Er stieß seine Zunge in meinen Mund im selben Rhythmus, den er mit seinen Hüften vorgab, und ich spürte, wie ich mich langsam auflöste.

»Xander, ich muss kommen«, flehte ich.

Kälte überkam mich, als er verschwand. Bevor sich Enttäuschung breitmachen konnte, spürte ich, wie er mir die Kleider vom Leib riss. Meine Shorts und mein Höschen waren mit einer einzigen, sparsamen Bewegung verschwunden und mein Tanktop wurde im nächsten Moment heruntergerissen. Ich keuchte immer noch und sehnte mich danach, die Spannung loszulassen, die sich eng um meinen Körper gelegt hatte.

Xander drückte meine Beine weit auseinander und legte sie sich über die Schultern, als er in meinen Schoß abtauchte und mich von einem Ende zum anderen leckte. »Fuck, ich werde gleich kommen.«

Seine Finger drangen tief in mich ein, stießen hart zu und ließen meinen Körper wirbeln. Er leckte, saugte und knabberte, während er seine Finger in mich rammte. Gerade als ich kurz davor war zu kommen, verlangsamte er alles, bis das Verlangen nachließ und ich nur noch ein wimmerndes Häufchen Elend war.

Er fing wieder an, steigerte seine Geschwindigkeit und Kraft und brachte meinen Körper dazu, sich eng um ihn zu winden. Kurz bevor ich über die Klippe stürzte, zog er sich wieder zurück, und Frustration packte mich. Ich griff nach seinem Kopf, zog ihn fest an mich und hielt sein Gesicht an meinen Körper. »Bring mich zum Kommen, sofort. Entweder du tust es oder ich tue es«, forderte ich.

Er ließ sich die Gelegenheit nicht entgehen, als er mit seinen Fingern hart in mich stieß, sein Gesicht nicht von mir wich, als mein Körper zu zucken begann. Ich biss in mein Kissen und dämpfte meinen Schrei so gut ich konnte, als das mächtige Bedürfnis zu kommen über mich hereinbrach, Sekunden bevor ich über die Klippe des besten Orgasmus meines Lebens stürzte.

Als ich wieder auf der Erde landete, spürte ich Xander zwischen meinen Knien. Ich zog das Kissen von meinem Gesicht und sah zu ihm hinunter; seine Lippen waren feucht von mir und ein zufriedenes Grinsen lag auf seinem Gesicht. Er war nackt und trug ein Kondom, und ich drängte ihn mit einem Stupsen meiner Fersen zu mir. Er verstand die Botschaft und beugte sich hinunter, um mich zu küssen. Der Geschmack meines eigenen Orgasmus war noch in seinem Mund.

Als seine Zunge tief in meinen Mund stieß, drang er mit seiner Erektion in mich ein. Ich stöhnte laut und spürte die köstliche Fülle, nach der ich in den letzten Wochen süchtig geworden war.

Xander verharrte still in mir und ließ mich das Gefühl genießen, dass unsere Körper so eng miteinander verbunden waren. Als er sich langsam zurückzog, hätte ich fast vor Verlangen nach ihm geweint. Er stieß schnell wieder in mich hinein, meine Hüften hoben sich, um ihm entgegenzukommen und ihn tiefer in mich aufzunehmen. Ich spürte das Zusammenziehen in meinem Bauch, von dem ich wusste, dass es bedeutete, dass ich wieder mit ihm kommen würde.

Seine Atmung wurde hektisch, als er in mich stieß, seine Muskeln angespannt über mir. Ich schlang meine Beine um seine schlanke Taille und konnte meine Füße fast ineinanderhaken. Ich spürte die Anspannung in seinen Muskeln und fuhr mit meinen Händen über seine Arme zu seiner Brust. Meine Nägel streiften seine Brustwarzen und er wurde härter und schneller und brachte mich näher und näher an den Rand.

Ich rang nach Luft, wollte unbedingt kommen, während er die Folter meines Körpers fortsetzte. Ich spürte den Schmerz zwischen meinen Beinen, der mich daran erinnern würde, dass er da gewesen war, und die Welle des Orgasmus ertränkte mich. Ich nahm vage wahr, wie Xander noch zweimal tief zustieß, bevor er über mir erzitterte und meinen Namen in mein Haar stöhnte, als er kam.

Er brach auf mir zusammen, ohne genug Energie zu haben, um sich zur Seite zu rollen. Ich ließ meine Hände über seinen Rücken gleiten und streichelte sanft die starken Muskeln dort. »Gott, du fühlst dich so gut an. Tut mir leid, dass ich dich erdrücke.«

Er machte eine Bewegung, um von mir herunterzukommen, aber ich hielt ihn fester. »Ich liebe es, deinen Körper an meinem zu spüren. Wenn ich auf dir wäre, würde ich dich erdrücken, aber du bist nicht so breit wie ich.«

»Baby«, gurrt er, als er seinen Kopf hob, »du bist perfekt. Wenn du so eine dürre Zicke wärst, würde ich dich nicht wollen. Ich mag eine Frau, die Schokolade und Cheeseburger mag. Du weißt, wie umwerfend ich dich finde. Deshalb möchte ich, dass du meine Familie und Freunde kennenlernst. Nächstes Wochenende. Meine Eltern geben am Sonntagabend ein Abendessen und haben uns eingeladen, und einige meiner Kumpels veranstalten am Montag eine Grillparty zum Memorial Day. Drew wird da sein, und ich möchte, dass du sie alle kennenlernst.«

Ich drückte gegen seine Schulter, damit er sich von mir rollte. Er lag neben mir, seine Erektion schrumpfte in dem Kondom, das er benutzt hatte, und bat mich, die Menschen zu treffen, die ihm am wichtigsten waren.

»Ich weiß nicht«, sagte ich leise. »Was, wenn sie mich nicht mögen?«

»Wie könnten sie dich nicht mögen? Außerdem, wen kümmert das schon? Ich mag dich genug für sie alle. Mandy, ich will dich dort bei mir haben. Bitte sag wenigstens, dass du darüber nachdenken wirst.«

Ich sah ihn an, so perfekt, in meinem Bett. Ich wusste, dass es ihm wichtig war. Seine Familie und Freunde zu treffen, war ihm genauso wichtig, wie es für mich war, dass er meine Freunde traf. Wir waren erst seit etwa einem Monat zusammen, aber wenn es so weitergehen sollte, müssten wir diese Dinge tun.

Worüber machte ich mir überhaupt Sorgen? Es wäre doch egal, wenn seine Freunde mich nicht lieben würden, oder? Solange sie anständige Leute waren, war das keine große Sache.

»Ich werde darüber nachdenken.«

»Danke. Das bedeutet mir sehr viel. Ich bin froh, dass du mich gebeten hast, deine Freunde zu treffen.«

»Ich auch. Sie mochten dich wirklich«, _sagte ich ihm.

»Wahrscheinlich werden sie mich nicht mehr so sehr mögen, nachdem ich Runde zwei mit dir beendet habe.«

Ich beäugte ihn misstrauisch und sah, dass er schon wieder hart geworden war. Er zog ein frisches Kondom über und schlich sich über mich, seine Finger zwischen unseren Körpern, und umschloss mich, was mich bereits zum Stöhnen brachte.

Es würde eine lange Nacht werden.

KAPITEL 14

AM FOLGENDEN DIENSTAG war ich wieder einmal zu spät zum Mädelsabend. Ich hatte ein spätes Gespräch mit Diana gehabt, bei dem sie mir offiziell mitteilte, dass sie die Auswahl der Kandidatinnen auf Melody und mich eingegrenzt hatten. Ich war aufgeregt, aber auch nervös und wartete darauf, zu sehen, was Melody mit dieser Information anstellen würde.

Ich stürmte durch die Tür von Cooler Coffee und bestellte meinen heißen Kakao und Cupcakes. Ich wartete ungeduldig auf meine Leckereien, dankte der Kassiererin, als sie sie mir reichte, und eilte zu unserem Tisch.

Schnaufend ließ ich mich auf meinen Platz fallen. Addi sprach gerade über ihre Woche und unterhielt alle mit einer Geschichte über einen ihrer Schüler, der sich innerhalb weniger Wochen vom Mauerblümchen zum Klassenclown entwickelt hatte.

»Es ist so schwer, nicht zu lachen, wenn er einen Witz erzählt oder jemandem einen Streich spielt. Es ist, als hätte er Comedy-Unterricht genommen. Er ist urkomisch, aber als Lehrerin muss ich ihn disziplinieren, um zu vermeiden, dass es eskaliert. Alles, was ich eigentlich tun will, ist, mich zurückzulehnen und zu lachen!«

Sam und Claire hielten sich die Seiten, während ihnen vor Lachen die Tränen über die Gesichter liefen. »Was habe ich verpasst?«

»Oh, nur dieser Junge. Es ist schwer zu unterrichten, wenn er Witze reißt, aber ehrlich gesagt macht er es unterhaltsamer. Sein Witz zu Beginn des heutigen Unterrichts war: ›Haben Sie schon von dem Mathematiker mit Verstopfung gehört?‹«

Sie machte eine Pause und sah mich erwartungsvoll an. Ich schüttelte den Kopf.

»›Er hat es mit einem Bleistift durchgerechnet.‹«

Ich brach in Gelächter aus. »Heilige Scheiße, das ist ja urkomisch! Kein Wortspiel beabsichtigt. Du musst ihn dazu bringen, jede Stunde mit einem Witz zu beginnen.«

»Das tut er im Grunde sowieso schon. Selbst wenn ich versuche, zuerst anzufangen, unterbricht er und erzählt einen Witz. Es hilft ihm sozial, also versuche ich, ihm nicht zu sehr dazwischenzufunken. Die Witze sind immer lustig und angemessen, keine schmutzigen Witze, also lasse ich es durchgehen.«

»Ich weiß nicht, wie du so viele verschiedene Persönlichkeiten unter einen Hut bekommst. Ich würde verrückt werden, wenn ich den ganzen Tag mit Kindern zu tun hätte, geschweige denn mit Kindern in diesem Alter. Die Highschool ist entweder eine tolle Erfahrung oder eine beschissene.«

Addi stimmte zu. »Ja, so scheint es zu sein. Ich habe die Highschool größtenteils gehasst. Ich war ein Geek, der das Lernen liebte, also war ich diejenige, von der all die beliebten Kids abschreiben wollten. Sie haben nur ein paar Monate gebraucht, um herauszufinden, dass ich es nicht zulassen würde, und dann sind sie zu jemand anderem weitergezogen, der verzweifelter war, bei ihnen dazuzugehören.«

»Ich war in der Highschool eher für mich. Ich hatte eine Art durchschnittliche Erfahrung. Es ist sicherlich keine Zeit, auf die ich übermäßig gerne zurückblicke, aber ich würde nicht sagen, dass ich sie gehasst habe. Ich war in ein paar Clubs und hatte meine Freunde, aber ich habe mich von den Beliebten nicht unterkriegen lassen. Ich wusste schon damals, dass ich in die Fotografie gehen wollte, also habe ich jeden Kurs belegt, den ich dazu finden konnte, oder irgendetwas auch nur annähernd Ähnliches. Ich wusste, dass es mir mehr helfen würde, meiner Karriere einen Vorsprung zu verschaffen, als beliebt zu sein«, fügte Sam hinzu.

»Es ist erstaunlich, wie manche Leute denken, die Highschool sei das Einzige, was zählt«, sagte Addi. »Ich beobachte einige der Schüler, aller Ränge, die denken, die Highschool sei die beste Zeit ihres Lebens. Einige denken, die Highschool wird für immer definieren, wer sie sind, andere denken, die richtigen Freunde in der Highschool zu finden, wird ihnen im Rest ihres Lebens helfen. Die meisten Leute, die ich kenne, haben nur ein oder zwei Freunde aus der Highschool, wenn überhaupt, und sind völlig anders als damals. Manchmal möchte ich meinen Schülern sagen, dass die Highschool nur vier Jahre eures Lebens sind und ihr noch viel mehr zu leben habt.«

Claire war während unseres Gesprächs still. Ich wünschte, ich könnte in die Highschool-Zeit zurückgehen und ihr ihren Schmerz nehmen, aber ich wusste, dass es etwas war, mit dem sie immer leben würde. Ich habe keine Ahnung, mit welcher Angst sie seitdem zu kämpfen hatte, aber ich wusste, dass das Gespräch, das wir führten, ihr nicht half.

Addi und Sam redeten weiter über die Highschool und Addis Schüler und ich flüsterte Claire zu: »Geht es dir gut?«

Sie schenkte mir ein gezwungenes Lächeln, das besagte, dass es ihr nicht gut ging, und ich rieb ihr den Rücken. »Heute irgendwelche verrückten Leute am Flughafen?«

Sie verdrehte die Augen, aber ein Lächeln spielte um ihre Lippen. »Immer. Es ist, als ob die Leute denken, die Regeln gelten nicht für sie. Die Geschäftsleute denken, sie sollten eine Ausnahme bekommen, weil sie so viel fliegen, die Familien denken, sie sollten eine Ausnahme bekommen, weil sie Kinder haben, und der Rest der Reisenden denkt, sie sollten eine Ausnahme bekommen, weil alle anderen es auch tun. Das verblüfft mich.«

»Was ist das Seltsamste, das jemand versucht hat, an Bord zu bringen?«, fragte Sam und griff unseren Themenwechsel auf.

Claire dachte darüber nach, während sie an ihrem Kaffee nippte. »Wir bekommen fast jeden Tag Muttermilch. Wir bekommen auch Leute, die Alkohol in ihren 100-Milliliter-Behältern schmuggeln. Wir bekommen oft seltsame Dinge, aber ich glaube, das Seltsamste war, als wir jemanden mit gefrorenem Sperma hatten.«

Sam verschluckte sich an ihrem Kaffee und ich atmete ein Stück von meinem Cupcake ein. Wir husteten, während Addi laut gackerte. Als Sam und ich uns endlich wieder unter Kontrolle hatten, fragte ich: »Warum sollte jemand gefrorenes Sperma dabeihaben?«

»Sie haben immer eine Bescheinigung von ihrem Arzt dabei. Es sind Frauen, manchmal Paare, die künstliche Befruchtung nutzen, um zu versuchen, schwanger zu werden. Sie holen das Sperma an einem Ort ab, müssen es aber aus irgendeinem Grund in der Praxis ihres Hausarztes verwenden. Es ist nur ein paar Mal passiert, aber es wirft uns immer aus der Bahn, wenn es passiert.«

»Wow, ich kann mir nicht mal vorstellen, damit umgehen

zu müssen. Musst du es überprüfen? Was machst du da? Probieren?«

»Igitt!«, riefen wir im Chor, während Sam lachte.

»Du bist ekelhaft, Sam«, sagte Claire und schüttelte sich vor Abscheu. »Sobald wir die Bescheinigung vom Arzt haben, lassen wir sie im Grunde durch. Wir müssen die Kühlbox durchleuchten, aber es gab noch nie ein Problem.«

»Man muss schon ziemlich verzweifelt sein, schwanger zu werden, wenn man es nicht einmal in der eigenen Stadt machen kann. Es scheint extrem, aber ich schätze, die Leute wollen verzweifelt Kinder haben, also macht es Sinn.«

Wir stimmten alle Addi zu. »Es muss eine schwere Entscheidung sein, so weit zu gehen, um Kinder zu bekommen. Gleichzeitig weiß ich, dass ich eines Tages Kinder haben will. Ich schätze, wenn ich die Möglichkeit habe, würde ich auch tun, was nötig ist, um Kinder zu bekommen.«

»Redest du schon davon, Kinder zu kriegen? Die Sache mit Xander ist ernster als wir dachten«, sagte Sam.

Ich zuckte mit den Schultern. »Ich mag ihn wirklich, aber es ist nicht so, als wären wir schon eine feste Sache oder so. Seit er zum Filmabend da war, bittet er mich, seine Freunde kennenzulernen.«

»Dann mag er dich wirklich. Kerle stellen ihre Freundinnen nicht ihren Freunden vor, wenn es nicht ernst ist«, sagte Addi.

»Ich schätze schon. Ich bin nervös. Am Sonntag will er mit mir bei seinen Eltern zu Abend essen. Ich werde seine Eltern und seine Schwester kennenlernen, der er sehr nahesteht. Montag ist dann ein Grillfest mit seinen Freunden.«

»Das ist doch gut, oder? Wenn er will, dass du die Menschen kennenlernst, die ihm am nächsten stehen, ist das eine gute Sache. Du solltest nicht nervös sein, du solltest dich freuen.«

»Das will ich ja auch, weißt du, aber ich mache mir einfach Sorgen, dass sie mich nicht mögen werden.«

Ich wollte ihnen sagen, dass ich mir Sorgen machte, seine Familie und Freunde könnten denken, er sollte mit jemandem zusammen sein, der besser aussieht, jemandem, der dünner ist. Wenn jemand verstehen würde, wie es ist, sich wegen meines Gewichts unzulänglich zu fühlen, dann waren es meine besten Freundinnen. Irgendwie war ich überrascht, dass sie es nicht sofort gemerkt hatten.

Seit meinem ersten Date mit Xander, dem, das ich nicht mitzählte, tat er alles Mögliche, um mich wegen meines Gewichts zu beruhigen. Ich hatte nie das Gefühl, die Aufmerksamkeit eines Mannes zu brauchen, um mich wohlzufühlen. Ich wusste, dass ich körperlich nicht perfekt war, nicht einmal annähernd, aber ich war mit mir im Reinen. Ich hatte das Gefühl, dass mein Glück langsam von Xander und den Menschen um ihn herum abhing. Als ob es daran lag, dass ich nicht gut genug war, wenn seine Freunde oder Familie mich nicht mochten, und dass es nur um mein Gewicht und nichts anderes gehen würde.

Wenn ich mit Xander zusammen war, war ich glücklich. Ich mochte es, mich sexy und schön zu fühlen. Er sagte mir ständig, dass ich das war, und ein Teil von mir begann es zu glauben. Dass ein Mann, der aussah wie Xander, sagte, er fände mich schön, dass er so scharf auf mich wurde, war ein Selbstvertrauensschub, den ich noch nie zuvor gespürt hatte.

Ich begann mich zu fragen, was es über mich aussagte, dass mir seine Meinung so viel bedeutete.

»Warum sollten sie dich nicht mögen?«, fragte Claire.

Ich verdrehte die Augen und spürte, wie mir die Tränen kamen. »Du weißt warum.« Ich zuckte mit den Schultern, als ob es nicht so wichtig wäre, aber meine Freundinnen sahen den Ausdruck auf meinem Gesicht.

»Xander will mit dir angeben. Er stellt dich seinen

Freunden und seiner Familie vor, weil er will, dass du sie kennenlernst, aber das geht in beide Richtungen. Er lässt sie auch dich kennenlernen. Das ist eine riesige Sache«, sagte mir Sam.

»Wenn er denken würde, dass es ein Problem geben könnte, hätte er dich nicht eingeladen. Ich glaube, du überreagierst ohne Grund«, sagte Addi.

Ich wusste, dass sie recht hatte. Sie beide hatten recht. Xander würde mich nicht in eine Situation bringen, die mich verletzen würde. Er machte sich Sorgen um mich. Vielleicht mehr, als jeder von uns zugeben wollte. Wir begannen, uns ineinander zu verlieben. Es zeigte sich deutlich in der Zärtlichkeit, die er mir entgegenbrachte, in der Art, wie er mit mir schlief, sogar in seinen Küssen.

Er war eifrig darauf, meine Freundinnen kennenzulernen, obwohl er sich offensichtlich keine Sorgen machen musste. Sie liebten ihn und ich hatte keinen Grund zu der Annahme, dass seine Freunde mich nicht lieben würden.

Und wenn sie mich nicht mochten, würden Xander und ich gemeinsam herausfinden, ob das eine Rolle spielte.

»Würde es für dich eine Rolle spielen, wenn sie dich nicht mögen? Du kommst nicht mit jedem zurecht, sieh dir Melody an. Glaubst du, das würde Probleme zwischen dir und Xander verursachen?«, fragte Claire. Ich wusste, dass sie keine Zicke war, sie war neugierig.

Aber sie hatte recht.

»Ich schätze, das kommt darauf an. Wie bei allem anderen auch. Wenn wir uns einfach nicht verstehen, glaube ich nicht, dass es mich stören wird. Wenn seine Freunde Idioten sind und mich wie Dreck behandeln, weil ich dick bin, dann werde ich stinksauer sein. Und verletzt. Ich weiß nicht, ob ich das einfach so vergessen könnte.«

»Würdest du wegen seiner Freunde mit ihm Schluss machen?«, fragte Addi. »Ich habe einige meiner Schüler gesehen, und ich weiß, das ist nicht vergleichbar, aber hör mir zu … Sie fangen an, mit jemandem auszugehen und ihre Freunde mögen ihn oder sie nicht, und dann lassen sie ihre Freunde im Grunde fallen. Manchmal halten sie die Beziehung geheim, damit ihre Freunde nichts davon erfahren. An anderen Tagen habe ich gesehen, wie Beziehungen, von denen ich dachte, sie würden gut laufen, den Bach runtergingen, wegen des dummen Zeugs, das Freunde sagen oder tun. Ich will einfach nicht, dass du verletzt wirst.«

Ich nickte ihr zustimmend zu und sah, wie Claire und Sam dasselbe taten. »Das ist es, worüber ich mir Sorgen mache. Wenn seine Freunde ätzend sind und ihm sagen, er sollte nicht mit jemandem wie mir ausgehen, wie lange wird es dauern, bis er anfängt, ihnen zu glauben. Und außerdem, wenn sie gute Freunde sind, würde ich mich fragen, ob er nicht dasselbe denkt.«

»Du hast gesagt, er hat dir gesagt, dass es ihm egal ist, welche Kleidergröße du hast«, stellte Sam fest.

»Hat er. Aber es ist diese ganze Gruppendynamik. Alleine verhalten wir uns anders als in einer Gruppe. Alleine würde er mich nie fett nennen oder etwas sagen, das mich verletzen würde. In einer Gruppe mit einem Haufen Freunde, die sich vielleicht früher über dicke Leute lustig gemacht haben, weiß ich nicht. Vielleicht sollte ich einfach nicht gehen.«

»Das ist hier nicht die Highschool, nichts für ungut, Addi«, sagte Sam. »Wenn sie Arschlöcher sind, dann sprich sie darauf an. Ich würde gerne glauben, dass Leute erwachsen werden, wenn sie aus der Highschool kommen, und aufhören, auf anderen herumzuhacken, nur weil sie es können. Wenn Xanders Freunde so sind, dann hast du vielleicht recht, vielleicht ist er es nicht wert. Ich glaube aber nicht, dass das ein Problem sein wird.«

»Hast du mit ihm darüber gesprochen? Du scheinst ihm so ziemlich alles zu erzählen«, fragte Addi.

»Nein, habe ich nicht. Ich habe mir Sorgen gemacht, wie er reagieren würde. Wenn ich etwas darüber sage, wie wir zusammen aussehen, sagt er immer, ich soll mir keine Sorgen darüber machen, was andere Leute denken. Er hat recht, aber wenn diese anderen Leute enge Freunde von ihm sind, ist es ein bisschen schwerer, sich nicht darum zu scheren.«

Ich hasste es, dass ich Xander nicht zutraute, anständige Leute als Freunde zu haben. Ich wollte nicht zweimal darüber nachdenken, sie zu treffen, einfach hingehen und mich amüsieren. Aber ich hatte ein schlechtes Gefühl dabei. Seine Familie zu treffen, würde, so dachte ich, kein Problem sein. Eltern wollen normalerweise nur ihre Kinder glücklich sehen.

Freunde sind anders. Freunde wollen dich mit der richtigen Person sehen, aber mit jemandem, den sie sich selbst wünschen würden. Freunde wollen, dass du eine Beziehung mit jemandem hast, von dem sie träumen, ihn dir auszuspannen. Eine Person, die vielleicht eines Tages quer durch den Raum zu deinem Freund schaut und erkennt, dass sie in deinen Freund verliebt ist.

Ich bezweifelte stark, dass Xander irgendwelche Freunde hatte, die davon träumten, mich ihm auszuspannen.

»Du musst mit ihm reden. Sag ihm, worüber du dir Sorgen machst. Ihr redet doch eh die ganze Zeit. Macht mal eine Pause vom Telefonsex und führt ein ernstes Gespräch«, neckte Claire mich.

Die schockierten Gesichter von Sam und Addi ließen mich erröten. »Das wusste nicht jeder«, zischte ich in Richtung Claire. Die drei brachen in Gelächter aus, als mein Gesicht knallrot anlief.

»Ich wünschte, ich hätte einen Kerl, der mit mir Telefonsex oder irgendeine Art von Sex haben will«, sagte Sam.

»Es ist so lange her, ich glaube, ich habe vergessen, wie es geht.«

»Ja, ich habe das Gefühl, ich kaufe ständig neue Batterien. Jemanden dazuhaben, der einem hilft, muss die Dinge viel besser machen«, fügte Addi hinzu.

Bald lachte ich mit meinen Freundinnen und war dankbar, so tolle zu haben. Ich war immer noch nervös wegen des Treffens mit Xanders Freunden, aber zumindest ließ die Anspannung ein wenig nach.

KAPITEL 15

DEN REST der Woche war Melody eine noch größere Zicke als sonst. Diana musste ihr erzählt haben, dass wir die letzten beiden Kandidatinnen für die Stelle waren, also legte sie in Sachen Schikane noch eine Schippe drauf.

Am Mittwoch erzählte sie im Büro, ich hätte Läuse, als sie sah, wie ich mich am Kopf kratzte. Ich lachte fast, als mich jemand fragte, ob es wahr sei, dann ging ich hinüber, umarmte Melody fest und rieb meinen Kopf an ihrem, damit sie ebenfalls gebrandmarkt war.

Sie gab es zu.

Am Donnerstag erzählte sie Diana von Xander. Ich musste am späten Nachmittag zu einem Gespräch in Dianas Büro. Sie hatte sich unsere ersten Telefonate angehört und sagte mir, es sei unangemessen, mit einem Kunden über ein Date zu sprechen.

»Mandy, ich bin enttäuscht. So etwas hätte ich von Ihnen nicht erwartet. Ehrlich gesagt hätte ich das eher Melody zugetraut als Ihnen, aber ich habe es gehört. Ich habe Ihre Anrufe gehört. Ich denke, alle Anrufe von Mr. Carlson sollten von einem anderen Mitarbeiter entgegengenommen werden. Bitte teilen Sie ihm das mit, wenn Sie das nächste Mal mit ihm sprechen.«

Ich stimmte zu. Es war frustrierend, aber wenigstens verlor ich weder meinen Job noch meine Chance auf die Beförderung.

Am Freitag war es jedoch anders. Melody wurde verzweifelt. Das Problem war, dass ich nicht wusste, was auf mich zukam. Das bedeutete, ich hatte keine Zeit, mich darauf vorzubereiten. Oder vor dem Wochenende irgendeine Schadensbegrenzung zu betreiben. Melody war schlau. Sie wartete, bis ich mich an meinem Computer abgemeldet hatte und mich für das Wochenende fertig machte. Als ich hinausging, ging sie gerade in Dianas Büro. Ich hätte dableiben sollen, aber ich hätte mir nie träumen lassen, wie tief sie sinken würde.

ICH HATTE ENDLICH ZUGESTIMMT, mit Xanders Familie essen zu gehen und an der Grillparty mit seinen Freunden teilzunehmen. Da es an zwei aufeinanderfolgenden Tagen stattfinden sollte, lud er mich ein, bei ihm zu übernachten. Wir hatten oft die Nacht miteinander verbracht, aber es war das erste Mal, dass wir es im Voraus geplant hatten. Aus irgendeinem Grund fühlte es sich anders an.

Drinnen zog Xander mich in einen Kuss und hielt dann meine Hand hoch, damit ich mich für ihn drehen konnte. »Du siehst toll aus, Schatz. Das Kleid habe ich noch nie an dir gesehen. Ist es neu?«

Es begeisterte mich, dass er die Mühe bemerkte, die ich mir für das Abendessen mit seiner Familie gemacht hatte. Das Kleid war nicht neu, aber es war eines dieser Kleider, die ich für schönere Anlässe aufhob. Da das Wetter endlich wärmer wurde, konnte ich es tragen. Das Kleid war in einem leuchtenden Smaragdgrün mit schimmernden Perlenknöpfen, die sich über die gesamte Vorderseite zogen. Es hatte einen Kragen wie bei einem Hemd und kurze Ärmel, die ihm einen leicht professionellen Look verliehen, besonders in Kombination mit meinen perlmuttfarbenen Peep-Toe-Pumps. Wie alle meine Kleider lag es an meiner Brust eng an und fiel dann weiter aus, um meinem Bauch Platz zu lassen. Natürlich musste ich darauf achten, dass es mich nicht schwanger aussehen ließ, wenn ich Xanders Familie treffen würde.

»Es ist nicht neu, aber danke. Ich wollte nur hübsch aussehen, um deine Familie kennenzulernen.«

»Du siehst immer hübsch aus, Schatz. Bist du bereit zu gehen?«

Ich nickte und folgte ihm in die Garage zu seinem Jeep. Er wartete, bis ich eingestiegen war, und schloss dann meine Tür. Ich sah zu, wie er zu seiner Seite ging und neben mich rutschte. Er drehte den Schlüssel und legte sofort seine Hand auf meinen Oberschenkel, wobei seine Finger unter den Saum meines Kleides strichen, um meine nackte Haut zu berühren. Ich legte meine Hand auf seine und verschränkte unsere Finger ineinander.

»Wer wird beim Abendessen dabei sein?«, fragte ich, während ich ihn auscheckte. Seine Shorts reichten bis zu den Knien, spannten aber über seinen dick bemuskelten Ober-schenkeln, als er saß. Mein Blick verweilte auf der Beule zwischen seinen Beinen und mein Körper erhitzte sich bei dem Gedanken an die Dinge, die er in der Nacht zuvor getan hatte.

Sein weiches blaues Baseball-T-Shirt saß eng an seiner Brust und spannte über seinem Bizeps. Ich wusste, dass die blaue Farbe seine Augen, die hinter einer Sonnenbrille verborgen waren, blauer statt des üblichen Grüns aussehen lassen würde. Als mein Blick zu seinem Gesicht wanderte, sah ich das Lächeln auf seinen Lippen, das mir verriet, dass er wusste, dass ich ihn musterte. Er drückte meine Finger und lächelte mich an.

»Das Abendessen sollte ziemlich ruhig werden, nur meine Eltern und Jessica. Sie ist seit einer Weile mit einem Typen zusammen, aber ich glaube nicht, dass sie ihn zum Abendessen mitbringt. Mom lädt normalerweise die Nachbarn zum Abendessen ein, aber ich denke, heute Abend werden es nur wir fünf sein. Sie will dich kennenlernen.«

Ich verdrehte die Augen. »Na toll, dann werde ich ins Kreuzverhör genommen, ob ich gut genug für ihren Sohn bin. Vielleicht sollte ich da nicht hingehen.«

Xander lachte. »Das würdest du nicht wagen. Sie wird dich lieben. Mein Dad auch. Und Jessica ebenso. Du machst dich wegen nichts verrückt, das verspreche ich dir.«

Ich drückte seine Hand und drehte mich um, um aus dem Fenster zu starren, während er die zwanzig Minuten nach Orchard Park fuhr. Ich machte mir Sorgen, dass seine Eltern ihre üblichen Pläne änderten. Wenn sie mich nicht wegen meiner Beziehung zu ihm ausfragen wollten, warum luden sie dann nicht ihre Nachbarn ein? Ich versuchte mir einzureden, dass ich überreagierte, aber ich konnte mich nicht davon überzeugen, dass alles gut werden würde.

Xander fuhr vor einem weitläufigen Ranch-Haus in einer der belebteren Straßen am Rande von Orchard Park vor. Das Haus war wunderschön mit honigfarben gebeiztem Holz und Naturstein an der Vorderseite. Eine Garage für drei Autos verankerte das Haus an der Seite und ein gepflasterter Gehweg führte zu zwei Eingangstüren. Ein gepflegter Garten erstreckte sich hinter dem Haus und ein Basketballkorb stand am Rande der Auffahrt. Ich lächelte bei dem massiven Felsen in der Nähe der Straße und nahm den ganzen Ort in mich auf, als ich aus dem Jeep stieg. Das Haus war riesig, sah aber so aus, als wäre es ein lustiger Ort zum

Aufwachsen gewesen, zumindest nach den offenen Flächen draußen zu urteilen.

Xander führte mich durch die offene Garage ins Haus. Wir betraten einen Flur, rechts ein Gäste-WC, der Keller und eine der Vordertüren. Links hörte und roch ich die Küche. Wir kamen an einer Waschküche vorbei, bevor sich der Flur in eine riesige Küche öffnete. Die Decke spitzte sich mit dem Dach zu und zwei Dachfenster ließen zusammen mit der Fensterfront mit Blick auf den Hinterhof Sonnenlicht herein. Eine Insel erstreckte sich durch die Mitte des Raumes, umgeben von Schränken an einer Wand und einem Tisch für sechs Personen vor den Fenstern nach hinten.

»Hi Mom«, rief Xander, als wir eintraten. Sie drehte sich vom Doppelbackofen um und lächelte ihn strahlend an. Er ließ meine Hand los und ging um die Insel herum zu seiner Mutter. Sie war eine mittelschwere Frau mit einem bereiten Lächeln für ihren Sohn. Ihr kurzes graues Haar hing glatt in einem modischen, schrägen Bob. Sie trug Sandalen, zweifellos um ihre Füße vor den harten Fliesenböden zu schützen, und khakifarbene Caprihosen mit einem roten kurzärmeligen Hemd. Eine Schürze mit der amerikanischen Flagge hing um ihren Hals und war um ihre weiche Taille gebunden.

Sie hielten sich in einer festen Umarmung und sie sagte: »Ich habe dich vermisst. Es ist schön, dich zu Hause zu haben.«

»Danke, und es tut mir leid, Mom.« Er trat von ihr zurück und streckte seine Hand nach mir aus. »Das ist Mandy Ryan, meine Freundin. Mandy, meine Mom, Peggy.«

Ich trat vor und streckte ihr meine Hand entgegen. Sie ergriff sie herzlich und legte ihre andere Hand um meine, sodass sie zwischen ihren beiden Händen geborgen war. »Es ist so schön, Sie kennenzulernen, Mandy. Ich habe schon viel von Ihnen gehört.«

»Danke, Mrs. Carlson. Ich habe auch schon viel von Ihnen gehört. Xander schwärmt von Ihnen. Und Ihr Zuhause ist wunderschön.«

»Danke, und nennen Sie mich bitte Peggy. Mein Mann hat es bauen lassen, als die Kinder klein waren. Er hatte mit Arthritis zu kämpfen und seine Ärzte sagten ihm, er solle schwimmen, also baute er ein Haus mit Pool. Zuerst schien es riesig, aber jetzt ist es einfach unser Zuhause. Selbst jetzt, wo beide Kinder ausgezogen sind, können wir uns kaum vorstellen, es zu verkaufen.«

»Niemand hat gesagt, dass du es verkaufen musst, Mom. Jessica und ich lieben es auch«, sagte Xander zu ihr.

»Habe ich da meinen Namen gehört?«, sagte eine Blondine, als sie ins Zimmer gesaust kam. Sie war wunderschön, mit wallendem blondem Haar, Xanders haselnussbraunen Augen und einem pinken Sommerkleid. Mit ihrem unbeschwerten Lächeln und ihrer lockeren Art wirkte sie wie jemand, mit dem jeder befreundet sein wollte.

Aber das Beste an ihr war, dass sie normalgewichtig war, keine Elfe, wie ich sie mir vorgestellt hatte. Es hätte keine Rolle spielen sollen, aber zu wissen, dass Xander von einer Frau großgezogen wurde, die keine einstellige Kleidergröße trug, und eine Schwester hatte, die nicht viel schmaler als ihre Mutter war, ließ mich umso mehr an seine Anziehung zu mir glauben.

»Hey, Schwesterherz!«, rief Xander und eilte zu ihr. Er riss sie in seine Arme und wirbelte sie herum. Sie kicherte und umarmte ihn fest.

»Ich habe dich vermisst, großer Bruder. Es ist schön, dich zu sehen.«

»Ja, Mom hat mir gerade dasselbe erzählt. Jess, das ist Mandy. Mandy, das ist meine Schwester Jessica.«

Jessica quietschte und sprang auf mich zu. Als sie bei mir war, schloss sie mich in eine stürmische Umarmung. Ich erwiderte die Umarmung, und ihre ansteckende Art brachte mich während der Umarmung zum Lächeln. Als sie sich löste, sagte sie: »Ich freue mich so sehr, dich kennenzulernen. Xander redet seit Wochen von nichts anderem als dir und es ist super, dich endlich zu treffen. Du musst mir alles über dich erzählen. Xander hat mir schon erzählt, wie ihr euch kennengelernt habt und wie er dich überreden musste, mit ihm auszugehen, aber ich will etwas über *dich* hören.«

Sie hakte sich bei mir unter und zog mich ins Wohnzimmer. Ein Steinkamin reichte bis zur gewölbten Decke und weitere Dachfenster durchfluteten den Raum mit Sonnenlicht. Bodentiefe Fenster gaben den Blick auf eine riesige Holzterrasse und den Garten frei. Wir saßen nebeneinander auf einer beigefarbenen, geblümten Couch und Jessica sagte: »Schieß los. Ich will alles über dich wissen.«

Ich blickte zu Xander zurück, der immer noch mit seiner Mutter in der Küche war. Er zwinkerte mir zu, ich zwinkerte zurück und richtete meine Aufmerksamkeit dann wieder auf Jessica. Ich musste mich daran erinnern, dass sie mit dreiundzwanzig vier Jahre jünger war als ich und erst seit einem Jahr mit dem College fertig war. Sie war süß und quirlig, voller Selbstvertrauen.

Ich bewunderte sie ungemein.

»Okay, also, ich bin in Winterville aufgewachsen. Meine Eltern sind immer noch dort und mein Bruder lebt in Buffalo. Ich arbeite im Kundenservice bei Western New York Health, aber ich stehe kurz vor einer Beförderung. Es klingt schlimmer, als es ist. Ich mag meinen Job wirklich. Ich habe drei beste Freundinnen, die großartig sind, und einen grau getigerten Kater namens Zada.«

»Oh, ich habe Mom und Dad immer angebettelt, mir eine Katze zu holen, aber sie wollten nie. Ich muss unbedingt mal vorbeikommen und deine Katze kennenlernen. Hast du eine Mitbewohnerin?«

Ich schüttelte den Kopf. »Nein. Ich lebe allein. Meine Freundinnen und ich machen einmal im Monat Filmabende und sie übernachten dann bei mir, aber sonst bin nur ich da. Ich habe ein Reihenhaus mit drei Schlafzimmern.«

»Das ist super. Ich habe zwei Mitbewohnerinnen, um mir meine Wohnung leisten zu können. Ich habe gerade bei der Orchard Park Gazette in der Werbeabteilung angefangen. Das ist die lokale Zeitung hier in der Stadt. Ich bin wie du, ich liebe meinen Job, auch wenn er nicht so aufregend klingt.«

Ein großer Mann ging durch den Raum und beachtete uns kaum. Als er es dann doch tat, blieb er stehen und drehte sich zu uns um. »Jessica, ich wusste gar nicht, dass du heute Abend eine Freundin zum Essen da hast. Wer ist das?«

»Das ist Mandy, Xanders Freundin. Wir lernen uns gerade kennen, während Xander Mom in der Küche hilft.«

Er streckte mir seine Hand entgegen und lächelte warm. »Ah, Mandy, entschuldigen Sie. Ich bin Todd. Ich wusste nicht, dass Sie beide schon da sind. Es freut mich, Sie kennenzulernen. Kann ich den Damen etwas zu trinken anbieten?«

»Ich brauche nichts, Dad«, sagte Jessica zu ihm.

»Ich auch nicht, danke, Mr. Carlson.«

»Bitte, Mandy, nennen Sie mich ruhig Todd. Ich sehe mal nach dem Abendessen. Ich nehme an, es ist fast fertig.«

Todd ging in die Küche, und Jessica und ich unterhielten uns weiter. Ich fragte sie nach ihrem neuen Freund. »Peter und ich waren erst ein paar Mal aus. Er ist aber total süß und ich mag ihn sehr. Wir sind aber noch nicht an dem Punkt, an dem wir die Familien des anderen kennenlernen.«

»Wie hast du ihn kennengelernt?«, fragte ich, immer interessiert an den Liebesgeschichten anderer Leute.

»Eine meiner Mitbewohnerinnen kannte ihn. Sie waren im College befreundet und er kam vor ein paar Wochen zu einer Party von uns. Er hat einen Abschluss in Marketing und arbeitet für eine Firma in Buffalo, aber ich kann mir nie merken, wie sie heißt. Sie hat einen dieser langen Namen, wie Anwaltskanzleien sie haben.«

Ich lachte, weil ich genau wusste, was sie meinte.

Xander kam herein und setzte sich neben mich auf die Couch, legte seinen Arm um meine Schultern und küsste mich auf die Schläfe. »Du erzählst doch keine Geschichten über mich, oder?«, fragte er Jessica.

»Nein, ich lerne Mandy nur gerade kennen. Ich hebe mir die peinlichen Geschichten für das nächste Mal auf.«

Ich klatschte in die Hände und rieb sie aneinander wie ein böser Wissenschaftler. Jessica lachte und Xander warf mir einen finsteren Blick zu, bevor er ebenfalls in Gelächter ausbrach. »Du kennst alle meine Geheimnisse. Ich habe nichts vor dir zu verbergen.«

»Ich weiß, aber manchmal haben andere eine andere Sicht auf eine Geschichte, die sie interessanter macht.«

»Ja, nun, solange du mich nicht für meine dumme Jugend zur Rechenschaft ziehst, wird es schon gut gehen«, sagte Xander. Ich lächelte zu ihm auf und er senkte seine Lippen auf meine. Seine Hand strich über meinen Hals, aber vor seiner Schwester hielt er seine Lippen geschlossen.

»Das Essen ist fertig«, rief Peggy aus der Küche.

Jessica sprang auf und Xander und ich folgten ihr. Er hielt mich auf, bevor wir in die Küche kamen, und sagte: »Meine Mom hat gesagt, du bist wunderschön. Ich habe ihr gesagt, dass ich das weiß. Sie mag dich.«

Ich lächelte. »Ich mag sie auch. Deine Schwester ist ein Energiebündel, aber total nett.«

Er lachte. »Ja, Mom sagt immer, Jessica wurde schon hüpfend geboren.«

Ich lachte und nickte. Er zog mich in seine Arme, seine Hand ballte sich zu einer Faust in meinem Haar, als er seine

Lippen auf meine presste. Seine Zunge stieß gegen meine Lippen und ich öffnete sie, um ihm zu erlauben, mit seiner Zunge durch meinen Mund zu fahren. Er zog sich zurück, gerade als mir heiß wurde. Er lächelte zu mir herunter. »Ich halte es nicht lange aus, ohne dich zu schmecken.«

Ich schenkte ihm ein ironisches Lächeln und ließ mich von ihm in die Küche führen, um mit seiner Familie zusammenzusitzen.

Todd sprach das Tischgebet, dann reichte jeder die Schüsseln herum. Ich lud mir Brathähnchen, Knoblauch-Kartoffelpüree, Karotten und Brokkoli auf meinen Teller. Eine Flasche Weißwein wurde zusammen mit einem Wasserkrug herumgereicht. Das Ganze hatte eine sehr ungezwungene, familiäre Atmosphäre. Es erstaunte mich, wie wohl ich mich dort fühlte.

»Mandy, warum erzählst du uns nicht, wie du und Xander euch kennengelernt habt«, sagte Peggy.

Ich warf Xander einen Blick zu und fragte mich, was er seinen Eltern über uns erzählt hatte. Jessica sagte, sie wüsste, wie wir uns kennengelernt hatten, aber ich war mir nicht sicher, wie viel von der Geschichte sie kannten. Er grinste mich an, senkte dann den Blick auf seinen Teller und überließ mich meinem Schicksal.

»Eigentlich hat er mir nachgestellt. Er hat bei mir auf der Arbeit angerufen und ich bin zufällig ans Telefon gegangen. Ich habe ihm meine Durchwahl gegeben, weil das so Vorschrift ist, aber ein paar Tage später hat er wieder angerufen und mich nach einem Date gefragt. Zuerst habe ich ihm tatsächlich einen Korb gegeben, aber er hat mich weichgeklopft.«

»Ja, und du hast mich gehasst, als wir uns dann tatsächlich getroffen haben.«

Todd prustete los und Peggy lächelte freundlich. »Was hast du denn angestellt, dass sie dich gehasst hat?«

»Er hat gar nichts gemacht«, warf ich schnell ein. »Ich hatte mir in den Kopf gesetzt, dass er mich nicht mögen würde, weil er so attraktiv ist, und war ihm gegenüber richtig fies. Er hat mich ein paar Tage nach unserem Treffen angerufen und nach meiner Telefonnummer gefragt, damit wir uns besser kennenlernen konnten, bevor wir wieder ausgingen.«

»Kluger Mann«, sagte Todd.

Xander zwinkerte seinem Vater zu. »Am Telefon war sie sie selbst. Ich wusste, sie würde nur wieder mit mir ausgehen, wenn sie mich vorher ein bisschen kennenlernen würde.«

»Es hat funktioniert. Als wir wieder ausgingen, war es unglaublich. Ich war sofort hin und weg. Ich hatte das Gefühl, als würde ich ihn schon ewig kennen. Als wäre er ein früherer Geliebter, den ich wiedergetroffen habe.«

Peggy und Todd warfen sich einen wissenden Blick zu und lächelten uns an. Jessica mischte sich ein: »Das ist ja toll. Ich hoffe, ich erlebe eines Tages auch so eine Geschichte.«

Peggy tätschelte Jessicas Hand und lächelte sie an. Die beiden erinnerten mich an meine Mutter und mich. Als ich jünger war, standen wir uns immer sehr nahe. Es war schon eine Weile her, dass ich meine Eltern zum Abendessen gesehen hatte. Ich telefonierte alle paar Tage mit meiner Mutter, aber sie hatten Xander noch nicht kennengelernt. Mir war klar, dass ich das bald ändern musste.

Während wir aßen, sprachen alle über die Arbeit und die Familie. Ich erzählte Peggy von meinen Eltern und meinem Bruder und Todd fragte mich nach meinem Job. Ich hörte zu, als sie über Todds bevorstehenden Ruhestand sprachen, der in nur wenigen Monaten anstand, wenn alles nach Plan lief.

Als wir mit unserem köstlichen Abendessen fertig waren, fragte Xander, ob ich den Rest des Hauses sehen wolle. Er führte mich durch einen Raum an der Vorderseite des

Hauses, auf der anderen Seite des Kamins gegenüber dem Wohnzimmer. Es war ein riesiger, offener Wohnbereich mit einem formellen Esstisch in der Nähe der Küche und einem kleineren Wohnzimmer am anderen Ende. Einbauregale ließen es wie einen großartigen Ort für eine Bibliothek wirken.

Ein großes, gefliestes Foyer verband den offenen Wohnbereich und das Wohnzimmer mit der Haupteingangstür und dem Pool. Ja, genau, ein Pool im Inneren des Hauses.

Im Poolraum war es warm. Xander sagte, das liege daran, dass die Raumtemperatur höher sein müsse als die des Wassers. Der Pool war nicht riesig, aber er war immerhin *im* Haus. Innerhalb der Poolwände befand sich ein kleiner Whirlpool. Große Fenster und eine Reihe von Dachfenstern ließen viel natürliches Licht herein.

»Am liebsten war es mir hier, wenn ich schwimmen konnte, während es schneite. Es ist ziemlich cool, im warmen Pool zu sein und zu sehen, wie Schnee auf die Dachfenster fällt. Nachts zu schwimmen war auch immer cool. Manchmal sind meine Freunde und ich durchgedreht und sind raus in den Schnee gerannt und dann in den Pool gesprungen. Es war total dumm, aber hat damals so viel Spaß gemacht.«

Ich lachte bei der Vorstellung, wie ein jüngerer Xander so herumtobte.

»Willst du eine Runde schwimmen?«, fragte er, seine Hände hinter mir in Position gebracht.

»Nein!«, schrie ich. Das Letzte, was ich jetzt gebrauchen konnte, war, dass er mich in den Pool warf.

Wir verließen den Poolraum, während Xanders Lachen hinter uns widerhallte. Gleich neben dem Poolraum befand sich Todds Büro und dahinter Jessicas Schlafzimmer. Ein Badezimmer war zwischen ihr Zimmer und Xanders Zimmer eingequetscht, wieder an der Vorderseite des

Hauses. Er nannte es die Höhle und ich konnte endlich verstehen, warum. Ein kurzer Flur führte zu dem Raum zurück, dunkel durch die Bäume vor dem Fenster und die braunen Wände. Ein Baseball-Thema ließ mich lächeln, als ich durch Xanders Kinderzimmer ging.

Er lehnte am Türrahmen, während ich umherwanderte. Ich grinste ihn an und sagte: »Wenn diese Wände reden könnten, will ich die Geschichten, die sie mir erzählen würden, wahrscheinlich gar nicht wissen.«

»Diese Wände würden dir nichts erzählen, was ich dir nicht schon erzählt habe. Du kennst alle meine Geheimnisse, Schatz, das sage ich dir doch immer wieder.«

»Ich weiß«, sagte ich und trat an der Tür zu ihm.

»Bist du bereit zu gehen?«

»Jetzt schon? Das liegt ganz bei dir.«

»Also«, flüsterte er heiser in mein Ohr, »dich in meinem alten Schlafzimmer zu sehen, weckt in mir den Wunsch, dich in meinem jetzigen Schlafzimmer zu sehen. Vorzugsweise ohne deine Kleidung.«

»Ich denke, das ließe sich arrangieren. Besonders, wenn es auch ohne deine Kleidung ist.«

Ich schlang die Arme um seinen Hals und wartete, bis er seine Lippen auf meine senkte. Eine Hand verfing sich in meinem lockigen Haar und die andere glitt meinen Rücken hinunter zu meinem Hintern. Er umfasste meinen Hintern und knetete ihn, während er seine Zunge in meinen Mund stieß. Ich stöhnte auf, als unsere Zungen sich trafen und ich seine Kühle schmeckte. Ich hielt mich fest an ihm, als er mich gegen die Wand lehnte und seine Erektion sich in meinen Bauch bohrte. »Gott, ich will dich«, flüsterte er, während er sich küssend zu meinem Ohr vorarbeitete. Er knabberte an meinem Ohrläppchen und küsste dann meinen rasenden Puls.

Er wich von mir zurück und legte seine Stirn an meine.

»Verdammt, du bist wie eine Droge. Ich kann nicht genug von dir bekommen. Dich den ganzen Abend mit meiner Familie lachen zu sehen, hat mich so scharf gemacht. Ich liebe dein Lachen und ich … ich liebe es, wenn es nur für mich ist.«

»Heute ist alles für dich, Babe. Deine Familie ist großartig.«

Er atmete tief ein und schloss fest die Augen. »Okay, über meine Familie zu reden, hilft, aber ich kann dich immer noch riechen. Ich verschwinde kurz ins Bad, du gehst dich schon mal von meiner Familie verabschieden.«

Mit einem schnellen Kuss ging ich den Flur zurück und fand Peggy, Todd und Jessica in der Küche, wo sie das Geschirr abwuschen. »Es tut mir so leid, wir hätten unsere Hilfe anbieten sollen.«

»Oh, nein, Sie sind unser Gast. Wir sind einfach nur froh, dass Sie heute Abend bei uns waren. Macht ihr euch schon auf den Weg? Xander sagte, ihr geht morgen zum Grillen.«

»Ja, das tun wir. Er freut sich darauf, seine Freunde zu sehen. Ich hoffe nur, sie sind halb so freundlich und herzlich wie Sie es waren.«

»Niemand ist so herzlich wie Peggy«, sagte mir Todd, »aber ich hoffe, Sie haben Recht mit Xanders Freunden. Viel Spaß euch.«

Xander kam ins Zimmer und sagte: »Wir machen uns auf den Weg. Wie wär's mit Abendessen nächsten Sonntag?«

»Natürlich. Mandy, ich hoffe, Sie kommen auch«, sagte Peggy.

»Ich würde das sehr gerne tun. Vielen Dank.«

Wir umarmten uns alle, dann gingen Xander und ich wieder zur Garagentür. Er zerrte mich praktisch zum Jeep. Dann raste er durch die Straßen nach Hause.

KAPITEL 16

KAUM WAREN wir bei Xanders Haus angekommen, rissen wir
uns auch schon die Kleider vom Leib. Die Fahrt dauerte nur
zwanzig Minuten, aber er beugte sich bei jeder roten Ampel
zu mir und küsste mich. Seine Finger wanderten nach
Norden, und als wir sein Haus erreichten, hatte er seine
Hand bereits in meinem Höschen und konnte spüren, wie
erregt und bereit ich war.

Xander trat die Garagentür hinter uns zu und drängte
mich gegen sie. Seine harte Erektion drückte sich gegen
meine weiche Haut, und ich stöhnte erwartungsvoll auf. Er
stemmte sich gegen die Tür und klemmte mich zwischen
seinen kräftigen Armen ein. Er beugte sich zu mir, küsste
meine Lippen, meinen Hals, mein Schlüsselbein. Seine
Lippen waren überall, und ich konnte mich auf keine Stelle
konzentrieren, weil er sich immer weiterbewegte.

Ich krallte mich an ihm fest und versuchte, ihn zu halten.
Ich keuchte und sehnte mich nach ihm, so unglaublich bereit,
dass ich kaum noch Luft bekam. Xander knurrte an meinem
Hals, »Ich wollte dir schon den ganzen Tag dieses Kleid vom

Leib reißen. Diese Knöpfe und die Frage, was darunter ist, haben mich wahnsinnig gemacht.«

Ich bog mich ihm entgegen, wobei mein Kopf gegen die Tür stieß, und er griff nach dem ersten meiner Knöpfe. »Ich muss dich sehen. Ich kann nicht länger warten.«

Die Zurückhaltung in seinen Händen verzog sein Gesicht zu einem gequälten Ausdruck. Ich wusste, dass er die Knöpfe am liebsten einfach aufgerissen hätte, aber er versuchte, sich zu beherrschen und mein Kleid nicht zu ruinieren. Der langsame Prozess, all die Knöpfe an meinem Kleid zu öffnen, machte mich heiß und brachte Xander an den Rand des Wahnsinns. Mit jedem Zentimeter Haut, den er freilegte, presste er seine Lippen auf mich, knabberte an meiner Haut und hinterließ auf seinem Weg meinen Körper hinab Bissspuren.

Als er bei meinem Bauch ankam, ließ er seine Hände in mein Kleid gleiten und befreite meine Brüste. Er stöhnte auf, als er meinen roten Spitzen-Push-up-BH sah. Seine Finger fummelten an meinen Knöpfen, aber das war mir egal. Seine Lippen schlossen sich um meine Brustwarze, und ich stöhnte und lehnte mich gegen die Tür zurück. »Verdammt, du bist wunderschön«, murmelte er gegen die Haut, die über den Spitzenrand quoll.

Xander wanderte von einer Brustwarze zur anderen und zog jede zusammen mit der zarten Spitze in seinen Mund. Er saugte an den Spitzen, umkreiste meine Brustwarzen mit seiner Zunge, bis ich vor Lust stöhnte. Er zog sanft mit den Zähnen, und eine Mischung aus Schmerz und Lust durchfuhr mich und machte mich noch feuchter.

Während er meine Brustwarzen neckte, arbeiteten sich seine Finger geschickt an den restlichen Knöpfen ab, bis mein Kleid vorne offen hing. Er trat einen Schritt zurück und betrachtete mich und mein rotes Spitzenhöschen, das zu meinem BH passte. Sein Blick wurde raubtierhaft, und eine

Gänsehaut überzog meinen Körper. Meine Brustwarzen richteten sich auf und fragten sich, was als Nächstes kommen würde.

Xander kam schnell auf mich zu und hakte seine Daumen an den Seiten meines Höschens ein. Er zog kräftig, und ich hörte, wie der Stoff in seinen Händen riss. In der nächsten Sekunde stießen seine Finger in mich, und ich stöhnte auf, während meine Knie nachgaben. Er zwang mich mit seinem großen Körper gegen die Tür und hielt mich fest. »Streck deine Knie durch, Baby. Ich bringe dich genau hier zum Kommen. Ich kann nicht länger warten.«

Das Verlangen und der Befehl in seiner Stimme ließen mich aufspringen, um zu tun, was er sagte. Kein Mann hatte je so mit mir gesprochen wie Xander, mir das Gefühl gegeben, dass er sich nicht beherrschen konnte, wenn er mit mir zusammen war. Es machte mich mehr an, als ich je zugeben wollte. Es fühlte sich so verdammt gut an.

Mit durchgestreckten Knien entfernte sich Xander von mir, seine Finger tasteten immer noch zwischen meinen Schenkeln und brachten mich unter seiner Manipulation zum Stöhnen und Winden. Er kniete sich vor mich und zwang meine Beine weiter auseinander. Ich dachte, er wollte nur zusehen, bis ich seinen Atem auf mir spürte, heiß und schwer gegen meine Oberschenkel. Bevor ich etwas sagen konnte, leckte er mich von einem Ende zum anderen.

Meine Knie wurden wieder weich, unfähig, der extremen Lust, die mich durchströmte, standzuhalten. Xander knurrte und schlang seine Arme um meinen Hintern, hob mich hoch, während er aufstand. Er drehte sich um und setzte mich auf der Kücheninsel ab, wobei mein Hintern an der Kante blieb. Ich setzte mich auf, aber er drückte mich mit einer Hand auf meiner Brust zurück, während die andere wieder in mich eindrang. Seine Lippen fanden meine Mitte, und ich stöhnte, als ich mich auf seiner Kücheninsel ausstreckte.

Er leckte und neckte mich, seine Finger halfen, mich zu erregen. Er stieß seine Hand in mich, und meine Hüften zogen sich zusammen, um seinen Fingern entgegenzukommen. Alles, was ich spürte, war die rhythmische Lust, während er mit meinem Körper spielte und mich dazu brachte, kommen zu wollen.

Nein, ich musste kommen.

Meine Atmung wurde flach, und mein Stöhnen und Schreien wurde lauter. Ich bog mich ihm entgegen und fuhr mit den Fingern durch sein Haar. Ich musste kommen, ich brauchte die Erlösung. »Jetzt, Baby, jetzt«, befahl mir Xander, und mein Körper zerfiel. Meine Schreie hallten durch seine stille Küche, und ich vergrub meine Finger in seinen und hielt mich fest, während sich mein Körper von der Anspannung löste, die er erzeugt hatte.

Als die Dunkelheit meines Orgasmus wich, beugte sich Xander über mich und küsste meinen Bauch. Er zog mich von der Kücheninsel herunter, der fiebrige Blick immer noch in seinen Augen. Ich riss an seinem Shirt und zog es ihm über den Kopf, damit ich seine Brust küssen konnte. Ich fuhr mit meiner Zunge über seine Brustwarzen und neckte sie mit einem Knabbern, das Xander aufstöhnen ließ und seine Hände fest in meinem Haar vergrub. Er zog an seinen Shorts und Boxershorts und ließ sie auf den Boden zu seinen Füßen fallen.

Er griff nach meinem Kleid und zog es mir von den Schultern, während sein Mund sich auf meine Haut legte. Er biss mich und ließ dann seine Zunge den Schmerz lindern, den er verursacht hatte. »Es tut mir leid, Baby. Ich bin einfach so verdammt heiß auf dich.«

Er drehte mich um und zog mir das Kleid ganz aus. Sein Schwanz drückte sich hart in meinen unteren Rücken und seine Brust streifte meinen Rücken. Xander senkte den Kopf zu meinem Hals und saugte kräftig, um sicherzugehen, dass er einen Fleck hinterließ. Er folgte der Sehne meines Halses hinunter zu meiner Schulter und küsste mich erneut.

Er trat vor und zwang mich mit ihm. Mein Bauch traf die Kante der Kücheninsel, und Xander drückte mich darüber. »Halt dich an der Kante fest, Baby. Halt dich gut fest.«

Aufregung raste durch mich. Ich war noch nie von hinten genommen worden. Ich hörte das Reißen der Kondompackung und spürte dann Xanders Finger, die mich umkreisten. Ich stöhnte und lehnte mich an ihn, schon bereit für eine weitere Runde.

Sein Schwanz neckte meinen Eingang und umkreiste ihn unter der Führung seiner Hand. Langsam führte er sich in mich ein. Die quälende Bewegung ließ mich zu ihm stöhnen. Er beugte sich über mich und knurrte, »Bist du bereit für mich, Baby? Bist du bereit, dass ich dich so nehme?«

»Ja«, stöhnte ich zurück und umklammerte die Kante der Arbeitsplatte fester.

Xander glitt langsam heraus, rieb an mir und ließ mich den Verlust schmerzlich spüren. Er stieß hart zurück in mich, und ich schrie auf, als Feuer über mich hinwegfegte, während mein Körper das Eindringen erkannte und nach mehr verlangte. »Nochmal«, sagte ich mit einem Lächeln auf den Lippen.

»Mein Baby mag es also hart, was?«, neckte er.

»Oh Gott, ja«, stöhnte ich, als er wieder langsam herausglitt.

»Kletter auf die Arbeitsplatte, Baby. Lass deinen Körper darauf ruhen. Ich will, dass deine Füße den Boden nicht mehr berühren, damit ich dich kontrollieren kann. Ich muss dich hart nehmen können. Genau wie du es willst.«

Er half mir, höher auf die Arbeitsplatte zu klettern, mein ganzer Bauch lag auf der Oberfläche, während meine Beine gerade hinter mir hingen. Seine Größe gab ihm einen

Vorteil, und er blieb in mir, während ich mich bewegte, und traf alle richtigen Stellen, als ich mich positionierte.

Xanders Hände packten meine Hüften, und er zog sich wieder langsam zurück, dann zog er mich an sich, als er hineinstieß. Mein Körper öffnete sich für ihn und nahm ihn tiefer auf, als er je zuvor gewesen war. Ich liebte das übervolle Gefühl, das ich hatte, wenn er tief in mir war. Ich wackelte mit den Hüften, um ihn tiefer, härter zu bekommen. Und er verlor die Kontrolle.

Xander hielt meine Hüften, unfähig, sich noch langsam zurückzuziehen. Er stieß wütend zu, rammte mich gegen die Arbeitsplatte, während sein Schwanz immer tiefer in mich eindrang. Ich schrie auf, als sich mein Orgasmus wieder aufbaute, so kurz vor dem Höhepunkt, während ich mich festhielt.

Seine eine Hand fuhr meinen verschwitzten Rücken hinauf und in mein Haar. Er zog daran und riss meinen Kopf nach hinten. »Ich kann nicht mehr an mich halten, Baby. Ich will, dass du kommst. Komm verdammt noch mal jetzt.«

Er zerrte erneut an meinen Haaren, und mein Körper zerbrach in zwei Teile, ein gewaltiger Orgasmus zog mich in die Dunkelheit, umgeben von einer unscharfen Version der Realität. Xander stieß weiter in mich, und ich hörte seine Stimme meinen Namen schreien. Seine Hand ließ schließlich mein Haar los, und ich tauchte aus der Dunkelheit auf.

Xander beugte sich über mich, sein Gesicht nur Zentimeter von meinem entfernt. »Es tut mir so leid, Baby. Ich konnte einfach nicht warten, bis wir im Schlafzimmer waren. Ich hätte dich beinahe in meinem Schlafzimmer im Haus meiner Eltern genommen. Hab ich dir wehgetan?«

Ich lag verschwitzt und wund auf der Arbeitsplatte. Ich lächelte zu ihm auf. »Ich hab höllische Schmerzen, aber es fühlt sich so verdammt gut an. Das hab ich noch nie zuvor gemacht.«

»Es tut mir so leid, dass ich dir wehgetan habe.«

»Sei nicht. Es hat sich gut angefühlt. Ich könnte wahrscheinlich noch ein paar Mal kommen, wenn man bedenkt, wie gut ich mich fühle.«

»Oh, wirklich?«, neckte er. Seine Finger wanderten meinen nackten Rücken hinunter zu meinem Hintern. Er strich über meine Haut und ließ seine Finger über mich gleiten. »Ich denke, das ließe sich arrangieren. Wie wär's mit einem Bad?«

»Wirklich?«, fragte ich aufgeregt.

»Ja, Schatz. Hoffentlich hilft es dir, dich besser zu fühlen. Ich gehe schon mal vor und lasse es ein. Wir können über den Rest dieser Orgasmen reden, wenn du mit deinem Bad fertig bist.«

Ich stimmte zu und ließ mir von Xander von der Kücheninsel helfen. »Ich werde nie wieder kochen können, ohne einen Ständer zu bekommen. Dich so für mich auf dieser Arbeitsplatte ausgebreitet zu sehen, war eines der heißesten Dinge überhaupt.«

Ich lächelte ihn an und strich mit der Hand über seine Wange. »Das müssen wir vielleicht wiederholen. Vielleicht auch das Sofa und das Bett. Hast du nicht auch einen Schreibtisch?«

»Verdammt, Frau, du bringst mich noch um. Vielleicht musst du ein Bad nehmen, nachdem ich dich nochmal hatte.«

Er drückte seinen festen Schwanz an mich, und ich grinste ihn an und klimperte mit den Wimpern. »Also, ich habe ja gesagt, ich könnte nochmal …«

Ich drehte mich um, um wegzugehen, aber Xander packte meinen Arm. Ich lachte, als er seine Arme um mich schlang. Das Lachen verwandelte sich in Stöhnen, als seine Finger über meinen Bauch wanderten, um zwischen meinen Schenkeln zu spielen. »Zuerst die Couch. Wir arbeiten uns zum Schlafzimmer vor, und dann kannst du ein Bad nehmen.«

Ich griff nach unten, packte seinen Schwanz und streichelte ihn. »Ich bin dabei, wenn du es bist.«

~

GEGEN MITTERNACHT SCHAFFTEN wir es endlich ins Schlafzimmer. Xander ließ mir wie versprochen ein Bad ein. Als ich in das heiße Wasser sank, wusste ich, dass ich am nächsten Tag wund sein würde. Ich hatte mehr Orgasmen gehabt, als ich zählen konnte, und wir hatten viermal Sex gehabt. Meine Schulter schmerzte an der Stelle, an der er mich gebissen hatte, und als ich in den Spiegel schaute, sah ich den schwachen Umriss des Knutschflecks, den er mir verpasst hatte.

Das Wasser war heiß und wohltuend. Xander ließ mich alleine baden. Er sah fern, als ich wieder in sein Schlafzimmer kam, und er schlang seine Arme um mich. »Geht es dir gut?«, fragte er.

Ich kicherte. »Deine Freunde werden wissen, was hier los war.« Ich zeigte ihm den Knutschfleck an meinem Hals.

»Tut mir leid, Baby. Ich habe mich hinreißen lassen.«

»Schon in Ordnung. Irgendwie mag ich es, zu wissen, dass du dich nicht zurückhalten kannst. Es macht mich total an, dass du so erregt von mir bist.«

Er schmiegte sich an mich. »Du weißt, dass ich das bin. Aber es tut mir leid, dass ich dir wehgetan habe. Wie war dein Bad?«

»Fantastisch. Diese Wanne ist fast so orgastisch wie du.«

Xander lachte lauthals. Das Grollen seines Körpers ließ das Bett erbeben und ich zitterte und lachte mit ihm. »Na ja, für heute Nacht gibt es keine Orgasmen mehr. Ich fürchte, du brauchst eine Pause, nachdem ich dich heute so rangenommen habe. Willst du einen Film sehen?«

Ich nickte und kuschelte mich an ihn. Er zog die Decke

über uns und schaltete einen Film ein. Innerhalb von Sekunden war ich tief und fest eingeschlafen.

Am nächsten Morgen wachte ich immer noch in Xanders Armen auf. Sein gleichmäßiger Atem verriet mir, dass er noch schlief, und ich genoss das Gefühl seines warmen, starken Arms um mich. Sein Schwanz war wach, aber ich wusste, dass wir früh losmussten.

Außerdem war ich viel zu wund, um an Sex zu denken.

Nein, ich war nie zu wund, um darüber *nachzudenken*.

Ich streckte mich und spürte, wie meine Schulter bei der Bewegung schmerzte. Der Schmerz zwischen meinen Beinen versprach, das Laufen zu erschweren, aber ich hatte für die Grillparty extra bequeme Schuhe eingepackt.

»Hey«, sagte Xander schläfrig. »Du bist schon wach.«

»Entschuldige. Ich wollte dich nicht wecken. Ich glaube, ich bin letzte Nacht einfach bei dir eingeschlafen.«

»Ja, aber das ist in Ordnung. Wie fühlst du dich?«

»Verdammt wund. Im wahrsten Sinne des Wortes.«

Er zog mich fester an sich und drückte seine Lippen in mein Haar. »Es tut mir so leid, Baby. Ich verspreche, heute lasse ich die Finger von dir.« Ich sah ihn skeptisch an und er lachte. »Okay, vielleicht nicht die Finger, aber definitiv meinen Schwanz. Wie wäre es, wenn du duschen gehst und ich anfange, Frühstück zu machen?«

»Klingt gut«, sagte ich und kletterte aus seinem warmen Bett. Die kühle Luft streifte meine Haut und verursachte eine Gänsehaut. Ich ging ins Bad und hörte, wie Xander in die Küche ging. Seine Dusche war warm und fühlte sich fantastisch auf meiner schmerzenden Haut an. Ich wusch meine Haare und meinen Körper und war besonders vorsichtig an meiner Schulter und zwischen meinen Schenkeln. Ich war immer noch sehr wund, aber wenigstens war ich sauber.

Ich wickelte ein weiteres flauschiges Handtuch um mich und ging ins Schlafzimmer. Ich griff nach meiner Tasche und holte die schwarzen Shorts und das armeegrüne Top heraus, das ich anziehen wollte. Ich hatte auch Caprihosen einge- packt, aber es war heiß draußen und ich wusste, dass ich darin schwitzen würde.

Ich packte den Rest meiner Kleidung und meine Badar- tikel in meine Tasche und ging zurück ins Badezimmer, um meine Haare und mein Make-up zu machen. Ich kämmte mein Haar durch und beugte meinen Kopf nach vorne, um die Locken aufzulockern. Mit meinem Föhn machte ich mein Haar leicht und luftig und warf den Kopf wieder zurück. Ich trug etwas Wimperntusche auf und beschloss, auf jedes weitere Make-up zu verzichten. Die Ohrringe kamen in meine Ohren und eine Halskette legte sich um meinen Hals.

Ich fühlte mich gut.

Ich schnappte meine Tasche und ging in die Küche. Xander stand nackt vor dem Herd und bereitete Eier zu. Er sah so gut aus, dass mein Körper nach ihm schmerzte.

Seine geformten Muskeln waren für mich in voller Pracht zu sehen. Mir lief das Wasser im Mund zusammen, als ich die langen, sehnigen Muskeln seiner Beine betrachtete. Sein Schwanz hing schlaff zwischen seinen Beinen, immer noch lang, selbst wenn er nicht erregt war. Seine schmale Taille verlief oberhalb seines Schwanzes und eine Haarspur zog sich von seinem Schwanz zu seinem Bauchnabel. Die Vertie- fungen in seinen Bauchmuskeln ließen mich darüber nach- denken, ob ich Body-Shots von ihm trinken könnte. Seine Brust stach hervor, definierte Muskeln, die sich bewegten, als er die Eier auf dem Herd rührte. Ich ließ meinen Blick über seine stark bemuskelten Arme schweifen und spürte Wärme bei der Erinnerung daran, wie sie mich nur wenige Minuten zuvor umschlungen hatten.

Ich ließ meine Tasche in der Küche neben der Tür fallen. Da wir beide am nächsten Tag arbeiten mussten, hatte ich vor, nach der Grillparty nach Hause zu fahren.

Xander drehte sich um und zog mich in seine Arme. »Ich hoffe, das ist in Ordnung. Ich war hungrig nach letzter Nacht.«

Ich lächelte und nickte. Ich küsste seine Brust und fuhr ihm sanft mit den Fingern über den Körper, wobei ich beobachtete, wie sein Schwanz zuckte. »Das darfst du nicht tun, Baby. Ich werde dich heute nicht haben. Ich kann an deiner Art zu gehen erkennen, dass du wund bist.«

Ich ließ ihn los und ging durch die Küche, um zwei Gläser für Saft und eine Tasse für Xanders Kaffee herunterzuholen. »Du solltest hier nicht so sexy herumlaufen. Vor allem nicht nackt.«

»Ich gehe in ein paar Minuten duschen. Ich wollte nur sichergehen, dass wir Frühstück haben.«

Er schaufelte Eier auf Teller, holte dann Speck aus der Mikrowelle, als der Toast heraussprang. Xander setzte sich an den Tisch, seine ganze nackte Pracht für mich ausgebreitet. Ich setzte mich neben ihn und versuchte, mich darauf zu konzentrieren, Frühstück zu essen, anstatt ihn zu essen. Er stürzte sich auf sein Frühstück und ich merkte, dass ich ebenfalls einen Bärenhunger hatte.

Als Xander fertig war, küsste er mich und ging dann duschen. Ich räumte die Küche auf, während er weg war, und spülte das ganze Geschirr, bereits vertraut mit seinem Zuhause. Xander tauchte wenig später in khakifarbenen Cargo-Shorts und einem Coke-T-Shirt wieder auf. Er schlüpfte in seine Flip-Flops und streckte die Hand nach mir aus. »Danke fürs Aufräumen. Das hättest du nicht tun müssen.«

»Nun, ich dachte, deine Arbeitsplatte könnte nach letzter Nacht eine gute Reinigung vertragen, also habe ich sie auch gleich abgewischt.«

Er grinste, als hätte er einen Preis gewonnen, und küsste mich fest auf die Lippen. Er nahm meine Tasche und führte mich nach draußen. Wir warfen meine Tasche in mein Auto und stiegen dann in seinen Jeep.

»Erzähl mir ein bisschen was über deine Freunde«, sagte ich und versuchte, mich auf etwas zu konzentrieren, das meine Nerven beruhigen würde.

»Sie sind lustig. Normalerweise lachen und trinken wir, wenn wir zusammen sind. Die Jungs werden ihre Freundinnen dabeihaben und ein paar unserer Freunde sind Frauen. Es wird eine nette Mischung aus Leuten sein. Natürlich weißt du, dass ich Drew am nächsten stehe. Er wird heute da sein, aber er ist Single. Er ist ein guter Kerl. Ich glaube, er ist so ziemlich der Einzige von ihnen, mit dem ich eine echte Beziehung habe. Mit den anderen treffen wir uns nur zum Trinken. Aber es macht Spaß.«

»Werde ich dich also da raustragen müssen?«

»Nein«, sagte er entschieden. »Ich werde nicht so viel trinken. Vielleicht ein oder zwei Bier, aber ich werde nicht viel trinken.«

»Zu wem nach Hause gehen wir?«

»Zu Ricky und Billy. Sie waren Freunde von mir in der Highschool und auf dem College. Sie sind Mitbewohner. Das Haus ist schön, aber der Hinterhof ist der Grund, warum wir immer dorthin gehen. Er ist riesig und ziemlich privat.«

»Wie sind Ricky und Billy so?«

»Sie sind Arschlöcher«, lachte Xander. »Nein, das sollte ich nicht sagen. Sie können Idioten sein, aber sie sind witzig. Sie werden dich aber lieben, weil du dich gegen sie behaupten kannst. Sie werden dich witzig finden.«

»Bist du dir da sicher?« fragte ich. Wenn diese Jungs gute Freunde von Xander waren und das Erste, was er sagte, war, dass sie Arschlöcher seien, gab mir das nicht viel Hoffnung, dass sie mich mögen würden.

»Ja, Baby, das wird schon gutgehen. Die Frauen sind diejenigen, über die du dir Sorgen machen musst. Kayleigh und Braylon sind Freundinnen von uns, aber sie sind die reinsten Zicken. Ich meide sie, weil sie immer versuchen, mich ins Bett zu kriegen, aber sie sind schlampige Zicken und ich wollte nie etwas mit ihnen zu tun haben.«

Angst durchfuhr mich. Ich wusste, dass Männer über mein Aussehen hinwegsehen würden, wenn sie mit mir auskamen. Wenn sie nicht versuchten, mit mir zu schlafen, war es ihnen egal, wie ich aussah. Die Frauen aber … das war eine ganz andere Geschichte. Frauen konnten schreckliche Zicken sein, wenn sie auf mich eifersüchtig waren. Unter allen anderen Umständen wäre keine Frau auf mich eifersüchtig. Aber auf einer Party mit Xander aufzutauchen, würde mich einem Angriff aussetzen.

Ich hatte das Gefühl, ich müsste mich übergeben.

»Bleib einfach bei mir. Ich lasse nicht zu, dass sie an dich herankommen. Und wenn doch, dann gehen wir. Ich verspreche es.« Ich nickte, als Xander den Jeep anhielt. Ich schaute auf das Haus, vor dem wir parkten, und atmete tief durch. »Komm, Schatz. Lass mich dich meinen Freunden vorführen.« Er strich mit dem Finger über den Knutschfleck, den er an meinem Hals hinterlassen hatte, und beugte sich vor, um ihn zu küssen. »Ich liebe es, meine Spuren auf dir zu sehen. Der Welt zu sagen, dass du mein bist. Das macht mich so sehr an.«

Ich lehnte mich zurück und ließ die Erregung durch meinen Körper strömen. Xander drehte mein Gesicht zu sich und stieß seine Zunge in meinen Mund. Sein Kuss war rau und besitzergreifend. Er fuhr mit seinen Fingern durch mein Haar und neigte meinen Kopf, damit er mich tiefer küssen konnte. Ich stöhnte gegen seine Lippen und spürte, wie mein Höschen nass wurde.

Xander zog sich schließlich zurück und küsste meine Wangen. »Ich würde dich auf der Stelle nehmen, wenn ich wüsste, dass es dir nicht wehtun würde. Du machst mich so glücklich.«

»Ich bin auch glücklich, Baby. Lass uns deine Freunde kennenlernen, bevor ich den Mut verliere.«

Xander lachte und zog sich von mir zurück. Er stieg aus und ich atmete tief durch. Als er an meiner Seite ankam, öffnete er meine Tür und bot mir seine Hand an. Ich nahm sie und ging an seiner Seite, um seine Freunde zu treffen.

XANDER STIEß die Haustür des zweistöckigen Hauses auf, als würde er hier wohnen. Wir gingen geradewegs ins Wohnzimmer, wo ich alte Möbel und einen großen Fernseher sah. Hinter der Haustür quoll ein Schrank mit achtlos hineingetretenen Schuhen über. Das Zimmer war groß und wirkte sehr belebt. Ich hörte Stimmen aus dem Inneren des Hauses, vermutlich von dort, wohin Xander mich führte.

So sah es in meiner Vorstellung in einem Verbindungshaus aus.

So ähnlich roch es auch.

Die Küche lag auf der Rückseite des kleinen Hauses und bot einen Blick auf den großen Garten. Die Leute strömten lachend und redend von drinnen nach draußen.

Xander begrüßte die Leute in der Küche und stellte mich vor, obwohl er das so schnell tat, dass ich mir keinen einzigen Namen merken konnte. Wir sagten Hallo und er zog mich nach draußen in den Garten.

»Xander!«, wurde aus dem Garten gerufen. Ich hatte keine Ahnung, aus welcher Richtung der Ruf kam, aber er zauberte ein breites Lächeln auf sein Gesicht. Er drückte meine Hand und zerrte mich hinter sich her zum anderen Ende des Gartens. Als wir bei einer Gruppe von fünf Männern ankamen, ließ er meine Hand los, um mit den anderen kameradschaftliche Schläge und Umarmungen auszutauschen.

Er legte wieder seinen Arm um mich und sagte: »Leute, das ist Mandy. Mandy, das sind Ricky, Billy, Doug, Trevor und Brian.«

»Schön, euch kennenzulernen«, sagte ich und versuchte, cool zu bleiben. Bisher war jede einzelne Person auf der Party umwerfend. Ich fühlte mich, als wäre ich in den Dreh für einen Bierwerbespot oder so etwas gestolpert. Es war furchteinflößend.

Ich wollte Xanders Freunde nicht nach ihrem Aussehen beurteilen, genauso wie ich nicht wollte, dass sie mich nach meinem beurteilten, aber es fiel mir schwer, es nicht zu tun. Xander hatte mir bereits gesagt, dass Ricky und Billy Arschlöcher und Kayleigh und Braylon Zicken waren. Ich war mir nicht sicher, wie viel davon ich ertragen können würde.

Die Männer musterten mich und machten kein Hehl aus ihrer Begutachtung. Xander boxte einem von ihnen auf die Schulter, Billy, glaube ich, und sagte: »Meine Güte, Alter, sie ist vergeben. Lass die Finger von ihr.«

Billy hob kapitulierend die Hände, musterte mich aber noch ein letztes Mal. Es jagte mir Schauer über den Rücken, aber ich unterdrückte sie und hielt mich an Xander fest. »Komm, Babe, holen wir uns was zu trinken«, sagte er.

Ich nickte seinen Freunden zu und drehte mich mit Xander um, um ein Getränk zu finden. Vielleicht würde mir etwas Alkohol helfen, die Anspannung zu lösen.

Xander fand drei Kühlboxen auf der Terrasse und fischte für jeden von uns ein Bier heraus. Er drehte den Verschluss von meinem ab und reichte es mir. Ich hatte die halbe

Flasche geleert, bevor seine überhaupt seine Lippen berührte.

»Verdammt, Baby, das kannst du nicht machen. Ich kann nicht zusehen, wie du so an einer Flasche nuckelst, ohne mir zu wünschen, dass du bei mir genauso nuckelst.«

»Entschuldige, Schatz«, sagte ich und wischte mir über die Lippen. »Ich brauche nur etwas, um mich zu entspannen. Dein Freund hat mir mit der Art, wie er mich angesehen hat, wirklich eine Gänsehaut eingejagt.«

Xander blickte über den Garten zu den Jungs, die sich unterhielten. »Ich weiß, aber er ist harmlos. Er versucht nur, mich aufzuziehen.«

»Ich will einfach nicht in seiner Nähe sein. Er ist mir unheimlich.«

»Bleib bei mir. Ich lasse nicht zu, dass er dich belästigt. Komm, ich will dir Drew vorstellen.«

Xander hielt meine Hand, während er sich einer anderen Gruppe näherte. Ein Mann stand in der Mitte und zog die Aufmerksamkeit der ganzen Gruppe auf sich. Er hatte dunkles Haar, länger als das von Xander, aber immer noch kurz. Seine braunen Augen wanderten durch die Gruppe und nahmen mit jedem Blickkontakt auf, während er seine Geschichte erzählte.

Er war gut aussehend, genauso heiß wie der Rest der Leute hier. Sein linker Arm war voller Tattoos und auf seiner rechten Wade hatte er ein aufwendiges Kreuz tätowiert. Ich konnte nicht aufhören, ihn anzusehen, und wollte hören, was er zu sagen hatte.

»Ich nahm die nächste Kurve und wusste, dass das kein gutes Ende nehmen würde. Mein Bike begann wegzurutschen und das Einzige, was ich tun konnte, war, mitzufallen. Zwei Autos kamen auf mich zu und beide wichen aus. Alles, was ich tun konnte, war zu beten, dass es gut ausgehen würde.«

Ich hielt wie der Rest der Menge den Atem an, gespannt darauf zu hören, wie der Mann, der vor uns stand, den Sturz überlebt hatte. Ich umklammerte Xanders Hand und starrte den tätowierten Gott an.

»Ich ließ das Bike fallen und stürzte mit ihm. Ich bremste so gut ich konnte und landete schließlich rollend im Gras am Rande der Kurve. Zum Glück war mein Motorrad nicht allzu schwer beschädigt und nachdem ich mich abgeklopft hatte, konnte ich wieder aufsteigen. Ich hatte ein paar Schrammen am Bein und mein Arm war ziemlich lädiert, aber mir ging es gut.«

»Was ist mit dem Mädchen passiert, das du treffen wolltest?«, fragte einer der anderen Männer in der Gruppe.

»Ach, weißt du, sie war süß, aber oberflächlich. Wir haben das Wochenende zusammen verbracht, die Weingüter rund um die Finger Lakes besichtigt, aber danach habe ich sie nicht mehr gesehen. Ich brauche jemanden mit ein bisschen Intelligenz, nicht nur eine flatterhafte Frau, die schnell die Beine breit macht.«

Seine Augen musterten die Menge und blieben an meinen hängen. Ich spürte, wie mir unter seinem taxierenden Blick warm wurde. Er lächelte mich an und trat einen Schritt vor. Der Rest der Menge begann sich aufzulösen, da sie spürten, dass die Geschichte zu Ende war.

Er streckte seine Hand nach mir aus und sagte: »Du musst Mandy sein. Es ist toll, dich endlich kennenzulernen.«

Ich schüttelte seine Hand und lächelte zu ihm auf. Er war groß, viel größer als ich. Mit meinen 1,73 m war ich nicht gerade klein, aber er war locker über 1,90 m, vielleicht sogar an die 1,98 m groß. Xander schwebte an meiner Seite.

»Tut mir leid, ich habe keine Ahnung, wer du bist«, sagte ich zu dem geheimnisvollen Mann.

»Oh, Verzeihung. Ich bin Drew. Ich arbeite mit Xander zusammen«, sagte er mir.

»Oh, wow. Es ist so toll, dich kennenzulernen. Xander hat mir so viel von dir erzählt. Du bist gar nicht so, wie ich dich mir vorgestellt habe.«

Er fuhr sich mit einer Hand durchs Haar und schenkte mir ein atemberaubendes Lächeln. »Ja, die Tattoos irritieren viele Leute. Ich habe im College damit angefangen und es wurde zu einer Sucht. Aber da ich nie Drogen genommen habe und selten trinke, dachte ich mir, es ist eine ziemlich ungefährliche Sucht.«

Ich lachte und nickte zustimmend. Er erinnerte mich so sehr an Xander, dass ich mich zu ihm hingezogen fühlte. Wenn man sie so nebeneinander sah, hätten sie fast Brüder sein können. Er hatte einen Charme, der jeden dazu brachte, mit ihm befreundet sein zu wollen. Mich eingeschlossen.

Xander drückte mich fester an sich und schmiegte sich an meinen Hals. »Können wir kurz reden?«

»Klar, Babe. Es war toll, dich kennenzulernen, Drew. Ich möchte alles über Xander im College hören. Wir sind gleich wieder da.«

Drew lächelte, als wir weggingen. Xander hielt mich fest und führte mich zum hinteren Teil des Gartens. »Warum flirtest du mit ihm?«, fragte er.

»Ernsthaft?«, entgegnete ich lachend.

»Ja, das ist mein Ernst. Ich werde nicht danebenstehen, während du mit meinem besten Freund flirtest. Was ist los?«

Ich fuhr ihn an. »Xander, du musst jetzt sofort damit aufhören. Drew ist nicht das, was ich erwartet habe, aber er ist sehr charismatisch. Mich dafür zu interessieren, was jemand zu sagen hat, bedeutet nicht, dass ich ihn anspringen will. Ehrlich gesagt habe ich darüber nachgedacht, wie sehr er dir ähnelt und wie ähnlich ihr euch seid. Ich kann verstehen, warum ihr gute Freunde seid. Aber ich stehe nicht auf ihn.«

»Bist du sicher?«

»Hey, wo ist mein heißer, selbstbewusster Freund? Wo ist der Mann, den ich kennengelernt habe? Der Mann, der mich letzte Nacht dazu gebracht hat, keuchend und schreiend *seinen* Namen zu rufen. Der Kerl, der mich erst letzte Nacht markiert hat. Derjenige, der mich so stürmisch küsst und mich so zärtlich hält, dass ich jeden anderen Mann vergesse.«

»Ich glaube nur nicht, dass ich es ertragen kann, wenn ich dich verliere, besonders an meinen besten Freund. Ich würde das nicht verkraften.«

»Ich werde nirgendwo hingehen. Aber ich möchte deinen besten Freund besser kennenlernen. Ich will nicht, dass du eifersüchtig wirst, aber ich werde jetzt mit ihm reden. Er ist nett. Bei ihm habe ich mich wohlgefühlt, nicht so unheimlich wie bei dem anderen.«

»Du gehörst mir, Baby«, sagte er. Er beugte sich hinunter, legte seinen Mund schräg auf meinen und verschaffte sich Einlass. Begierig schlang ich meine Arme um seinen Hals und stöhnte in seinen Kuss. Seine Finger gruben sich in meine weichen Hüften und sein steifer Schwanz drückte sich gegen meinen Bauch. Der eifersüchtige und besitzergreifende Xander war heiß, aber es gab keinen Grund für ihn, so zu sein.

»Nur deiner«, stöhnte ich, als er eine Kussspur zu meinem Ohr zog. Er knabberte an meinem Ohrläppchen und tauchte dann seine Zunge hinter mein Ohr. Seine Zähne strichen über mein Schlüsselbein und mein Kopf fiel nach hinten, um ihm Zugang zu gewähren.

»Wenn wir wieder bei mir sind, werde ich dich wieder markieren, auf andere Weise. Ich will, dass du morgen nicht mehr laufen kannst.«

»Gehen wir zurück zur Party. Sonst schleppe ich dich in eines dieser zwielichtigen Schlafzimmer nach oben. Dann musst du mich zum Jeep tragen.«

»Verdammt«, flüsterte er mir ins Ohr. »Ich muss mich abkühlen. Kommst du ein paar Minuten allein klar? Wenn ich nicht von dir wegkomme, schaffe ich es nicht nach oben. Ich biege dich hier und jetzt drüber.«

»Mir wird es gut gehen. Ich suche Drew und flirte noch ein bisschen mit ihm.«

Er gab mir einen Klaps auf den Hintern. »Wirst du nicht. Du gehörst mir.«

Ich lachte. »Ich werde nicht mit ihm flirten, aber ich werde mit ihm reden. Wenn du gehst, muss ich jemanden finden, bei dem ich mich nicht unwohl fühle.«

»Ich werde dich über meine Schulter werfen und dich hier rausschleifen, wenn ich dich dabei erwische, wie du mit ihm flirtest.«

»Das könnte Grund genug sein, es zu tun«, neckte ich ihn. Xander funkelte mich an und ich lachte nur, als ich losging, um Drew zu suchen.

Auf halbem Weg durch den Garten hörte ich zwei Frauen reden. »Was denkt er sich eigentlich? Er ist viel zu heiß für sie.«

Mein Gehirn sagte mir, ich solle weitergehen, aber aus irgendeinem Grund gehorchten meine Füße nicht. Ich hielt inne und tat so, als ob ich etwas ansah, während ich sie belauschte.

»Ich weiß, oder?«, sagte die zweite. »Und warum sollte er sie hierher mitbringen? Es ist ja nicht so, als wäre sie jemand, den er vorzeigen müsste. Sie sieht aus wie eine Kuh.«

»Eine Kuh in Army-Klamotten«, sagte die erste. Sie gackerten beide und die Haare in meinem Nacken stellten sich auf. Sie redeten über mich.

»Die gute Nachricht ist, dass er nach ihr merken wird, dass er die Liebe nicht auf dem Wühltisch findet. Er muss eine echte Frau finden. Eine, die so heiß ist wie er und ihm ebenbürtig ist, anstatt sein Schoßhündchen zu sein. Wortwörtlich.«

Ich wusste, dass es Kayleigh und Braylon sein mussten. Sie waren beide umwerfend und etwa halb so groß wie ich. Ich hätte mich nur auf sie setzen müssen und sie wären zu Staub zerfallen.

Xander kam aus dem Haus und suchte mit den Augen den Garten nach mir ab. Als er mich in ihrer Nähe sah, wurde sein Gesichtsausdruck ernst. Er kam direkt auf mich zu, doch sie schnappten ihn sich, als er vorbeigehen wollte.

»Xander«, schnurrte die Blondine, »wo bist du gewesen?«

»Ich war bei meiner Freundin. Habt ihr Mandy schon kennengelernt, meine Damen?«

Er streckte seine Hand nach mir aus und zog mich an sich. Er schmiegte sich an mein Ohr und leckte es, was mir einen Schauer über den Rücken jagte.

»Warum die Mühe? Es ist ja nicht so, als würde sie lange bleiben. Nicht, wenn wir hier sind, bereit und willig«, säuselte die Blondine und lehnte sich an die andere, um klarzumachen, dass sie für einen Dreier zu haben waren.

Ich stand schockiert da, unsicher, was ich sagen sollte. Meine Hände ballten sich zu Fäusten und Anspannung durchströmte mich. Ich wollte der Schlampe eine verpassen, aber ich wusste, dass es nichts bringen würde.

»Ich bin gleich wieder da, Schatz. Ich muss kurz reingehen«, sagte ich zuckersüß. Ich ging weg, bevor ich etwas sagen oder tun konnte, das ich nicht mehr zurücknehmen konnte.

Drinnen fand ich ein Badezimmer neben der Küche. Ich schloss die Tür hinter mir ab und umklammerte die Ränder des Waschbeckens. Ich starrte mein Spiegelbild an und zwang mich, nicht zu weinen. Ich wollte es, ich gebe es zu. Diese dürren Zicken gaben mir das Gefühl, ein wertloses Stück Scheiße zu sein. Ich wollte sie schlagen, ihnen eine scheuern, ihnen die Lichter auspusten. Alles zusammen. Ich wusste, dass es nichts nützen würde, aber Gott, ich wollte es so sehr. Ich wollte sie genauso verletzen, wie sie mich verletzt hatten. Nur dass körperlicher Schmerz vergeht. Seelischer Schmerz bleibt.

Ich zog mein Handy heraus und schickte eine SMS an Sam. Ich wusste, dass Claire arbeitete und Addi den Tag mit ihrer Familie verbrachte. Sam hatte am Morgen ein Fotoshooting, aber am Nachmittag würde sie für sich sein. Wir hatten alle darüber gesprochen, uns zum Abendessen zu treffen, aber es war noch nichts ausgemacht.

Zwei dürre Zicken haben mir das Gefühl gegeben, scheiße zu sein.

Soll ich kommen und ihnen in den Arsch treten?

Ich lachte.

Nein. Hat mich nur angepisst.

Was hat Xander gesagt?

Ich schnaubte. Ich verstand, dass er keine Probleme mit seinen Freunden wollte, aber ich war enttäuscht, dass er auf ihre Scheißart nicht reagiert hatte.

Nichts. Ich bin gegangen, bevor er die Chance hatte.

Nicht gut. Soll ich kommen und ihm in den Arsch treten?

Ich lachte, dankbar, jemanden auf meiner Seite zu haben.

> Im Moment nicht. Sage dir Bescheid, falls
> sich das ändert.

> Bin den ganzen Nachmittag zu Hause.

Ich lächelte und steckte mein Handy zurück in meine Handtasche. Ich überprüfte noch einmal mein Make-up und ging dann wieder nach draußen.

Xander stand in der Gruppe im hinteren Teil des Gartens. Ich konnte Billy reden hören, bevor ich dorthin kam. Alle lachten über etwas, das er gesagt hatte, und ich ging näher, um den Witz auch genießen zu können.

»Was ist die Definition von Ironie?«, fragte Billy die Gruppe.

Ich machte einen weiteren Schritt näher, als alle sich ansahen und mit den Schultern zuckten. »Ein fettes Mädchen, das nicht schluckt!«, dröhnte Billy.

Ich erstarrte. Er erzählte Witze über dicke Mädchen? Und Xander stand da und lachte mit ihm. Ich sah Xander an und sah sein breites Lächeln, als er mit allen anderen lachte. Die blonde Schlampe sah mich und stieß ihre Freundin an. Die Freundin sagte: »Ist dein Leben ironisch, Xander? Schluckt dein fettes Mädchen?«

»Halt dich zurück, Braylon«, sagte er.

»Wie fickt man eine fette Frau?«, fragte Billy und zog die Aufmerksamkeit wieder auf sich.

Alle sahen sich wieder um. »Xander sagt, man schlägt ihr auf den Arsch und reitet die Welle.«

Ich drehte mich um, als mir Tränen in den Augen brannten. Ich wartete nicht darauf, zu hören, was er zu sagen hatte, ich musste einfach nur verdammt noch mal da raus. Das Rauschen des Blutes in meinen Ohren übertönte alles andere, aber ich wusste, dass Xander mit den anderen lachte, ohne sich darum zu scheren, dass diese Worte mich verletzten. Es war egal, was er tat, während ich danebenstand. Wenn er hinter meinem Rücken lachen würde, wollte ich ihn nicht.

Ich stürmte durch die Küche und zog mein Handy heraus. Ich schickte Sam eine SMS, in der ich sie bat, mich abzuholen, schickte die Adresse und ließ sie wissen, dass ich schon loslaufen würde.

Ich stieß die Haustür auf und rannte fast Drew über den Haufen, der auf der Veranda saß.

»Whoa«, rief er und sprang aus dem Weg. »Ist alles in Ordnung bei dir, Mandy?«

Ich winkte ihm ab und ging die Stufen hinunter zur Straße.

Er packte meinen Arm. »Mandy, was ist passiert?«

Die Tränen, die ich zurückgehalten hatte, brachen hervor und liefen mir über die Wangen. Ich versuchte, ihn abzuschütteln, aber er hielt mich fest.

»Mandy, rede mit mir. Wo ist Xander?«

»Xander ist ein Arschloch. Er ist im Garten mit seinen Freunden. Und ich verpisse mich von hier.«

»Mandy, setz dich hin und rede mit mir. Ich fahre dich, wenn du eine Mitfahrgelegenheit brauchst, sag mir nur, was passiert ist.«

Die Freundlichkeit in seinen Augen brachte mich dazu, ihm vertrauen zu wollen. Er war nicht da draußen bei den anderen. Vielleicht war er gar nicht so schlimm. »Billy hat Witze über Dicke gemacht und Xander hat darüber gelacht. Er weiß, wie empfindlich ich bin, was mein Gewicht angeht, und er hat verdammt noch mal über dicke Mädchen gelacht. Er ist ein verdammtes Arschloch.«

»Was hat er gesagt?«, fragte Drew.

»Nichts. Er hat verdammt noch mal gar nichts gesagt. Er hat sie einfach nur dastehen und sich über mich lustig machen lassen.«

»Sie haben über dich geredet? Sie wussten alle, dass du da warst?«

Ich schüttelte den Kopf. »Kayleigh und Braylon wussten, dass ich da war. Sie haben etwas zu ihm gesagt und er hat ihnen nur gesagt, sie sollen sich zurückhalten. Billy hat einen weiteren Witz erzählt und gesagt, Xander hätte ihm die Antwort gesagt. Es tut mir leid, Drew. Du scheinst ein netter Kerl zu sein, aber deine Freunde sind Wichser.«

»Eigentlich ist Xander der Einzige hier, mit dem ich befreundet bin. Ich komme zu diesen Treffen, weil er mich darum bittet. Ich kann Billy und Ricky nicht ausstehen. Das sind Arschlöcher. Und Kayleigh und Braylon sind miserable Schlampen, die denken, sie wären Gottes Geschenk an die Männer. Deshalb bin ich hier draußen. Ich brauchte nur eine Pause von der oberflächlichen Gehässigkeit.«

Ich atmete tief durch. »Ich schätze, ich brauche auch eine Pause. Nur dass meine Pause dauerhaft sein wird. Ich habe die Schnauze voll von Arschlöchern wie Xander.«

»Es tut mir leid. Er mag dich wirklich. Du bist alles, worüber er geredet hat, seit er dich kennengelernt hat. Ich wünschte wirklich, die Dinge würden nicht so laufen. Ich habe ihm immer gesagt, dass er sich in der Nähe dieser Typen in ein Arschloch verwandelt. Vielleicht wird er es danach endlich einsehen, aber es tut mir leid, dass du deswegen verletzt wurdest.«

Ich sah Sams Auto langsam die Straße herunterkommen und stand auf. »Danke, Drew. Du bist ein wirklich netter Kerl. Danke, dass du mir zugehört hast. Sag Xander, er soll meine Nummer löschen.«

»Tut mir leid, Mandy. Es war schön, dich kennenzulernen.«

»Dich auch«, sagte ich.

Dann ging ich weg.

KAPITEL 18

IN SAMS AUTO ließ ich den Tränen freien Lauf. Drew hatte den Damm brechen lassen und ich konnte sie nicht länger zurückhalten, als Sam mich ansah, als wüsste sie, was passiert war. Sie fuhr schweigend und ließ mich weinen.

Nach ein paar Minuten sagte Sam: »Ich habe Claire und Addi angerufen. Wir machen einen Mädelsabend bei Claire.«

Ich nickte. »Ich muss mein Auto holen. Es parkt bei Xander. Ich fahre dir von dort aus hinterher.«

»Willst du es nicht später holen?«

Ich schüttelte den Kopf. »Nein, ich will es jetzt holen. Ich kann ihn nicht sehen. Ich will einfach nur vergessen, dass er je existiert hat.«

Sam nickte einmal und konzentrierte sich dann auf die Straße. Als wir bei Xander ankamen, sah ich zu seinem Haus hoch und verabschiedete mich, ließ alles los. Ich stieg in mein Auto und folgte Sam zu Claires Wohnung.

Drinnen warteten Claire und Addi auf uns. Claire reichte mir wortlos ein Glas Wein und wir lümmelten uns alle auf die Couch. Addi machte ›Ferris macht blau‹ an und wir saßen da und sahen uns den Film an.

Während der Film lief, ging ich meine gesamte Beziehung mit Xander noch einmal durch. Ich wusste, ich hätte es besser wissen müssen. Das hatte ich ihm gleich bei unserem ersten Treffen gesagt. Es konnte einfach nicht sein, dass jemand, der so aussah wie er, und jemand, der so aussah wie ich, jemals zusammen sein würden. Das konnte nicht passieren. Wir waren zu verschieden.

Als er meine Freundinnen kennenlernte, akzeptierten sie ihn. Er wurde nicht schlecht behandelt, weil er umwerfend aussah. Er wurde wie jeder andere Mensch behandelt. Aber seine Freunde … sie waren die Arschlöcher, als die Xander sie bezeichnet hatte. Wenn er das wusste, verstand ich nicht, warum er immer noch mit ihnen befreundet war. Drew sagte, er habe Xander gesagt, er sei ein Arsch, wenn er mit ihnen zusammen war, was mich umso mehr fragen ließ, warum er mit ihnen befreundet blieb. Und warum er mich mitgenommen hatte, um sie zu treffen.

Andererseits kannte ich die Antwort. Es lag daran, dass er ebenfalls ein Arschloch war.

Als mein Weinglas leer war, sprang Sam auf, um es wieder aufzufüllen. Claire brachte mir Taschentücher und Keksteig. Addi ließ mich an ihrer Schulter lehnen und weinen.

Nachdem der erste Film zu Ende war, fragte Claire, ob ich darüber reden wollte.

Ich wollte ihnen nicht erzählen, was passiert war. Ich wollte nicht, dass sie so wie ich durch die Grausamkeit anderer verletzt wurden. Ich wusste, sie wären alle in meinem Namen stinksauer, aber ich wusste auch, wie sehr es sie verletzen würde, diese Witze zu hören.

Aber sie waren meine besten Freundinnen. Sie verdienten es, zu hören, was passiert war.

»Es war schrecklich. Na ja, nicht am Anfang. Die Freunde, bei denen die Party war, waren Arschlöcher, aber sein bester Freund, Drew, war wirklich nett. Wir haben uns eine Weile mit ihm unterhalten und Xander wurde eifersüchtig, weil ich mit ihm geredet habe. Er sagte, ich würde ihm gehören, nur ihm allein.«

»Äh, das ist gruselig«, sagte Addi.

»Das ist heiß«, sagte Sam.

Claire starrte mich nur an.

»Jedenfalls ging er danach auf die Toilette und ließ mich allein. Ich wollte Drew suchen, weil ich ihn interessant fand. Nun, bevor ich bei Drew ankam, habe ich mitgehört, wie sich diese beiden zickigen Tussen darüber unterhalten haben, dass Xander etwas Besseres als mich verdient hätte und wie sie ihm helfen würden, über mich hinwegzukommen, wenn er merkt, dass er mit jemandem zusammen sein sollte, der heißer ist.«

»Was zum Teufel? Über die hast du mir geschrieben?«, fragte Sam.

»Ja, genau die.«

»Und Xander hat nichts dazu gesagt?«

»Na ja, nein. Er war nicht da, als sie das sagten. Er kam später raus und sie fragten ihn, warum er mit mir zusammen sei, wenn sie beide doch willig wären.«

»Und er hat nicht reagiert?«, fragte Sam, überrascht und in meinem Namen beleidigt.

»Ich bin zuerst weggegangen. Ich weiß nicht, was er gesagt hätte, wenn überhaupt, aber ich bin einfach gegangen. Er hat mir schon vorher gesagt, dass er die beiden nicht mag, aber vielleicht sind zwei ja besser als eine. Ich bin auf die Toilette gegangen und habe mich beruhigt. Als ich wieder rauskam, erzählte das Arschloch, das in dem Haus wohnt, Witze über Dicke und Xander hat gelacht.«

»Was für ein Arschloch«, sagte Addi.

»Ja, das war er. Die zickigen Tussen sahen mich und stachelten Xander an, weil er nicht wusste, dass ich da war.

Er hat ihnen nur gesagt, sie sollen sich verpissen. Sein Freund hat noch einen Witz erzählt, aber als Pointe sagte er: ›Xander hat mir gesagt …‹ Ich war so entsetzt, dass ich gegangen bin.«

»Was hat er getan?«

Ich zuckte mit den Schultern. »Ich weiß es nicht. Ich bin einfach gegangen. Ich habe nichts gehört, nachdem ich weggegangen war, das Blut pochte so stark in meinem Kopf, dass ich dachte, er würde explodieren. Ich habe nur zugesehen, dass ich so schnell wie möglich da rauskomme.«

»Mit wem hast du auf der Veranda gesprochen?«, fragte Sam.

»Das war Drew, Xanders bester Freund. Er ist der Einzige auf der Party, der nett zu mir war. Er sagte, er wisse nicht, warum Xander mit diesen Leuten rumhängt, aber ich glaube, es ist, weil er ein genauso großes Arschloch ist.«

»Bist du sicher, Mandy? Ich meine, warum sollte er sagen, dass du ihm gehörst oder mit dir schlafen oder sich überhaupt mit einer von uns abgeben, wenn er nur mit dir gespielt hat?«, fragte Addi.

Ich sah sie verblüfft an. Vielleicht war er nur ein Arschloch, das mich quälen wollte? Vielleicht war er gut darin, Frauen vorzugaukeln, er sei jemand anderes, als er wirklich war. Vielleicht hatte Addi recht, aber ich wollte es nicht hören. Ich wollte Mitgefühl, anstatt dass jemand das Problem löst. Außerdem wollte ich mich einfach nur besser fühlen, weil ich mit dem Arschloch Schluss gemacht hatte.

»Er ist ein Arschloch, Addi. Wir haben uns alle Sorgen gemacht, wann das ans Licht kommen würde. Wir haben alle gedacht, dass er irgendwann sein wahres Gesicht zeigen würde. Ich hasse es, dass es passiert ist, aber es ist nun mal so. Ich wollte, dass er ein guter Kerl ist, wirklich. Wenn er wirklich ein guter Kerl wäre, dann wäre das nicht passiert«, sagte Claire.

»Ja, nun, bis heute war er perfekt. Wie kann es sein, dass er uns alle getäuscht hat? Sie war glücklich. Sie war dabei, sich in ihn zu verlieben. Das haben wir alle gesehen. Er hat sie gut behandelt, und nach den Geräuschen, die sie in der Nacht gemacht haben, als wir alle zum Filmabend da waren, war klar, dass der Sex fantastisch war. Ich hasse es einfach, dass plötzlich alles den Bach runterging. Ich frage mich, ob wir vielleicht voreilige Schlüsse ziehen. Finde heraus, was seine Seite der Geschichte ist. Hat er dich angerufen?«

Ich zuckte mit den Schultern. Ich hatte mein Handy in meiner Handtasche in der Küche gelassen, damit ich nicht in Versuchung kam, meine Nachrichten zu lesen oder ranzugehen, wenn er anrief. »Ich weiß es nicht. Mein Handy ist im anderen Zimmer.«

Addi stand auf, um meine Handtasche zu holen, und zog mein Handy heraus. »Schon sechs Nachrichten und drei verpasste Anrufe von ihm. Wenn er ein Arsch sein und dich abservieren wollte, glaubst du, er würde dann versuchen, dich zu erreichen?«

Ich fing wieder an zu weinen und meine Schultern bebten leise. Ich konnte nicht an Xanders Anrufe oder Nachrichten denken. Ich konnte nicht an die Art denken, wie er mich behandelt hatte. Ich war dabei, mich in ihn zu verlieben, aber eigentlich hatte ich mich schon längst verliebt. Ich hatte mir erlaubt, mir mein Leben mit ihm vorzustellen. Wir waren erst seit etwa sechs Wochen zusammen, aber ich konnte mich nicht an die Zeit vor ihm erinnern. Ich konnte mir mein Leben nicht mehr ohne ihn vorstellen.

Als Addi sagte, dass ich mich vielleicht irrte, keimte wieder Hoffnung in mir auf. Ich dachte schon fast, vielleicht sei alles in Ordnung und er riefe an, um sich zu entschuldigen und zu erklären, was passiert war. Aber ich brauchte nur die Augen zu schließen und daran zu denken, wie er über die Witze gelacht hatte, und schon wusste ich, dass ich es nicht konnte. Ich konnte nicht einfach akzeptieren, dass alles in Ordnung war.

Es war nicht in Ordnung und würde es auch nie sein.

»Addi, lass es gut sein. Sie muss im Moment nicht darüber nachdenken. Im Augenblick ist Xander ein Arsch. Wenn sie mit ihm redet und beschließt, ihm noch eine Chance zu geben, werden wir sie unterstützen, aber im Moment braucht sie es nicht, dass du ihr sagst, sie würde überreagieren. Ich würde durchdrehen, wenn mir jemand so etwas antun würde«, sagte Claire.

Sie sprachen über mich, als wäre ich nicht da. Als ob sie über jemand anderen sprachen. Ich wollte ihnen sagen, was sie tun sollten, meine Meinung sagen. Ich wollte ihnen sagen, dass ich ihn immer noch liebte, egal, was er getan hatte. Ich wollte nicht, dass sie ihn hassten, denn egal, was war, ich tat es nicht.

Und ich hasste mich dafür.

Ich wollte ihn hassen können. Ich wollte, dass mein Herz wüsste, was für ein Arsch er war. Aber mein Herz kaufte es ihm nicht ab. Mein Herz wollte ihn, und die Vorstellung, dass meine Freundinnen ihn hassten, störte mich. Ich konnte es nicht ertragen, zuzuhören, wie sie ihn niedermachten. Nicht jetzt, niemals.

»Sehen wir uns einfach noch einen Film an, Mädels«, sagte ich. »Ich muss das alles vergessen und einfach nur entspannen.«

Alle nickten und sahen mich schweigend an. Ich stand vom Sofa auf und ging in die Küche. Ich brauchte ein paar Minuten Pause von ihren neugierigen Blicken. Ich hörte sie flüstern, als ich den Raum verließ, aber ich versuchte nicht, zu verstehen, was sie sagten. Wahrscheinlich stritten sie sich darüber, was ich brauchte.

Leider war das Einzige, was ich brauchte, das Einzige, was ich nicht haben konnte. Ich brauchte Xanders Arme, die mich fest umschlangen und mir sagten, dass alles gut werden würde. Ich musste ihn bei mir haben, damit er mich hielt und ich mich geliebt fühlen konnte. Ich musste wissen, dass alles, was ich für echt hielt, auch echt war.

Das würde ich aber nicht bekommen. Xander würde mich nie wieder halten oder küssen. Ich würde ihn nicht wiedersehen, denn er gehört nicht mir. Er hat mir nie wirklich gehört.

Ich schob mein Handy zurück in meine Handtasche und lehnte mich gegen die Arbeitsplatte.

Wie konnte ich nur so dumm sein? Ich liebte mein Leben vor ihm. Ich war glücklich. Ich hatte alles. Jetzt hatte ich alles, aber mit einem gebrochenen Herzen und einem falschen Glauben an mein Glück. Ich konnte nicht wieder glücklich werden, nicht so wie früher. Ich hatte gelernt, was mir fehlte. Wie das Leben sein könnte, wenn ich Liebe darin hätte. Das wollte ich. Ich wollte Liebe in meinem Leben.

Ich wollte Xander.

Ich füllte mein Weinglas wieder und leerte es, bevor ich die Küche verließ. Ich schenkte mir noch ein Glas ein und trug es ins Wohnzimmer. Ich nahm wieder auf dem Sofa Platz und zwang mich, nicht zu weinen, während wir *Clueless – Was sonst!* sahen.

Als der Film vorbei war, war ich richtig betrunken. Ich konnte mich nicht erinnern, wie viele Gläser Wein ich getrunken hatte oder ob ich außer Keksteig noch etwas gegessen hatte, aber ich war bettreif.

Ich folgte Claire den Flur entlang in ihr Schlafzimmer und machte mich bettfertig. Sam und Addi machten es sich auf dem Ausziehsofa gemütlich und wir gingen alle ins Bett.

Als ich mich neben Claire kauerte, sagte sie: »Es tut mir wirklich leid, Mandy. Ich dachte, er wäre anders. Ich wollte, dass er anders ist.«

»Ich auch, Claire. Ich dachte wirklich, er wäre ein guter

Kerl. Obwohl ich mich dagegen gewehrt habe, mit ihm auszugehen, weil ich wusste, dass er ein Arsch sein würde, habe ich mich in ihn verliebt. Ich bin in ihn verliebt. Ich hasse es, das zuzugeben. Ich hasse es, so zu fühlen.«

Ich kuschelte mich unter die Decke. Der Schlaf übermannte mich, aber ich musste mit meiner besten Freundin reden.

»Man kann sich nicht aussuchen, wen man liebt, das weißt du doch.«

»Ja, aber es ist beschissen. Ich sollte aufhören können, ihn zu lieben, wenn ich herausfinde, dass er ein Arsch ist. Es war schwer, Sam und Addi über ihn streiten zu hören. Ich wollte nicht über die Anrufe oder Nachrichten nachdenken und ich wollte nicht, dass ihr ihn hasst. Egal, was sie sagten, es hat mir das Herz gebrochen.«

»Tut mir leid, Mandy. Wir hätten alle einfach nur zuhören sollen. Du weißt, dass sie nur helfen wollten.«

»Ich weiß. Es war schwer zu ertragen, wie Sam so über ihn herzog, und es war schwer zu ertragen, wie Addi ihn in Schutz nahm. Jedes Wort hat mich zum Schreien gebracht.« Ich ballte meine Fäuste und bekämpfte den Drang, genau in diesem Moment zu schreien, nur um alles rauszulassen.

»Ja, ich weiß. Als du in der Küche warst, haben wir uns darüber gestritten, was wir zu dir sagen sollen. Wir haben uns schließlich alle darauf geeinigt, dass wir einfach verdammt noch mal die Klappe halten und dir zuhören müssen, wenn du reden willst.«

»Ich glaube, ich muss das alles erst mal verarbeiten. Weißt du, versuchen, darüber hinwegzukommen. Über ihn zu reden, wird nur dazu führen, dass ich ihn vermisse«, fing ich an zu weinen. Schon wieder.

»Okay, dann reden wir nicht mehr. Schlaf ein bisschen, und vielleicht fühlst du dich morgen früh besser. Ich wünschte, ich könnte dir das abnehmen.« Claire strich mir sanft über das Haar, tröstete mich und sorgte dafür, dass ich mich ein ganz klein wenig besser fühlte.

»Danke, Claire. Ich werde wieder okay sein. Irgendwann«, murmelte ich schläfrig.

Zumindest hoffte ich das.

KAPITEL 19

ICH WACHTE am nächsten Morgen auf, duschte und zog mich schnell an, dankbar, dass ich ein zusätzliches Outfit für die Grillparty aus der Hölle eingepackt hatte. Ich aß mit allen eine Schale Müsli in Claires Küche. Die Spannung im Raum war zum Schneiden dick, oder vielleicht sollte man eher ein Schwert nehmen. Es war offensichtlich, dass sie nicht wussten, was sie zu mir sagen sollten.

»Danke, Leute, dass ihr gestern Abend versucht habt, zu helfen. Es bedeutet mir sehr viel, so tolle Freunde zu haben.«

»Wir sind immer für dich da. Das weißt du doch«, sagte Claire.

»Ja, egal, was kommt«, fügte Sam hinzu.

»Es tut mir leid, falls ich dich verärgert habe. Ich wünschte, es hätte für dich geklappt. Du bist so eine tolle Frau und verdienst es, glücklich zu sein. Wir alle«, sagte Addi.

»Du hast recht. Vorerst können wir zusammen glücklich sein. Wenn eine von uns jemanden findet, dann werden wir alle dafür sorgen, dass es ein guter Kerl ist.«

Ich lächelte und schaufelte mein Müsli in mich hinein. Ich

musste hier weg, bevor sie wieder anfangen würden, mir zu sagen, was ich wegen Xander tun sollte. Sie taten es schon wieder und brachten mich dazu, schreien zu wollen. Solange ich mein Herz und meinen Verstand nicht unter einen Hut bringen konnte, konnte ich nicht an Xander denken.

Als ich mein Müsli aufgegessen hatte, spülte ich die Schüssel aus und stellte sie in die Spülmaschine. Ich bot an, beim Abwaschen des Geschirrs vom Vorabend zu helfen, aber Claire winkte ab. »Ich kümmere mich später darum. Ich muss heute nicht arbeiten, also gehe ich wieder ins Bett, wenn ihr weg seid. Ich mache das heute Abend sauber. Bleibt es bei unserem Mädelsabend?«

Alle sahen mich an. Ich nickte.

»Okay, ich sollte besser gehen. Vielen Dank für eure Hilfe. Ich hab euch lieb.«

Ich warf meine Tasche auf den Rücksitz meines Wagens und fuhr dann zur Arbeit.

In der relativen Sicherheit meiner Bürobox wusste ich, dass ich mich voll und ganz in die Arbeit stürzen konnte. Ich würde nichts von Xander hören und ihn schon gar nicht sehen müssen. Irgendwann würde er aufgeben und akzeptieren, dass ich es satt hatte, von ihm veralbert zu werden.

Mein Handy zeigte zweiunddreißig verpasste Anrufe und einundfünfzig ungelesene Nachrichten von letzter Nacht. Ich überflog die ersten an meinem Schreibtisch, da ich dachte, dass ich bei der Arbeit nicht weinen würde. In den ersten Nachrichten fragte er, wo ich sei und warum ich gegangen war. Dann wechselte er dazu, sich Sorgen um mich zu machen und zu sagen, ich solle ihn anrufen. Ein paar weitere und er musste mit Drew gesprochen haben, denn die Nachrichten änderten sich dahingehend, dass er sich entschuldigte und fragte, ob wir reden könnten.

Ich löschte sie alle. Sogar die, für die ich nicht die Kraft hatte, sie zu lesen.

Melody kam vorbei und sah meinen Gesichtsausdruck. »Hat dein Freund endlich kapiert, dass du es nicht wert bist?«

»Halt die Klappe, Melody. Ich will nicht mit dir reden«, knurrte ich sie an.

Sie lachte mich aus, stöckelte dann auf ihren Absätzen davon und ihr Gekicher hallte in meinem Kopf wider. Ein Glück, sonst hätte ich meinen Tacker nach ihr geworfen.

»Mandy, ich muss mit Ihnen sprechen«, sagte Diana und zog die Aufmerksamkeit aller im Raum auf sich.

Ihre Stimme klang unheilvoll und ich erinnerte mich sofort an den Freitagnachmittag, als Melody in ihr Büro gegangen war. Was jetzt?, fragte ich mich.

Diana führte mich in den Konferenzraum, den einzigen Raum in der Nähe mit einer Tür, sodass andere unser Gespräch nicht hören konnten. Ich war dankbar für die Barriere und gleichzeitig entsetzt darüber, was es bedeutete, dass wir eine brauchten.

»Mandy, ich wurde darauf aufmerksam gemacht, dass Sie hier eine andere Mitarbeiterin bedroht haben.«

»Was?«, fragte ich und versuchte zu verhindern, dass mein Kopf explodierte. Wovon, zum Teufel, redete sie? Wenn überhaupt, war ich diejenige, die bedroht worden war.

»Ich werde nicht auf Details eingehen, aber die betreffende Mitarbeiterin kam am späten Freitag unter Tränen zu mir und hat mir alles erzählt, was zwischen Ihnen vorgefallen ist. Sie hatte Beweise in Form von E-Mails, die sie von Ihnen erhalten hat, unterschriebene Dokumente von anderen Mitarbeitern, die Ihr Verhalten bezeugt haben, und ein detailliertes Tagebuch all Ihrer Interaktionen. All dies wird überprüft, aber ich muss sagen, ich bin sehr von Ihnen enttäuscht. Ich dachte wirklich, Sie wären ein guter Ersatz für mich, aber angesichts all dessen, bin ich mir nicht einmal sicher, ob Sie Ihren Job lange genug haben werden, damit ich Ende der Woche in Rente gehen kann.«

Sie konnte das nicht ernst meinen. Nach der Abreibung, die ich am Vortag von Xander und seinen Freunden erhalten zu haben schien, war ich wie betäubt, aber zu hören, dass »eine andere Mitarbeiterin« mich beschuldigt hatte, sie bedroht zu haben … Mir wurde schwindelig. Ganz zu schweigen davon, dass ich kurz davor stand, meinen Job zu verlieren. Was, zum Teufel, sollte ich tun?

Ich stolperte mit mörderischen Kopfschmerzen aus Dianas Büro. Ich wusste nicht, ob es am Wein oder an den Tränen lag, aber ich vermutete, es war wahrscheinlich beides. Ich wollte mich krankmelden und nach Hause gehen, aber ich wusste, dass das nicht helfen würde. Ich musste herausfinden, wie ich beweisen konnte, dass Melodys Anschuldigungen Lügen waren.

Während ich versuchte herauszufinden, was ich tun sollte, nahm ich so schnell wie möglich Anrufe entgegen, löste Probleme für die Kunden und vergaß meine eigenen Probleme angesichts der Schwierigkeiten, mit denen diese Leute zu kämpfen hatten. Nach dem Mittagessen meldete ich mich wieder in meinem Konto an und wartete darauf, dass das Telefon klingelte. Ich musste nicht lange warten. »Western New York Health, hier ist Mandy. Wie kann ich Ihnen heute helfen?«

»Oh, Baby, Gott sei Dank. Ich habe mir solche Sorgen um dich gemacht. Wo warst du gestern Abend?«, hauchte Xander mir ins Ohr. Mein verräterisches Herz machte einen Sprung beim Klang seiner Stimme. Ich wollte nicht mit ihm reden. Ich wollte nicht, dass er mich anrief. Und verdammt, ich hatte tatsächlich vergessen, dass er wusste, wie er mich bei der Arbeit erreichen konnte.

»Was kann ich heute für Sie tun, Sir?«, fragte ich und

versuchte, die Panik und das Verlangen in meiner Stimme zu unterdrücken.

»Mandy, bitte, du musst mit mir reden. Du musst es mich erklären lassen.« Er klang verzweifelt und das weckte in mir den Wunsch, ihn anzuhören. Ich war neugierig, welche Erklärung er wohl haben könnte.

Aber ich war immer noch stinksauer.

»Was erklären, Sir? Ich entschuldige mich, aber das ist ein Geschäftstelefon. Wenn Sie kein Problem haben, bei dem ich Ihnen helfen kann, muss ich Sie bitten aufzulegen.«

»Ich habe sehr wohl etwas, bei dem du mir helfen kannst, und das weißt du, Baby. Mandy, du musst mir zuhören. Drew hat mir erzählt, was du gesagt hast. Ich werde dich nicht vergessen. Das kann ich nicht, Baby. Du bist alles für mich. Er hat mir erzählt, was du gehört hast, aber du musst mir zuhören. Wenn du jetzt nicht mit mir reden willst, warte ich, bis du bereit bist.« Seine Stimme wechselte von flehend zu verzweifelt. Es schmerzte in mir und ich wollte ihm verzeihen, aber ich war zu verwirrt und zu wütend.

»Dafür habe ich keine Zeit«, zischte ich. »Ich bin bei der Arbeit und ich kann nicht meinen Job verlieren, weil du ein Arschloch bist, das sich an dicke Frauen heranmacht, um sie ins Bett zu kriegen.«

»Verdammt noch mal, Mandy, du weißt, dass das nicht so war. Du gehörst mir, Baby. Ich kann dich nicht verlieren. Du bist alles für mich.« Er flehte mich praktisch an, ihm zuzuhören. Seine Stimme war rau, als er mir sagte, dass ich sein sei. Er wollte mich besitzen, mich kontrollieren, nicht mein Partner sein.

»Du bist nichts für mich, Xander«, entgegnete ich scharf, während meine Entschlossenheit bröckelte. »Ich dachte, du könntest es sein, aber du hast bewiesen, dass das nicht passieren wird. Du hast bewiesen, dass du genau der bist, für den ich dich gehalten habe. Du bist das Arschloch, mit dem ich mich nicht einlassen wollte.«

»Bin ich nicht, Mandy, und das weißt du«, sagte er sanft. Ich hörte die Trauer in seiner Stimme, als ob er aufgeben würde. Oder als ob er wüsste, dass er mich nicht überzeugen konnte, ihn wieder in mein Bett zu lassen. All die Mühe, und er musste wieder von vorne anfangen.

Armer Arsch.

»Nein, eigentlich weiß ich das nicht. Du hast mich getäuscht. Du hast mich glauben lassen, du wärst kein Arschloch. Du hast verborgen, wer du wirklich bist. Gott, ich habe mich ver- Es spielt keine Rolle.«

Er stieß einen frustrierten Atemzug aus. »Doch, es spielt eine Rolle, Mandy. Mir ist es wichtig. Was wolltest du sagen? Sag es mir jetzt oder sag es mir heute Abend. Ich komme heute Abend zum Cooler Coffee, und wir können nach deinem Mädelsabend reden.«

»Nein, lass mich in Ruhe. Es ist aus, Xander. Wir sind fertig miteinander. Ruf hier nicht wieder an, denn ich werde nichts für dich tun können. Es war nett, Sie gekannt zu haben, Mr. Carlson. Auf Wiederhören.«

Ich legte auf. Es hatte mich all meinen Mut gekostet, ihm einen Korb zu geben. Ich glaubte nicht, dass ich es noch einmal schaffen würde, besonders wenn er so süß war. Aber ich musste. Ich würde mich nicht ein zweites Mal von ihm reinlegen lassen.

Ich spürte, wie der Schmerz in meinem Bauch aufstieg, mich überwältigte und mir die Kehle zuschnürte. Tränen stiegen mir in die Augen und ich wusste, dass ich ins Bad musste, bevor ich vor allen Leuten zusammenbrach. Melody würde mich das niemals vergessen lassen.

»Mandy Ryan, ich möchte Sie bitten, mir zu folgen, bitte«, hörte ich von hinten. Ich wirbelte herum und war von dem harten Ausdruck auf Dianas Gesicht überwältigt.

Ich stand auf und folgte ihr erneut durch den Gang zum Konferenzraum. Sie blieb an der hinteren Wand stehen und starrte mich böse an, als ich mich setzte.

»Frau Ryan, ich nehme an, Sie haben am Telefon mit einem Kunden gesprochen, da Privatgespräche während der Arbeitszeit nicht erlaubt sind.«

»Ich, äh …«, stammelte ich. Ich wusste nicht, was ich sagen sollte. Je nachdem, wie viel sie gehört hatte, wäre klar, dass der Anruf privater Natur gewesen war. Ich wollte keine Diskussion über meine Trennung anfangen und schon gar nicht zugeben, dass ich während der Arbeitszeit persönliche Angelegenheiten regelte.

»Es war ein Kunde, ja.«

Diana atmete tief und gereizt aus. »Ich hatte wirklich gehofft, Sie würden das nicht sagen. Frau Ryan, nach dem, was ich von diesem Telefonat gehört habe, waren Sie sehr unhöflich zu wem auch immer am Telefon war. Wir sprechen nicht so mit Kunden, egal, was sie sagen. Was hat der Kunde zu Ihnen gesagt?«

Ich holte tief Luft. Ich blickte mich um, suchte nach Inspiration und sah Melody, die mich angrinste. Es erinnerte mich an Melodys Lügen. Ich hatte keinen Zweifel, dass sie dachte, Diana würde mich dafür zur Rede stellen, dass ich Melody bedroht hatte. Verdammt, vielleicht hatte sie mein Telefonat mit Xander gehört und freute sich einfach, dass sie recht gehabt hatte. In diesem Moment war es mir egal.

»Er ist ein Kunde, mit dem ich schon früher gesprochen habe, und er war nicht höflich zu mir. Ich habe ihm gesagt, dass seine Angelegenheit geklärt wurde und er keinen Grund hatte, zurückzurufen, aber er hat es trotzdem getan.«

»Belästigt er Sie? Wir können die Mitschriften der Anrufe anfordern und die Behörden alarmieren. Wenn er Sie belästigt, werden wir sicherstellen, dass Sie seine Anrufe nicht mehr erhalten.«

Diana sah so ernst aus. Ich wusste, dass sie es ernst meinte. Obwohl es einige Probleme für mich lösen würde, wusste ich, dass ich mich selbst um Xander kümmern musste. Ich musste mit ihm reden und ihm sagen, dass es vorbei war und er mich in Ruhe lassen sollte. Ich musste ihn dazu bringen, mich in Ruhe zu lassen. Seine Anrufe zu meiden, würde nur eine Zeit lang funktionieren.

»Nein, Diana, er belästigt mich nicht. Er hat heute nur wegen etwas angerufen, bei dem ich ihm nicht helfen konnte. Es tut mir leid, dass ich so reagiert habe.«

Sie starrte mich einige Sekunden lang an. Ich konnte ihren Gesichtsausdruck nicht deuten, obwohl ich wusste, dass er nichts Gutes verhieß. Angst kroch in mir hoch. Würde ich gefeuert werden? Wegen Xander? Erst verlor ich meinen Freund und jetzt würde ich auch noch meinen Job verlieren? Das musste die schlimmste Woche aller Zeiten sein.

Während ich dasaß und darauf wartete, dass Diana mir die schlechte Nachricht überbrachte, versuchte ich zu überlegen, was ich tun würde. Ich müsste bei Claire einziehen, wenn sie mich ließe. Ich müsste mein Reihenhaus und all meine Sachen verkaufen, damit ich eine Weile genug Geld für Essen und alles andere hätte. Ich würde sofort anfangen, nach einem anderen Job zu suchen, aber Jobs im Kundenservice waren nicht immer leicht zu finden.

Scheiße, wie konnte ein einziger Kerl so viel in meinem Leben ruinieren?

»Angesichts der Informationen, die ich am Freitagnachmittag erhalten habe, muss ich Sie leider beurlauben. Wir werden die Probleme zwischen Ihnen und Melody sowie diese neue Angelegenheit mit dem Kunden untersuchen. Ich brauche seinen Namen und werde die Mitschriften all Ihrer Anrufe mit ihm überprüfen, um sicherzustellen, dass dies ein Einzelfall war. In sechs Wochen haben Sie sich von einer meiner besten Mitarbeiterinnen zu jemandem entwickelt, den ich vielleicht entlassen muss, Mandy. Ich weiß nicht, was mit Ihnen los ist, aber ich bin sehr enttäuscht.«

»Wissen Sie was«, sagte ich und ließ zu, dass Wut und Frustration mich erfüllten. »Ich bin auch enttäuscht. Sie haben diese Giftschlange am Freitag hier reingelassen, nachdem ich schon Feierabend gemacht hatte, und sich von ihr einen Haufen Lügen auftischen lassen, und Sie glauben ihr einfach. Sie fragen mich nicht einmal, was passiert ist, bevor Sie mich für schuldig erklären? Melody ist die bösartigste Person, mit der ich je gearbeitet habe. Seit Sie Ihren Ruhestand angekündigt haben, hat sie mehr Gerüchte und Lügen über mich verbreitet, als ich je in der Highschool gehört habe. Erst letzte Woche hat sie dem ganzen Büro erzählt, ich hätte Läuse, dann hat sie Ihnen von meiner Beziehung erzählt, in der Hoffnung, dass Sie mich deswegen feuern, und jetzt das. Es ist egal, was ich sage. Es ist offensichtlich, dass Sie ihr zuhören und mich ignorieren werden.«

»Haben Sie gesagt, sie hätte erzählt, Sie hätten Läuse?«

»Ja«, seufzte ich und fragte mich, warum das das Einzige war, was sie interessierte.

Diana wühlte in einigen Papieren auf dem Tisch. Als sie fand, wonach sie suchte, zog sie es aus dem Stapel. »Melody sagte, Sie hätten letzte Woche diese Lüge über sie verbreitet.«

Ich schüttelte den Kopf. »Sie ist nicht einmal kreativ genug, um sich eine neue Lüge auszudenken. Das überrascht mich nicht. Diana, ich weiß nicht, wer diese Papiere für sie unterschrieben hat oder welche E-Mails sie vorgelegt hat, aber ich habe genug eigene Probleme. Ich muss keine Probleme mit Melody anzetteln.«

Diana schüttelte den Kopf. »Ich war ziemlich überrascht, aber die Beweise konnte ich nicht ignorieren. Melody kann sehr überzeugend sein.«

»Ja«, stimmte ich zu und dachte an den Tag zurück, an dem sie Xander angerufen hatte. Tränen traten mir in die Augen. Sie hatte jetzt keinen Grund mehr, sich von ihm fernzuhalten. Er war wieder zu haben.

»Ist bei Ihnen alles in Ordnung?«

Ich schüttelte den Kopf. »Nicht wirklich. Ich habe vorhin mit meinem Freund Schluss gemacht. Das war der Anruf, den Sie gehört haben.«

»Sie haben gesagt, es sei ein Kunde«, sagte Diana mit in die Hüften gestemmten Händen.

»Nun, Melody hat Ihnen letzte Woche erzählt, dass er einer ist. Ich habe gestern mit ihm Schluss gemacht und er hat heute angerufen, weil ich seine Anrufe auf meinem Handy nicht annehme.«

»Männer sind eine Plage. Das tut mir leid, Mandy. Hören Sie, ich werde wegen des Anrufs ein Auge zudrücken, aber ich muss Melodys Behauptungen trotzdem untersuchen, auch wenn ich mir sicher bin, dass da nichts dran ist. Loggen Sie sich doch aus dem System aus und sehen Sie sich ein paar der Akten an, die wir im Rückstand haben. Wenn ich herausfinde, dass Melody bei all dem gelogen hat, wird sie diejenige sein, die bis Ende der Woche ihren Job los ist, und Sie werden die Beförderung bekommen. Vielleicht sollten Sie sich schon mal einlesen, wie man meinen Job macht.«

Ich lächelte. Endlich lief etwas mal für mich. Ich hatte mich gewehrt und Diana glaubte mir. Wenn es doch nur mit Xander so einfach wäre.

Diana nickte, um mich zu entlassen, und ich verließ den Konferenzraum. Ich ging zurück an meinen Schreibtisch und meldete mich vom System ab, damit ich keine Anrufe mehr bekam. Ich wusste, dass sich mein Tag dadurch in die Länge ziehen würde, aber er war ohnehin schon fast vorbei.

Ich zog mein Handy heraus und schickte schnell eine SMS an Claire, Sam und Addi. Wenn Xander im Cooler

Coffee sein würde, würde ich dafür sorgen, dass ich es nicht war.

> Xander will reden. Er wird im Cooler Coffee sein. Ich kann ihm nicht gegenübertreten. Ich schaffe es nicht zum Mädelsabend.

ADDI

Ich habe von dieser neuen Bäckerei gehört, Beiß mich!. Eine andere Lehrerin hat Cupcakes von dort mitgebracht. So gut.

> Seid ihr sicher?

SAM

Auf jeden Fall. Machen wir das.

CLAIRE

Ich bin dabei.

Nachdem ein Problem gelöst war, ging ich auf die Toilette, um zu versuchen, meinen Puls zu senken. Ich war immer noch von Xanders Anruf und meiner Konfrontation mit Diana aufgewühlt. Ich überprüfte die Kabinen und war froh, sie alle leer vorzufinden. Ich ließ mich auf eine der Toiletten fallen und stützte meinen Kopf in die Hände.

Die Tränen kamen mit Leichtigkeit. Ich ließ sie fließen und versuchte nicht einmal, sie zurückzuhalten. Ich schrie nicht auf, nur für den Fall, dass jemand an der Tür vorbeiging, aber ich ließ meinen Tränen freien Lauf. Ich weinte um die Beziehung, von der ich dachte, ich hätte sie, um den Mann, für den ich Xander fälschlicherweise gehalten hatte, um meine eigene Dummheit und um meinen Herzschmerz. Ich ließ seine Worte Revue passieren, als ich seine Familie kennenlernte und wieder, als ich seine Freunde traf. Ich ließ unsere Telefongespräche und all die Dinge, die ich ihm erzählt hatte, Revue passieren.

Ich'd hatte mich noch nie zuvor so bloßgestellt gefühlt.

Er'd hatte mich glauben lassen, dass ich ihm vertrauen konnte, als wäre er ein guter Mensch. Ich hatte ihm so viele Dinge erzählt, Dinge, von denen ich mir nie hätte vorstellen können, sie jemandem anzuvertrauen. Er gab mir das Gefühl, geliebt und umsorgt zu werden. Er gab mir das Gefühl, dass alles gut werden würde, als könnte das Leben perfekt sein. Perfekt mit einem Mann.

Perfekt mit Xander.

Ich trocknete meine Tränen und rappelte mich von der Toilette auf. Ich musste zurück an die Arbeit, bevor jemandem auffiel, dass ich so lange weg war.

Der Spiegel zeigte mir, wie schlecht mir Traurigkeit stand. Meine Augen waren rot und geschwollen. Ich spritzte mir kaltes Wasser ins Gesicht, aber es half nicht viel. Ich holte meine Schminktasche heraus und trug Wimperntusche und ein wenig Lidschatten auf. Als ich entschied, dass es so gut war, wie es nur sein konnte, ging ich wieder hinaus, um mit meiner Einarbeitung zu beginnen.

Wenigstens musste ich mir keine Sorgen mehr machen, dass Xander mich wieder anrufen würde.

KAPITEL 20

ICH GAB die Adresse von Beiß mich! in mein Handy ein. Addi hatte gesagt, es sei in der Nähe des Stadtzentrums, aber selbst nachdem ich mir die Adresse angesehen hatte, hatte ich keine Ahnung, wo das war. Der Name gefiel mir aber, und ich musste ständig daran denken, dass ich genau das am liebsten zu Xander sagen würde – Beiß mich!

Die Wegbeschreibung führte mich durch Winterville in Richtung von Addis Schule, der Winterville High School. Es war immer noch seltsam, eine Freundin zu haben, die an meiner alten Highschool unterrichtete und mit Leuten befreundet war, die meine Lehrer gewesen waren. Ich war nur froh, dass sie keine Partys veranstaltete, zu denen wir alle kamen. Ich war mir nicht sicher, ob ich das verkraften könnte.

Ich bog in die Lake Effect Lane ein und begann, nach der Adresse Ausschau zu halten. Ein paar Blocks weiter sah ich ein kleines Einkaufszentrum mit ein paar Restaurants und einigen kleinen Läden und erkannte, dass es genau dazwischen lag. Ich fühlte mich wie ein Idiot, parkte in der Nähe des Eingangs und schleppte mich zur Tür.

Auf der Tür war ein Schokoladen-Cupcake abgebildet, der mit rosa Zuckerguss überzogen war. Der Cupcake hatte ein Lächeln im Gesicht und eine Sprechblase über sich, in der stand: »Beiß mich!« Ich beabsichtigte, genau das zu tun, sobald ich drinnen war.

Die Gerüche, die mir entgegenschlugen, als ich zur Tür hereinkam, weckten in mir den Wunsch, mir hinten ein Feldbett aufzustellen und nie wieder zu gehen. Heilige Scheiße, der Laden roch gut. Es war, als hätte der Zucker die Wände durchdrungen. Ich war versucht, an den Wänden zu lecken, um zu sehen, ob sie so gut schmeckten, wie der ganze Laden roch.

Als ich mich umsah, sah ich, dass die cremeweißen Wände wie Buttercreme aussahen. An den Wänden entlang waren satte Schokoladenwirbel mit rosafarbenen Pinselstrichen daneben gemalt. Ich hätte nie gedacht, dass Wände köstlich aussehen können.

Als ich meine Augen von den Wänden losriss, sah ich die große Vitrine mit all den Cupcakes. Ich fühlte mich wie eine frischgebackene Mutter, die durch ein Fenster des Säuglingszimmers auf ihr kostbares Bündel Freude blickt. Die Cupcakes waren ein Regenbogen aus Farben, kunstvoll arrangiert, um mich dazu zu verleiten, von jedem einen zu probieren.

Und nach dem Tag, den ich hinter mir hatte, war ich mehr versucht, als ich zugeben wollte.

Die Frau hinter dem Tresen lächelte mich an. Sie hatte schokoladenbraunes Haar, das in kurze, fransige Stufen mit erdnussbutterfarbenen Strähnchen geschnitten war, und, kein Scheiß, sie hatte Cupcakes, die dazu passten. Ihre leuchtend blauen Augen funkelten, als sie meine Reaktion auf den Laden beobachtete. Sie hatte das schönste Lächeln, das ich je gesehen hatte, es erhellte einfach den Raum. Ich konnte sehen, dass sie ihren Job mochte, und das nicht nur an ihrer Körperfülle, sondern an diesem strahlenden Lächeln.

Natürlich gefiel mir der Laden noch mehr, als ich eine kräftige Frau hinter dem Tresen von Beiß mich! sah. Ich hasste es, wenn ich in einen Cupcake-Laden oder einen anderen Ort ging, der auf Süßigkeiten spezialisiert war, und eine Elfe hinter dem Tresen sah. Ich fragte mich dann, wie gut ihre Sachen wirklich waren, wenn selbst die Angestellten widerstehen konnten. Nach der Statur der Angestellten zu urteilen, wusste ich, dass Beiß mich! gut sein musste.

»Was kann ich dir heute bringen?«, fragte sie mich.

Ich wusste, dass die Antwort nicht einfach werden würde. Ich wollte mindestens vier davon bestellen, vielleicht mehr. Als ich sie ansah, wusste ich, dass sie mich nicht verurteilen würde. Es war definitiv ein Cupcakes-zum-Abendessen-Tag.

»Ich glaube, ich probiere einen Red Velvet, einen mit Schoko-Erdnussbutter, einen mit Erdbeere, einen mit Schokoladenmousse, einen mit Vanille und eine Überraschung des Tages. Oh, und kann ich eine heiße Schokolade haben?«

Sie hob jeden Cupcake an, während ich sprach, und legte sie vorsichtig in eine Schachtel, die mit Pappeinlagen versehen war, welche den Boden der Cupcakes festhielten, damit sie nicht umfielen. Ich musste zugeben, es gab nichts Schlimmeres, als einen köstlichen Cupcake umfallen zu sehen und zu wissen, dass man ihn nie wieder richtig hinbekommen würde, egal wie sehr man es auch versuchte.

Sie reichte mir die Cupcakes und holte dann meine heiße Schokolade. Ich bezahlte sie und sie sagte: »Hier ist einer unserer Flyer. Wir haben in ein paar Wochen eine große Eröffnungsfeier.«

»Oh, du hast gerade erst aufgemacht. Du musst es lieben, hier zu arbeiten. Ich weiß nicht, wie du das den ganzen Tag riechen und nicht alle aufessen kannst.«

Sie lachte, ein klingelndes Geräusch, das mir das Gefühl

gab, sie nicht beleidigt zu haben. »Ich habe vor etwa drei Wochen eröffnet, wollte aber mit der Party warten, bis ich wusste, ob die Dinge gut laufen würden. Und ja, es ist schwer, all diesem Zeug zu widerstehen. Aber du solltest mal sehen, wenn ich neue Rezepte ausprobiere. Das ist das Schlimmste, denn ich muss eine ganze Charge backen, um herauszufinden, ob sie gut sind.«

»Oh, wow, du bist die Besitzerin?«, fragte ich, angenehm überrascht.

»Ja, ich bin Charlotte Black, Charlie.«

»Schön, dich kennenzulernen, Charlie. Ich bin Mandy und meine Freundinnen sitzen da drüben in der Ecke. Wenn du jemals Testesserinnen brauchst, bin ich mir ziemlich sicher, dass wir alle sehr gerne dabei helfen würden.«

Charlie lachte wieder, und das Geräusch machte meinen Tag ein kleines bisschen besser. »Das muss ich im Hinterkopf behalten. Ich hoffe, du genießt sie.«

»Wenn die auch nur halb so gut schmecken, wie sie riechen, schaffen sie es wahrscheinlich nicht in der Schachtel hier raus. Ich war bereit, an den Wänden zu lecken, als ich reinkam.«

Sie warf den Kopf zurück und lachte aus vollem Herzen. In diesem Moment wurde mir klar, dass sie jemand war, mit dem ich befreundet sein wollte. »Das war genau meine Reaktion, als meine Maler hier fertig waren. Zum Glück hat sich noch niemand an der Farbe statt an den Cupcakes versucht.«

Ich lachte mit ihr und dankte ihr nochmals für die Leckereien. Ich musste sicherstellen, dass ich ihr meine Karte gab, bevor ich ging. Und ich war mir ziemlich sicher, dass ich vorschlagen würde, unseren wöchentlichen Mädelsabend nach Beiß mich! zu verlegen.

Claire, Sam und Addi hörten auf zu reden, als ich an den Tisch kam. Wenn das kein Zeichen dafür war, dass sie gerade über mich geredet hatten, dann wusste ich auch nicht.

»Hallo Mädels, was gibt's?«, fragte ich fröhlich und versuchte, nicht sauer zu sein, dass sie über mich redeten. Oder dass sie dachten, ich sei so zerbrechlich.

Oh, Moment, ich war zerbrechlich.

»Wie war dein Tag?«, fragte Sam vorsichtig.

Ich hatte absichtlich die Details von Xanders Anruf ausgelassen, als ich allen vorhin eine SMS geschrieben hatte. Genau genommen hatte ich die Tatsache, dass er überhaupt angerufen hatte, ausgelassen. Ich wollte mich auf der Arbeit nicht damit befassen. Ich hatte seinetwegen schon genug Ärger. Ich konnte es nicht ertragen, an einem Tag einen zweiten Tadel zu bekommen.

»Mein Tag war beschissen, und eurer?«, sagte ich sarkastisch. Sie würden mich den ganzen Abend mit Samthandschuhen anfassen, und damit kam ich nicht klar. Wenn sie wissen wollten, wie es mir ging, mussten sie auf meine ehrlichen Antworten vorbereitet sein.

Und ich hatte ehrlich gesagt einen beschissenen Tag.

»Warum hattest du einen schlechten Tag?«, fragte Addi. Ihre Stimme war ein wenig zu hoch und sie blinzelte so schnell, dass es aussah, als hätte sie etwas im Auge. Es war, als würde man den Frauen von Stepford zusehen, mit ihrer perfekten äußeren Erscheinung und den vorgetäuschten Gefühlen.

»Na ja, mal sehen, ich bin aufgewacht mit dem Wissen, dass mein Ex-Freund, von dem ich dachte, ich wäre in ihn verliebt, mich für eine fette Kuh hält. Ich habe herausgefunden, dass Melody einen Haufen Lügen über mich erfunden hat und ich vielleicht meinen Job verliere. Xander hat mich auf der Arbeit angerufen und mir gesagt, dass er mich nicht in Ruhe lassen wird und dass er mich finden wird, damit ich mit ihm rede. Dann habe ich Ärger bekommen und wurde von den Anrufen abgezogen, weil ich am Telefon unhöflich zu ihm war und mein Boss meinte, so dürfte ich nicht mit

Kunden reden. Jetzt bin ich hier und werde von den drei Menschen, die mich immer unterstützt haben, so behandelt, als wäre ich psychisch labil. Ist das schlimm genug für dich?«

Die drei wechselten Blicke. ‚Erwischt‘ stand ihnen ins Gesicht geschrieben. Ich hatte sie auf ihre Idiotie hingewiesen, und obwohl es ihnen nicht gefiel, wussten sie, dass es die Wahrheit war.

»Es tut uns leid. Es ist nur, nach dem, was du mir letzte Nacht erzählt hast, habe ich Sam und Addi gesagt, sie sollen sich mit Ratschlägen oder was auch immer über Xander zurückhalten. Wir wissen einfach nicht, was wir sagen sollen«, sagte mir Claire.

»Wie wäre es mit: ‚Wow, dein Tag war beschissen. Tut uns leid, dass du das alles durchmachen musstest. Gibt es etwas, das wir tun können, um es besser zu machen?‘ Das könnte helfen, anstatt dass jeder versucht, selbst herauszufinden, was ich brauche.«

Ich öffnete meine Cupcake-Schachtel und atmete tief ein. Nur für ein paar Sekunden musste ich das Gefühl haben, dass alles in Ordnung war. Ich musste vergessen, wie aufgebracht ich wegen Xander war und wie meine Freundinnen mich behandelten, als wäre ich unfähig, mein Leben allein zu meistern. Ich musste über irgendetwas in meinem Leben die Kontrolle haben, und als ich auf die sechs wunderschönen Cupcakes starrte, die ich gerade gekauft hatte, war ich froh, dass ich die Kontrolle darüber hatte, welchen ich als Erstes essen würde.

Ich untersuchte sie alle, als ob ich sehen könnte, welcher der Beste wäre. Sie sahen alle köstlich aus. Wenn ich sechs Hände hätte, wüsste ich, dass ich sie alle halten und von jedem Bissen nehmen würde, bis sie alle weg wären. Stattdessen wählte ich zwei aus, legte sie auf eine Serviette vor mich, um das Papier vom weichen Kuchen am Boden zu lösen.

Der Red Velvet war als Erstes dran. Das leuchtend rote Papierförmchen löste sich und enthüllte den blutroten Kuchen darunter. Das Frosting war, wie es sein sollte, fast so dick wie der Cupcake selbst. Ich atmete tief ein und roch das typische Frischkäse-Frosting, das immer zu Red Velvet gehört.

Mein erster Bissen war geradezu orgasmisch. Ich lächelte bei dem Gedanken, dass ich zumindest etwas gefunden hatte, um diesen Teil meiner Beziehung mit Xander zu ersetzen. Der weiche Kuchen zerfiel in meinem Mund, zerbröselte aber nicht, sondern verschmolz mit dem Frosting zu einem köstlichen Meer aus cremiger Zartheit. Ich schloss die Augen und ließ die Aromen auf meiner Zunge verschmelzen, die reichhaltige Schokolade mit dem süßen Frischkäse. Ein leises Knuspern verriet ein Geheimnis, das sich im Cupcake verbarg, aber ich kam nicht darauf, was es genau war.

Ich nahm einen weiteren Bissen, ignorierte meine Freundinnen und ihr unverhohlenes Starren, während ich meinen Cupcake mit ganzem Herzen verschlang. Sie wussten vielleicht nicht, wie sie mit mir oder meiner Laune umgehen sollten, aber zumindest wussten sie genug, um mich mit meinem Cupcake in Ruhe zu lassen.

Ehe ich mich versah und bevor ich die geheime Zutat herausgefunden hatte, war mein Red-Velvet-Cupcake weg. Während das köstliche Kribbeln des Zuckers durch meinen Körper schoss, zog ich das Förmchen von meinem zweiten Cupcake, dem Erdbeer-Cupcake.

Als ich ihn zu meinen Lippen führte, sah ich, wie meine Freundinnen mich anstarrten. Ich setzte den Cupcake ab und sah sie an. »Was ist los mit euch?«

»Wir dachten, du willst vielleicht zu Abend essen. Da ist der Mexikaner an der Ecke oder der Japaner?«, sagte Addi.

»Ich esse Cupcakes zu Abend. Ich habe sechs gekauft, damit ich genug im Magen habe. Ich bin deprimiert und ertränke meinen Kummer in zuckersüßer Glückseligkeit. Wenn ich keinen von einem Mann gemachten Orgasmus haben kann, dann werde ich sechs von einer Frau gemachte, zuckerinduzierte haben.«

»Ich dachte, ich komme gleich, als ich dir nur dabei zugesehen habe, wie du den ersten gegessen hast. Ich hole mir auch ein paar Cupcakes«, sagte Sam und stand auf. Addi folgte ihr.

Claire blieb sitzen. »Geht es dir gut?«

Ich funkelte sie an. Sie wusste es besser, als mir diese Frage mit diesem Dackelblick zu stellen. »Du weißt, dass es mir nicht gut geht. Es tut verdammt weh. Es hat mir das Herz herausgerissen, heute seine Stimme zu hören. Er klang so erleichtert, mich endlich ans Telefon zu bekommen, und ich war eine totale Zicke. Ich ließ ihn nichts erklären, weil ich nicht hören wollte: ‚Sie haben nicht über dich geredet‘ oder ‚Das war nur ein Scherz.‘ Sie haben vielleicht nicht meinen Namen gesagt, aber für mich kam es auf jeden Fall so rüber. Also nein, Claire, mir geht es nicht gut. Es tut verdammt weh. Und ich will verdammt noch mal Cupcakes zu Abend essen.«

Claire sah mir zu, wie ich die Augen fest gegen die Tränen zusammenpresste. Ich wollte nicht in der Öffentlichkeit weinen, aber sie hatte es aus mir herausgekitzelt. Ich hatte ihnen gesagt, sie sollten fragen, was ich brauche, und mir nicht diesen mitleidigen Mist antun. Ich konnte die Gefühle verdammt noch mal nicht ertragen. Mein Herz war immer noch in diesem Garten, wo es mir aus der Brust gerissen und auf dem Boden liegen gelassen wurde, damit Xander und seine Freunde darauf herumtrampeln konnten.

Außer Drew.

Wenigstens hatte er einen anständigen Freund. Eine Person in seinem Umfeld, die keine völlige Arschgeige war.

Schade nur, dass ich Drew nicht im Geringsten attraktiv

fand. Abgesehen davon, dass mir klar war, dass er süß und charismatisch war, war er einfach nicht Xander.

Und das hasste ich.

Sam und Addi huschten zurück auf ihre Plätze, mit kleineren Schachteln als meiner, und beide öffneten sie auf die gleiche Weise wie ich meine. Wir alle atmeten den Duft unserer Cupcakes ein und sie zogen das Papier mit der gleichen Ehrfurcht ab, die ich an den Tag gelegt hatte. Wir drei hoben unsere Cupcakes gleichzeitig zu unseren Mündern und bissen in die weiche, klebrige Köstlichkeit.

Der Erdbeer-Cupcake war genauso köstlich wie der Red Velvet. Kleine Erdbeerstückchen waren durch den Teig gesprenkelt und zierten das Schokoladen-Buttercreme-Frosting. Eine reichhaltige, cremige Erdbeerfüllung überraschte mich, als ich hineinbiss, und füllte meinen Mund mit einer kleinen extra Überraschung.

Ich wollte Charlie dafür küssen, dass er solch wunderschöne Meisterwerke geschaffen hatte.

Claire setzte sich mit ihrer Schachtel hin, als ich das Förmchen von meinem dritten Cupcake abzog. Ich hörte mein Handy in meiner Handtasche vibrieren und stürzte mich mit neuer Kraft auf den Cupcake, da ich wusste, dass der Anruf von Xander kam.

Ich wollte seine Nummer blockieren, um seine Anrufe und Nachrichten gänzlich zu vermeiden. Aber jedes Mal, wenn mein Finger über dem Knopf schwebte, brachte ich es nicht über mich. Als gäbe es irgendeine vernünftige Erklärung dafür, warum er ein Arschloch war, und ich vielleicht bereit wäre, sie mir anzuhören.

Aber das konnte ich nicht. Ich hatte mich bereits davon überzeugt, dass ich mich von ihm fernhalten musste, bis mein Kopf und mein Herz sich einig waren. Und es war offensichtlich, dass sie das nicht waren, wenn ich mich nicht einmal entscheiden konnte, ob ich seine Nummer blockieren oder ihn reden lassen sollte.

Ich war total im Eimer. Und wie.

Nach meinem vierten Cupcake-Orgasmus bemerkte ich, dass mich alle wieder anstarrten. »Was?«, fragte ich sichtlich frustriert.

»Warum hat Xander dich angerufen?«, fragte Sam. Ich wusste, sie würde die Einzige mit dem Mut sein, das anzusprechen. Sie war diejenige, die immer die Dinge aussprach, die niemand hören wollte. Diejenige, die sagte, wie es ist. Diejenige, die einen reizte, um einen wütend zu machen, weil sie wusste, dass man über das, was einen störte, erst hinwegkam, wenn man wütend wurde.

Leider war sie verdammt gut in dem Scheiß.

»Er wollte, dass ich mit ihm rede«, antwortete ich ihr schließlich. »Er wollte mir erzählen, was gestern passiert ist.«

»Woher weiß er, warum du sauer bist? Hat der Wichser dich gesehen und trotzdem gelacht, als wäre es nichts?«

Ich schüttelte lächelnd den Kopf, glücklich zu hören, wie vehement sie mich verteidigte. »Sein Freund, der, mit dem ich auf der Veranda gesessen und geredet habe? Er hat es ihm erzählt.«

So schnell, wie die Kampfeslust in Sam aufgeflammt war, erlosch sie auch wieder und sie kniff die Augen zusammen. »Was hat er gesagt?«

»Ich habe ihn nichts sagen lassen. Ich wollte mit ihm reden, aber ich wusste, ich würde ihm einfach verzeihen und jede noch so lahme Ausrede akzeptieren, weil ich nie einen heißeren Kerl als ihn bekommen werde.«

»Doch, das wirst du«, sagte Addi laut. »Tu nicht so, als wärst du eine schlechte Partie, nur weil du keine Bohnenstange bist. Jede von uns verdient es, geliebt zu werden, egal welche Größe wir haben. Heiße Typen stehen auf dicke Mädels.«

»Auf welchem Planeten? Ich weiß nicht, wo du dich rumgetrieben hast, aber ich werde nicht von heißen Typen angegraben. Die Sache ist, es ist mir egal, wie heiß ein Typ ist, wenn er ein Arschloch ist. Xander hat sie beschissen behandelt, also ist es egal, wie er aussieht. Er verdient sie nicht.«

»Ja, aber…«

»Leute, hört auf. Das habt ihr gestern Abend auch schon gemacht und es hat alles nur schlimmer gemacht. Sie ist verletzt und aufgewühlt. Lasst sie einfach herausfinden, wie sie mit all dem umgehen soll, und dann werden wir Entscheidungen über Xanders Charakter treffen. Vielleicht gibt es eine Erklärung, vielleicht nicht. Aber es ist nicht an uns, das zu entscheiden. Es ist an Mandy«, verteidigte Claire mich.

»Danke, Claire. Die Wahrheit, Leute, ist, ich weiß nicht, was ich denken soll. Ich weiß nicht, wie ich mich fühlen soll. Wurdet ihr jemals von etwas so überrumpelt, dass ihr nicht mehr wusstet, wo oben und unten ist? So fühle ich mich. Ich war mir zuerst so sicher, dass Xander ein Blödmann war, aber er hat sich sehr bemüht, mir das Gegenteil zu beweisen. Dann habe ich das Gefühl, dass er mir gestern gezeigt hat, dass ich recht hatte, und das hat mich einfach aus der Bahn geworfen. Ich habe ihm vertraut. Ich dachte, er wäre der Mann, von dem er mich überzeugen wollte, dass er es ist. Ich wollte, dass er der süße, fürsorgliche, leidenschaftliche Mann ist, in den ich mich gerade verliebte. Es fühlt sich an, als wäre ich unter Wasser, als wäre ich mitten in einem Traum oder so. Ich weiß nicht, wo ich Antworten finden soll, aber bis ich herausgefunden habe, was ich von all dem will, kann ich ihn nicht sehen. Ich muss einfach nur nach Luft schnappen und sehen, ob ich meinen Weg finde. Dann werde ich darüber nachdenken, mit ihm zu reden.«

»Da bin ich schon mal gewesen«, flüsterte Claire. Sam und Addi sahen uns an, offensichtlich nicht vertraut mit dem, was ich beschrieb. Mein Herz schmerzte für Claire, dass sie das schon einmal durchgemacht hatte, nur viel schlimmer. Ich war neidisch auf Addi und Sam und ihre glückselige Naivität. Ich wollte dorthin zurück. Zurück in die Zeit, bevor ich Xander traf und erkannte, was das Leben mit Liebe darin bedeuten konnte.

Cupcake-Orgasmen waren großartig, aber Orgasmen, die durch Liebe ausgelöst wurden, würden immer besser sein.

Plötzlich müde und bereit für mein eigenes Bett, stand ich auf. »Ich fahre nach Hause. Ich muss mich ausruhen und anfangen, meine Welt ohne Xander Carlson wieder aufzubauen. Danke fürs Zuhören, Leute. Tut mir leid, dass ich heute Abend keine sehr gute Gesellschaft war. Oh, und lasst uns von jetzt an hierherkommen.«

Alle waren einverstanden und verabschiedeten sich. Ich ging mit meinen letzten beiden Cupcakes aus der Tür, im Wissen, dass meine Freundinnen noch eine Weile bleiben und über mich reden würden.

Und im Wissen, dass es mir egal war, weil ich noch zwei weitere Cupcake-Orgasmen vor mir hatte.

KAPITEL 21

ICH FUHR ZURÜCK in meinen Teil der Stadt und fragte mich, wie um alles in der Welt ich jemals über das hinwegkommen sollte, was passiert war. Es tat weh. Ihn über die Witze lachen zu hören, über die er lachte. Es war nicht nur, dass er gelacht hatte. Es war, dass es ihm egal war, dass diese Worte mich verletzen würden. Dass ich nicht das Erste war, woran er dachte.

Mein Leben würde nie wieder dasselbe sein. Nachdem ich fast zwei Monate lang mein Leben mit jemandem geteilt hatte, hatte ich das Gefühl, nicht mehr zu wissen, wie ich zurückkehren sollte. Wie ich wieder allein sein sollte. Meine Freundinnen waren großartig, aber ich konnte nur begrenzt viel mit ihnen teilen. Es gab nur eine begrenzte Anzahl von Dingen, über die wir reden konnten. Xander war der Mann, der mir erlaubte, ich selbst zu sein. Und er war derjenige, der mir das wegnahm.

Als ich vor meinem Haus hielt, saß ich einfach nur da und hörte mir den Rest des Liedes im Radio an, nicht bereit, mich allein meinem leeren Reihenhaus zu stellen. Ich war nicht mehr zu Hause gewesen, seit ich zwei Tage zuvor Xanders

Familie getroffen hatte, und ich wusste, es würde sich anders anfühlen, als ob mein Zuhause wüsste, wie sehr sich mein Leben verändert hatte.

Ich lächelte in mich hinein, als mir klar wurde, dass das einer der Gründe war, warum ich eine Katze hatte. Ich konnte sie zwei Tage lang allein lassen und sie würde alleine klarkommen.

Ich stieg aus dem Auto und sah eine Bewegung in der Nähe meiner Haustür. Ich blickte auf und schnappte nach Luft. Xander stand auf meiner Veranda und erhob sich gerade von der Stelle, an der er offensichtlich darauf gewartet hatte, dass ich nach Hause kam.

Bei seinem Anblick machte mein Körper einen Satz und mein gebrochenes Herz schmerzte. In Gedanken war ich wütend, dass er die Dreistigkeit besessen hatte, bei mir zu Hause aufzutauchen, aber ein geheimer Teil von mir war begeistert, dass er versuchte, meine Aufmerksamkeit zu bekommen.

Ich sammelte langsam meine Sachen zusammen und ging zur Tür. Xander blieb auf der Veranda stehen und versperrte mir mit seinem Körper den Weg hinein, der viel zu verdammt gut aussah, als dass ich auf ihn wütend sein könnte. Warum konnte er nicht Cupcakes zum Abendessen gegessen haben und in ein paar Stunden fett geworden sein? Warum musste er immer noch so verdammt gut aussehen?

Das war nicht fair.

Langsam überbrückte ich die Distanz zwischen uns, und jeder Schritt fühlte sich an, als würde ich direkt auf den Rand einer Klippe zugehen. Als ob ich, sobald ich dort ankäme, die Wahl hätte, zurückzutreten oder über die Kante zu stürzen.

»Wo bist du gewesen? Ich habe mir solche Sorgen um dich gemacht«, sagte Xander, als ich näher kam.

Unbändige Wut durchzuckte mich. Gestern waren ihm

meine Gefühle egal gewesen und heute hatte er das Recht zu fragen, wo ich gewesen war.

Das glaubte ich kaum.

»Es geht dich wirklich nichts an, wo ich gewesen bin.«

Seine Augen blitzten mich an. Er war wütend, vielleicht auch ein wenig verletzt. Ich versuchte mir einzureden, dass es keine Rolle spielte, aber verdammt, das tat es. Es spielte eine Rolle, dass ich ihn verletzt hatte.

Er wurde weicher, bevor ich etwas sagen konnte, die Schärfe in seinen Augen verflüchtigte sich und die Anspannung in seinem Körper fiel von ihm ab. »Es tut mir leid. Es geht mich nichts an. Ich habe kein Recht auf irgendetwas in deinem Leben, wenn du nicht willst, dass ich es habe. Ich will es aber. Ich bin fast verrückt geworden bei dem Versuch, dich zu finden. Aber ich sehe, dass du nicht bereit bist, mit mir zu reden.«

Seine Freundlichkeit brachte mich aus dem Konzept. Der Mann, den ich mir in den letzten 24 Stunden versucht hatte auszureden, war nicht der Mann vor mir. Der Mann vor mir war eine leere Hülle von Xander. Er sah gleich aus, aber er war es nicht. Er hatte dieselben sanften grünen Augen und kurzen braunen Haare, aber er war ein anderer Mann. Ein Mann, bei dem ich mich schlecht fühlte. Ein Mann, den ich in meine Arme schließen und überzeugen wollte, dass alles gut werden würde.

Ein Mann, den ich wieder lieben wollte.

Mein Herz gewann den Kampf und ich gab zu: »Wir sind für unseren Mädelsabend woanders hingegangen, weil ich dich nicht sehen wollte.«

»Hast du Angst vor mir?«

Das war eine Fangfrage, wenn ich jemals eine gehört hatte. Angst vor Xander, dem Mann? Nicht im Geringsten. Angst vor der Art, wie ich mich in seiner Nähe fühlte? Jede Sekunde des Tages.

»Nein.«

»Warum meidest du mich?«

»Weil ich verletzt bin. Weil ich wollte, dass du anders bist. Weil ich herausgefunden habe, dass du nicht der bist, für den ich dich gehalten habe.«

Ich spürte die Tränen aufsteigen. Der Kloß, der mir die Kehle zuschnürte, half auch nicht. Meine Beherrschung entglitt mir, rieselte mir wie trockener Sand durch die Finger. Xander wirkte reumütig, schämte sich für das, was passiert war. Das spielte keine Rolle. Zum einen hatte er sich immer noch nicht entschuldigt. Zum anderen würde eine Entschuldigung den Schmerz, den ich gefühlt hatte, nicht auslöschen.

»Ich bin genau der, für den du mich gehalten hast. Ich verstehe, dass du verletzt bist, aber du warst nicht die Einzige. Ich war es auch«, sagte er sanft. Er drehte sich langsam um. Irgendwie hatte ich nicht bemerkt, dass er im Schatten stand und ein Teil seines Gesichts vor mir verborgen war. Als er sich umdrehte, verstand ich warum.

Sein linkes Auge war geschwollen und rot, ein lila und blauer Bluterguss bildete einen Halbkreis an der Außenseite und darunter. Er hatte Schnittwunden an der Seite seines Gesichts und seine Fingerknöchel waren aufgeschürft.

»Oh, Xander«, flüsterte ich. »Was ist passiert?« Ich bewegte mich auf ihn zu, ohne nachzudenken, ohne das Bedürfnis zu verspüren, die Distanz zwischen uns zu wahren. Ich griff nach seinem Gesicht und er sog scharf die Luft ein, als meine Finger seine Wange streiften. Seine Augen schlossen sich und sein Kiefer spannte sich an, als er gegen den Schmerz ankämpfte, den eine leichte Berührung von mir hervorrief.

»Ich will dir alles erklären. Ich will dir alles erzählen. Aber dazu muss ich reinkommen. Ich will alles erklären. Bitte.«

Ich trat einen Schritt zurück. Ich wusste, was er mich fragte. Was er ohne Worte sagte. Er wollte meine Vergebung. Er wollte, dass ich ihn hereinließ, nicht in mein Haus, sondern in mein Herz. Er wollte, dass ich ihm noch eine Chance gab. Und ihn hereinzulassen, damit wir ‚reden' konnten, würde es nur umso schwerer machen.

Wie konnte ich das tun? Wie konnte ich dasitzen und erwägen, ihn zurückzunehmen?

Andererseits hatte er sich offensichtlich geprügelt. Und das höchstwahrscheinlich meinetwegen.

Oder?

Scheiße. Ich hatte keine Ahnung, was ich tun sollte.

»Ich weiß nicht, Xander. Ich habe das Gefühl, dass ich mich dir zu sehr geöffnet habe. Ich weiß nicht, ob ich bereit bin, das noch einmal zu tun. Ob ich danebensitzen und zulassen kann, dass du mir wieder das Herz herausreißt.«

Er nickte einmal und ließ mich wissen, dass er es verstand. Es ergab für ihn Sinn. Aber ich merkte, dass er es nicht wirklich tat. Er wollte sich seinen Weg hinein erzwingen, mich dazu bringen, mir anzuhören, was auch immer er zu sagen hatte. Aber ich wusste, Xander würde mich niemals verletzen.

»Du bist nicht die Einzige, der das Herz herausgerissen wurde. Ich gebe uns nicht auf, Mandy. Du bist im Moment verletzt. Und verwirrt. Du willst wissen, warum ich dich nicht verteidigt oder etwas dagegen unternommen habe. Ich habe die Antworten auf all die Fragen, die du dir gestellt hast. Und du kannst meine Fragen beantworten. Aber wir müssen an einem Punkt sein, an dem wir einander vertrauen. Wir müssen in der Lage sein, zu reden. Ich werde warten, bis du bereit bist. Ich habe letzte Nacht auf deiner Veranda geschlafen und darauf gewartet, dass du nach Hause kommst. Ich werde es jede Nacht tun, bis du mich zum Reden hereinlässt. Ich gehe nirgendwo hin, bis du alles weißt. Dann, und nur dann, werde ich es akzeptieren, wenn du immer noch willst, dass es vorbei ist. Nur dann werde ich auch nur in Erwägung ziehen, dich gehen zu lassen.«

Seine Stimme wurde traurig und dann besitzergreifend, als er sprach. Er war wütend und verletzt, aber er wollte immer noch bei mir sein. Er konnte meine Fragen beantworten. Die Fragen, die man sich immer stellte, wenn eine Beziehung endete. Die Fragen, mit denen man sich den Rest seines Lebens quälte. Die Fragen, die mich nachts wach halten würden.

Ich konnte Antworten bekommen.

Aber alles, was ich sagen konnte, war: »Lass es mich mir überlegen.«

Xander trat zur Seite, als ich an ihm vorbeiging. Ein Hauch seines Duftes umwehte mich und ließ meine Knie vor Verlangen weich werden. Ich wollte mich an ihn pressen, meine Arme um seinen Hals schlingen und ihn küssen, als wäre nichts geschehen. Ich wollte meine Erinnerung an den Vortag auslöschen, ihn in mein Bett zerren und mit ihm meinen Willen haben.

Aber ich tat nichts von alledem. Ich ging einfach an ihm vorbei, schloss meine Haustür auf und ging hinein.

Auf der anderen Seite der Tür lehnte ich mich an sie, bevor ich mich auf den Boden sinken ließ. Ich wollte meinen Kopf gegen die Haustür schlagen, aber ich wusste, dass Xander es hören und versuchen würde, die Tür einzutreten, um herauszufinden, was los war.

Stattdessen rappelte ich mich vom Boden auf und ging in die Küche auf der Rückseite meines Reihenhauses. Dann rief ich Claire an.

»Hey Mandy, was ist los?«, fragte sie. In ihren Worten und ihrem Ton schwangen Vorsicht und Sorge mit. Sie wusste, wenn ich sie so schnell nach meinem Aufbruch zurückrief, musste etwas passiert sein.

»Xander ist hier«, stellte ich fest und versuchte, jegliche Emotionen aus meiner Stimme zu verbannen.

»Er ist wo? Bei dir zu Hause?«, fragte sie und ihre Worte verrieten ihren Schock.

»Jep. Er ist auf der Veranda. Er hat gesagt, dass er letzte Nacht auf meiner Veranda geschlafen hat, um auf mich zu warten, und dass er dort so lange schlafen wird, wie es dauert, bis ich mit ihm rede.«

Das Letzte, was ich erwartet hatte, durch das Telefon zu hören, war ein leises Kichern, das sich zu einem hysterischen Lachanfall auswuchs. Claire lachte laut, und ihr ansteckendes Lachen ließ mich mit einstimmen.

»Warum lachen wir?«, fragte ich schließlich zwischen Lachtränen und Keuchen. »Tut mir leid. Ich hatte nur gerade dieses Bild im Kopf, wie er auf deiner Veranda an die Tür gekauert liegt und hineinfällt, wenn du die Tür aufmachst.«

»Oh Gott, ich muss morgen früh vorsichtig sein.«

Claire hörte sofort auf zu lachen. »Also wirst du nicht mit ihm reden?«

Ich holte tief Luft. Ich dachte, wenn jemand verstehen würde, wie verwirrt ich war, dann wäre es Claire. Sie hatte das durchgemacht. Sie war von jemandem verletzt worden, von dem sie dachte, er würde sich um sie sorgen. Sie war gedemütigt und am Boden zerstört, als es passierte, und ich dachte, sie würde mein Bedürfnis verstehen, Xander aus meinem Leben zu verbannen.

»Ich weiß, wie beängstigend das ist, Mandy, das weißt du ganz genau. Er ist nicht der, für den du ihn gehalten hast. Das ist beschissen. Ich schätze, ich denke, wenn ich zurückgehen und mit BJ reden könnte, ihn fragen, warum, würde ich es vielleicht tun. Ich vergleiche Xander nicht mit BJ, denn ich glaube nicht, dass sie sich auch nur im Geringsten ähneln. Ich will nur sagen, dass die Gelegenheit, diese Fragen zu stellen, eine ziemlich mächtige Sache ist.«

Ich seufzte. Sie hatte natürlich recht. Bevor BJ versucht hatte, Claire zu vergewaltigen, hatten sie eine gute Beziehung gehabt. Ich wusste, dass sie sich in den letzten zehn Jahren immer gefragt hatte, warum. Warum er sich ihr gegenüber plötzlich verändert zu haben schien. Was passiert war, dass er in dieser Nacht zu dem Monster wurde, das er war.

»Was ist, wenn mir nicht gefällt, was er zu sagen hat? Was ist, wenn er gemein ist oder etwas noch Verletzenderes sagt?«

Ich konnte Claires Lächeln in ihrer Stimme hören, als sie sagte: »Dann wäre er nicht da. Wenn du ein Spiel für ihn wärst, ein Witz, wäre er nicht da. Er hätte dich heute nicht angerufen oder dir gesagt, dass er auf deiner Veranda schlafen wird, bis du ihm zuhörst. Ich weiß, du willst unsere Meinungen nicht hören oder dich von dem, was wir denken, noch mehr durcheinanderbringen lassen, aber ich glaube, er ist ein guter Kerl. Eine Zeit lang habe ich das nicht geglaubt, und ich habe es gestern in Frage gestellt, als du rüberkamst. Aber die Wahrheit ist, er würde dir jetzt nicht nachlaufen, wenn er ein Arschloch wäre. Wenn er nur mit dir zusammen wäre, um dich vor seinen Freunden wie einen Idioten dastehen zu lassen, hätte er es dabei belassen. Er hätte dich gedemütigt weggehen lassen und wäre mit dir fertig gewesen.«

Ich nickte, obwohl sie mich nicht sehen konnte. Ich nickte genauso sehr für mich selbst wie aus jedem anderen Grund. »Er hat sich geprügelt«, sagte ich leise, fast als wäre es ein Geheimnis.

»Was?!? Mit wem?«, rief Claire aus. »Ich weiß es nicht. Er hat gesagt, er wird es mir erzählen, wenn ich alles hören will. Ich schätze, es hat mit der Party zu tun.« »Sieht er jetzt noch heißer aus?«, fragte Claire schelmisch. »Ich fand einen Kerl, der bereit war, sich für mich zu prügeln, schon immer verdammt heiß. Ich schätze, nachdem ich angegriffen wurde und für mich selbst kämpfen musste, wollte ich jemanden haben, der das für mich tut. Andererseits kann ich aber auch auf mich selbst aufpassen.«

»Das kannst du, und das hast du schon immer getan. Aber ja, er sieht heiß aus. Und ein bisschen eklig. Sein ganzes Auge sieht aus, als wäre es explodiert. Er hat einen fiesen blauen Fleck und ein paar Kratzer, und seine Knöchel sind ganz aufgeschürft.«

»Hmmm, klingt sexy. Wenn du nicht mit ihm reden willst, gib ihm meine Adresse, dann kümmere ich mich um ihn.«

Wut und Schmerz schossen durch mich. Ich hätte das Telefon beinahe fallen gelassen oder es in meiner Hand zerquetscht. Ich wollte meine beste Freundin anschreien, weil sie dachte, es sei in Ordnung, sich an Xander ranzumachen. Egal, was zwischen uns passiert war, es würde niemals in Ordnung sein, wenn sie sich an ihn ranmacht.

Gott, ich hasste sie in diesem Moment.

Warum war ich mit so einer hinterhältigen Zicke befreundet und wie hatte ich das nie zuvor bemerkt?

»Hey, Mandy. Bist du sauer, weil ich das gesagt habe?«

Ich grunzte, unfähig, Worte zu bilden. Ich wollte schreien, dass sie eine schreckliche Zicke ist und ich nie wieder etwas von ihr hören will.

»All die Scheiße, die du fühlst… Wie stinksauer du gerade auf mich bist? Das sagt dir, wie sehr du ihn immer noch willst. Ich mache nur Spaß. Ich habe kein Interesse an Xander, egal ob mit Prügelgesicht oder nicht. Was mich aber interessiert, ist, dass du zugibst, wie sehr du ihn immer noch willst. Wenn du dich über so einen Kommentar derart aufregst, dann geh, mach deine Tür auf und hör dem Mann zu, den du liebst.«

»Du bist eine Zicke, weißt du das«, knurrte ich sie an.

Sie lachte laut in mein Ohr und genoss es sichtlich, mich zu quälen. »Damit habe ich dich dazu gebracht, zuzugeben, wie du dich fühlst. Und jetzt geh, lass den Mann rein und versorge sein Gesicht. Ruf mich später an.«

Ich legte auf und lächelte mein Telefon an. Sie hatte recht. Wenn ich so sauer war, musste ich ihm eine Chance geben, es zu erklären.

Ich holte tief Luft, um Mut zu fassen, und öffnete die Haustür, um ihn hereinzulassen.

Und fand die Veranda leer vor.

KAPITEL 22

MEIN ERSTER GEDANKE WAR: ‚Dieser verlogene Mistkerl.‘ Er hatte gesagt, er würde auf meiner Veranda bleiben und warten, bis ich bereit wäre, mit ihm zu reden. Und keine zehn Minuten später war er verschwunden.

Mir rutschte das Herz in die Hose, als mir klar wurde, dass er mich genau in dem Moment im Stich gelassen hatte, in dem ich nachgegeben und erkannt hatte, wie sehr ich ihn immer noch wollte. Er wollte mich nicht wirklich. Er wollte nur Recht behalten. Oder mich wieder blamieren. Oder Gott weiß was.

Ich stieß frustriert den Atem aus und schüttelte den Kopf über meine Dummheit. Als ich mich umdrehte, um wieder hineinzugehen, hörte ich meinen Namen.

Ich sah mich um, aber ich konnte niemanden sehen. Er rief erneut. Ich suchte die Autos vor den Reihenhäusern ab, aber die Abendsonne spiegelte sich in den Windschutzscheiben und ich konnte nichts erkennen.

Dann sah ich eine Hand, die mir zuwinkte.

Xanders SUV.

Ich blieb stehen und wartete und fragte mich, was zum

Teufel hier los war. Ein paar Sekunden später stieg er aus dem Wagen und joggte über den Rasen auf mich zu.

»Hast du in deinem Auto masturbiert?«, fragte ich, leicht entsetzt.

»Nein«, sagte er, während ihm die Röte in die Wangen stieg. »Ich musste ganz dringend pinkeln. Ich wollte nicht an deine Tür klopfen und riskieren, dass du denkst, es wäre nur eine Ausrede, um in deine Wohnung zu kommen.«

»Warum bist du nicht nach Hause gegangen?«, fragte ich, als wäre es das Offensichtlichste der Welt.

»Nur für den Fall, dass du deine Meinung über mich änderst«, sagte er leise, und Hoffnung schwang in seinen Worten mit, als er von dem Gehweg, der zu meiner Veranda führte, zu mir aufblickte. Ich stand zwei Stufen über ihm, beobachtete jede seiner Bewegungen und fragte mich, ob ich irgendetwas, was er sagte, widerstehen können würde.

»Willst du immer noch reden?«, fragte ich ruhig.

Sein Blick schnellte zu meinem, das Grün in seinen haselnussbraunen Augen leuchtete auf, als er begriff, dass ich ihn hereinbat. Dass ich ihm eine weitere Chance geben würde.

»Ja, will ich. Sehr gerne sogar.«

Ich nickte und wandte mich wieder der Haustür zu. Ich spürte ihn hinter mir; seine Wärme bahnte sich ihren Weg durch meine Verteidigungsmauern bis zu meinem Herzen. Wir gingen ins Wohnzimmer und setzten uns beide auf die Couch. Ich kuschelte mich an ein Ende und erwartete, dass Xander sich an das andere setzen würde, aber das tat er nicht. Er setzte sich direkt neben mich, nah genug, dass ich ihn riechen und seine Wärme spüren konnte.

Es gab so viel, was ich wissen wollte. All die Fragen, die ich ihm stellen wollte. Aber als ich dasaß und ihn neben mir spürte, waren alle Gedanken wie aus meinem Kopf geblasen. Das Einzige, woran ich mich erinnern konnte, war, wie sich seine Hände auf meiner Haut anfühlten, die Art, wie er mich anschaute, als er in mich eindrang, die besitzergreifende Art in seiner Stimme, als er mir sagte, dass ich ihm gehöre.

Ich wollte die Probleme, die wir hatten, vergessen und einfach auf ihn klettern. Ich wollte ihn aus meinem System bekommen. Nur dass ich wusste, dass mir das nie gelingen würde. Ich könnte ihn jeden Tag für den Rest meines Lebens lieben und würde ihn nie aus meinem System bekommen. Ich würde mich immer nach seiner Berührung, seiner Liebe sehnen.

Xander räusperte sich und sah mich an. Er zog eine Augenbraue hoch, als wollte er fragen, ob ich bereit war zu hören, was er zu sagen hatte, und ich nickte.

»Es tut mir leid, dass ich dich gestern auf diese Party mitgenommen habe. Wenn ich gewusst hätte, was passieren würde, hätte ich dich nicht gebeten mitzukommen.«

»Du wärst ohne mich hingegangen. Hättest mich von Anfang an loswerden wollen«, mutmaßte ich. Meine Wut flammte wieder auf. Daran festzuhalten war der einzige Weg, wie ich das Gespräch mit ihm überstehen konnte, während er hier in meinem Zuhause war, wo wir uns öfter geliebt hatten, als ich mich erinnern konnte.

»Verdammt, nein. Ist es das, was du von mir denkst? Dass ich so bin?«

Xander sprang auf und schritt im Zimmer auf und ab. Er war wütend, aber das war mir egal. Ich würde es ihm nicht leicht machen. Ich musste wissen, ob er ehrlich war oder nicht. Und ich wusste, dass es helfen würde, ihn wütend zu machen.

»Du hast mich zu einer Party mit Leuten mitgebracht, von denen du sagtest, sie wären deine engsten Freunde. Warum wärst du mit Leuten befreundet, die das genaue Gegenteil von dir sind? Ich weiß, dass du wie sie bist. Und genau das hätte jeder von ihnen getan. Die Dicke abserviert, bevor ihre Freunde sie sehen.«

Er fuhr sich mit der Hand durch die Haare, während ein Muskel in seinem Kiefer zuckte. Er versuchte herauszufinden, wie er antworten sollte, aber die Wahrheit lag auf der Hand. Er konnte versuchen, es zu leugnen, aber ich wusste, dass es wahr war.

»Kann ich dir einfach erzählen, was passiert ist? Bitte? Lass mich reden, ohne zu versuchen, mich als jemanden darzustellen, der ich nicht bin?«

Seine Augen flehten mich an und ich zuckte mit den Schultern, womit ich ihm schweigend die Erlaubnis gab, um die er gebeten hatte.

»Billy und Ricky waren mit mir auf der Highschool. Wir waren Freunde, weil wir zusammen Sport gemacht haben. Wir sind seitdem Freunde geblieben, weil wir es einfach immer waren. Ich habe dir schon vorher gesagt, dass sie Arschlöcher sind und dass ich sie nicht oft sehe, aber sie hatten immer gute Partys, also bin ich weiter hingegangen.«

Er holte tief Luft und warf mir einen Blick zu, um sicherzugehen, dass ich ihn nicht unterbrechen würde. Ich nickte, damit er weitermachte.

»Als Billy dich abgecheckt hat, dachte ich, das wäre eine gute Sache. Er ist immer ein Arsch zu Frauen, aber ich dachte mir, wenn er dich abcheckt, bedeutet das, dass er dich mit nach Hause nehmen würde, wenn er die Chance bekäme, was nie passiert wäre, also dachte ich, er würde kein Arschloch sein.«

»Hoppla«, flüsterte ich und konnte mich nicht zurückhalten. Xander starrte mich wütend an, also hob ich kapitulierend die Hände.

»Kayleigh und Braylon sind immer schrecklich und machen sich an mich ran, das habe ich dir ja gesagt. So gemein waren sie aber noch nie. Als du weggegangen bist, war ich entsetzt über das, was sie gesagt haben, und habe ihnen gesagt, sie sollen dich in Ruhe lassen. Ich habe nicht geglaubt, dass sie es wirklich tun würden, aber ich konnte ja schlecht zwei Frauen verprügeln.«

Ich schnaubte und dachte, ich wünschte, genau das hätte er getan.

»Ich habe durch das Gespräch mit Drew mitbekommen, dass du wieder nach draußen gekommen bist, als Billy Witze gerissen hat und ein Arschloch war.«

Ich nickte.

»Zuerst habe ich ihm keine Beachtung geschenkt. Ein anderer Typ, mit dem wir auf der Highschool waren, Kevin, war da. Wir haben uns unterhalten, als Billy seine Witze erzählt hat. Die ersten paar waren dumme, schmutzige Witze und sie waren lustig. Kevin und ich haben uns unterhalten und ich habe über etwas gelacht, das er gesagt hat, als Braylon… hm, als sie…«

»Ist schon gut, ich habe die Schlampe gehört. Sie hat gefragt, ob dein Leben ironisch ist, und ob ich schlucke.»

Er hatte zumindest den Anstand, beschämt auszusehen. Er ließ sich neben mir zurück auf die Couch fallen. »Ich wusste nicht, wovon sie geredet hat, aber ich hatte den Witz schon mal gehört, also habe ich geraten, dass es der war, den Billy gerade erzählt hatte. Als Billy den nächsten Witz erzählt und dich zur Pointe gemacht hat … nun, da habe ich ihn als Boxsack benutzt.«

»Was?«, schrie ich.

Alle Luft entwich aus meinen Lungen, während ich verarbeitete, was er gesagt hatte. Das konnte doch nicht sein Ernst sein, oder? Warum sollte er einen seiner ältesten Freunde schlagen? Wegen mir? Das konnte nicht sein.

»Alle haben gelacht und fanden es lustig. Ich schwöre, ich habe rotgesehen, so stinksauer war ich. Ich wollte ihm den verdammten Kopf abreißen, weil er irgendetwas über dich gesagt hatte, weil er zugelassen hatte, dass irgendjemand denkt, du wärst etwas anderes als perfekt. Ich habe ihm gesagt, er soll verdammt noch mal die Klappe halten und nie wieder über dich reden. Er hat einfach weitergelacht, und ich…«

Er hielt inne und atmete tief durch. Seine Fäuste waren in seinem Schoß geballt. Seine Augen zuckten hinter seinen Lidern, als würde er die ganze Szene noch einmal vor sich ablaufen sehen.

Mit immer noch geschlossenen Augen sagte er: »Mein erster Schlag hat ihn voll am Kiefer getroffen. Billy ist nach hinten getaumelt und der Länge nach im Gras gelandet, noch bevor er aufgehört hatte zu lachen. Alle starrten mich an, schweigend, verängstigt. Ricky hat Billy wieder auf die Beine geholfen und er ist auf mich losgestürmt. Er hat mich um die Brust gepackt und zu Boden geworfen. Mit dem ersten Schlag hat er mich gut erwischt.« Xander berührte sanft sein Auge, wo Billy ihn offensichtlich getroffen hatte. »Da ich größer bin als er, konnte ich ihn von mir stoßen und wieder auf die Füße krabbeln. Als er das zweite Mal auf mich zukam, habe ich einen weiteren Schlag gelandet, der ihn aus dem Gleichgewicht gebracht hat. Seine Wange ist aufgeplatzt und Blut strömte heraus. Ricky hat ihm auf die Beine geholfen und sie haben mich beide angestarrt und mir nur gesagt, ich soll abhauen.«

Er atmete tief durch und öffnete schließlich seine Augen. Er sah mich an und mein Herz schmerzte. Ich wusste, was auch immer er als Nächstes sagen würde, war der härteste Teil.

»Ich konnte dich nicht finden. Ich habe im Badezimmer nachgesehen, aber es war leer. Ich bin sogar nach oben gegangen. Ich wusste, dass du nicht draußen warst, weil ich dich sonst gesehen hätte, aber ich wusste nicht, wo du warst. Ich kam gerade die Treppe herunter, als Drew hereinkam. Er hat gefragt, was passiert ist, und ich habe ihn ignoriert und gefragt, ob er wüsste, wo du bist.«

Ich sog zischend die Luft ein. Xander war wahnsinnig eifersüchtig gewesen, weil ich mit Drew geredet hatte, und bei so viel Wut konnte ich mir nur vorstellen, was er seinem besten Freund angetan hatte.

»Drew hat mir gesagt, dass du gegangen bist, dass eine deiner Freundinnen gekommen ist, um dich abzuholen. Ich war stinksauer und verletzt. Ich wusste nicht, warum du gegangen warst, warum du mir das antun würdest, wo doch alles so großartig lief. Ich… verdammt, ich habe dich gebraucht. Ich habe Drew gefragt, woher er das wusste, und er hat zugegeben, dass ihr beide vorne gesessen und geredet habt, während ich die Scheiße aus mir rausprügeln ließ. Ich war sauer. Ich habe Drew gesagt, er sei ein beschissener Freund, weil er dich nicht aufgehalten hat. Ich sagte ihm, er sei ein Arschloch, weil er dich hat gehen lassen. Ich habe versucht, ihn zu schlagen, aber er hat den Schlag abgewehrt und mich gegen die Wand gedrückt. Der Mistkerl ist stärker, als er aussieht. Er hat mir gesagt, ich soll nach Hause gehen und mich abkühlen, und wir würden später reden.«

Ich stieß die Luft aus, die ich angehalten hatte, aus Angst, Xander würde seine Freundschaft mit der einzigen Person ruinieren, die mich an diesem Tag gut behandelt hatte. Ich wusste, dass er verletzt und wütend war. Ich wusste, dass er nicht mir gehörte. Aber ich wollte, dass er glücklich war. Und ich wusste, wie viel beste Freunde bedeuteten.

»Ich bin gegangen und direkt zu mir gefahren, aber dein Auto war schon weg. Ich wusste nicht, wo deine Freundinnen wohnten, also konnte ich da nicht hinfahren. Ich habe es bei dir versucht, aber als du nicht zu Hause warst, bin ich eine Weile herumgefahren, um dich zu finden. Als die Sonne unterging, bin ich einfach zu dir zurückgekehrt und dachte, du würdest irgendwann auftauchen.«

Er sah erschöpft aus, als hätte er sich allein durch das erneute Erzählen der Geschichte verausgabt. »Als du nicht nach Hause gekommen bist, bin ich langsam durchgedreht. Ich konnte dich weder per Anruf noch per Nachricht erreichen. Ich dachte, dir wäre etwas zugestoßen. Ich habe Drew angerufen und ihn gefragt, bei wem du warst und was ich tun sollte. Die Frau, die er beschrieben hat, klang wie Sam, also nahm ich an, du wärst bei ihr. Drew schlug vor, dass ich noch eine Weile zu Hause auf dich warten und dann etwas schlafen sollte. Zum Glück war er mir nicht böse.«

»Er ist ein guter Freund«, sagte ich leise und erinnerte mich an die Freundlichkeit, die er mir gezeigt hatte, als ich sie gebraucht hatte. Er war ein guter Freund für mich, obwohl es gegen seinen besten Freund ging. Drew war definitiv jemand, der eine Frau eines Tages sehr glücklich machen würde.

»Ja, das ist er. Ohne ihn hätte ich die letzten vierundzwanzig Stunden nicht überstanden. Und ich weiß, dass ich den Rest dieser Woche ohne ihn nicht überstehen werde, wenn du mir nicht verzeihen kannst.«

Ich stieß einen Atemzug aus. Er gab mir eine Gelegenheit. Es wäre so einfach, ihm zu vergeben und ihm in die Arme zu fallen. Zu dem zurückzukehren, wie die Dinge am Tag zuvor waren.

Ich wollte es. Das wollte ich wirklich. Ich spürte, wie ich schwächer wurde, während er seine Seite der Geschichte erzählte. Es würde nicht lange dauern, bis ich nachgeben würde. Bis ich einfach sagen würde, dass es in Ordnung ist und er keine Schuld trägt.

Die Wahrheit war, es war mir nicht genug. Es war nicht genug zu sagen, dass es ihm leidtat. Dass er sich wegen mir mit einem seiner ältesten Freunde geprügelt hatte, war... nett, schätze ich. Aber ich wusste genug, um zu wissen, dass es wieder und wieder passieren würde. Ich würde an ihm zweifeln. Ich würde das Schlimmste von ihm denken. Ich würde erwarten, dass er zu dem Mann wird, den ich bei unserem ersten Treffen in ihm befürchtet hatte.

Und das konnte ich ihm nicht antun.

Es war nicht fair, ihn hinzuhalten, ihn zu lieben, wenn er frei sein musste, um jemanden zu finden, der ihm ähnlicher war, jemanden, der niemals infrage stellen würde, wer er war oder wie sehr er sich kümmerte, einfach weil es funktionierte.

Hübsche Menschen gehörten zu hübschen Menschen. Und Xander war definitiv einer von den hübschen Menschen.

Ich war es nicht.

Ich sah ihn an, während Tränen in meinen Augenwinkeln zitterten und ich sie zurückkämpfte. Ich musste stark sein und ihm sagen, dass er mehr verdiente als eine dicke Freundin. Aber er öffnete seinen Mund und sagte: »Mandy, ich liebe dich. Ich liebe dich so sehr, dass es verdammt wehtut. Die letzten vierundzwanzig Stunden waren die schlimmsten meines Lebens, weil ich wusste, wie sehr du leidest, und das wegen mir. Ich sterbe hier innerlich, weil alles, was ich tun will, ist, dich in meine Arme zu ziehen und den Schmerz wegzuküssen, den ich verursacht habe, aber ich sehe, dass du noch nicht bereit dafür bist. Vielleicht wirst du es nie sein, aber ich will, dass du weißt, dass ich noch nie jemanden so geliebt habe, wie ich dich liebe. Und ich werde es auch nie wieder tun.«

Oh, Scheiße.

KAPITEL 23

WIE ZUR HÖLLE sollte ich darauf antworten? Alles, was ich mir selbst eingeredet hatte, alles, worüber ich mir Sorgen gemacht hatte, wurde mit nur wenigen Worten von seinen schönen Lippen ausgelöscht. Er sagte mir die Worte, von denen ich nie gedacht hätte, dass ich sie von ihm hören würde. Die Worte, nach denen ich mich gesehnt hatte, bei denen ich mir aber nie erlaubt hatte zu glauben, dass er sie sagen würde.

Und doch zweifelte ich im Hinterkopf an diesen Worten. Ich fragte mich immer noch, ob er mich verlassen würde, sobald jemand Besseres auftauchte. Würde er am Strand heißen Frauen in Bikinis nachschauen und sich wünschen, er hätte auf eine von ihnen gewartet anstatt auf mich?

Würde er aufhören, mich zu lieben, wenn ich zunehmen würde?

Als könnte er meine Gedanken lesen, kniete er sich vor mich und nahm meine Hände. »Mandy, du bist die Einzige für mich. Schatz, ich weiß, dass du dir Sorgen um mich gemacht hast, aber ich habe schlanke Mädchen gehabt und ich habe dich gehabt. Jedes einzelne Mal will ich dich. Ich will deine üppigen Kurven und dein unbekümmertes Lachen, deinen nach Schokolade schmeckenden Mund und dein wunderschönes Herz. Ich will dich an meiner Seite. Ich will dich küssen und dich halten und dich lieben, solange du es mir erlaubst. Und eines Tages werde ich dich fragen, ob du mich heiraten willst, und beten, dass du Ja sagst. Und wenn du es tust, werde ich mein Leben lang daran arbeiten, dir zu beweisen, wie sehr ich dich liebe. Und nur dich.«

Die Tränen, die ich zurückgehalten hatte, flossen nun stetig aus meinen Augen, liefen mir über die Wangen und tropften auf unsere verbundenen Hände. Ich sah zu, wie sich zwischen unseren fest umschlungenen Fingern eine kleine Pfütze bildete. Xander ließ mich nicht los und ich ließ ihn nicht los, die Tränen sammelten sich einfach zwischen uns.

Ich wusste nicht, was ich sagen sollte. Meine Lippen formten keine Worte. Mein Gehirn auch nicht. Eben noch hatte ich ihn wie verrückt vermisst und ihn hassen wollen, und nun hörte ich, wie er mir seine Liebe erklärte und mir sagte, dass er mich eines Tages heiraten würde.

»Bevor ich dich getroffen habe«, begann ich, »habe ich mein Leben genossen. Ich hatte tolle Freunde, einen Job, der mir gefiel, meine eigene Wohnung. Ich war glücklich. Ich habe nichts gebraucht und ich habe immer für mich selbst gesorgt.« Seine Augen schnellten kurz zu meinen und ich bemerkte den schalkhaften Glanz in seinen haselnuss-braunen Augen. Ich verdrehte die Augen und fuhr fort: »Du weißt, was ich meine. Denk nicht immer so versaut.«

Er kicherte leise und drückte seine Lippen auf die Tränenpfütze auf unseren Händen.

»Ich dachte, ich hätte alles, was ich jemals brauchen würde. Ich war nicht auf der Suche nach einem Freund. Und ich war ganz sicher nicht auf der Suche nach jemandem wie dir. Du hast meine Welt auf den Kopf gestellt. Die letzten 24 Stunden waren auch die schlimmsten meines Lebens. Ich bin noch nie so verletzt worden. Ich habe mich noch nie so wertlos gefühlt. Ich habe noch nie so schlecht über mich selbst gedacht wegen dem, was andere gesagt haben.«

Er zog seine Hände von meinen weg, da er spürte, worauf ich hinauswollte.

»Und das Schlimmste an allem war, wie sehr du mir gefehlt hast. Ich wollte dich so sehr hassen. Ich wollte glauben, dass du das Arschloch wärst, das ich seit unserem ersten Treffen befürchtet hatte. Die Wahrheit ist, ich wollte mir nicht eingestehen, wie beängstigend es war, dich so sehr zu lieben, wie ich es tue. Ich wusste nicht, wie ich damit umgehen sollte, dich zu lieben und mir zu erlauben, dich zu lieben, ohne mich selbst zu verlieren. Als ich dich lachen sah, habe ich das Schlimmste von dir angenommen, weil es einfacher war, als zu denken, du könntest mich genug lieben, um deine Freunde aus deinem Leben zu verbannen. Ich will nicht, dass du die Menschen verlierst, die dir wichtig sind, aber ich will dich auch nicht verlieren.«

Seine Augen schnellten wieder zu meinen. Das haselnussbraune Grün war erfüllt von Hoffnung und Sehnsucht, und es traf mich bis ins Mark. Mein ganzer Körper erwärmte sich bei dem Blick, den er mir zuwarf, als wäre er sich nicht sicher, ob er mich küssen oder warten solle, bis ich zu Ende gesprochen hatte. Ich ließ den Moment zwischen uns schweben, kaum atmend, während wir beide darauf warteten, was als Nächstes kommen würde. Worauf die Dinge hinauslaufen würden.

»Du hast gesagt, du würdest warten, bis ich bereit bin, dir zuzuhören. Und danach würdest du mich die Entscheidung treffen lassen. Du würdest mich entscheiden lassen, wohin es mit uns gehen soll. Die Wahrheit ist, ich will all die gleichen Dinge, die du willst. Ich war unglücklich ohne dich. Ich wollte um all die Momente weinen, die wir nicht teilen würden. Mein Herz schmerzte nach dir. Ich weiß nicht, ob ich meine Ängste, dass du dich in eine andere, schlankere Frau verlieben könntest, jemals ganz loslassen werde, aber ich werde es versuchen. Denn mit meinem ganzen Herzen und allem, was ich bin, liebe ich dich, Xander Carlson.«

Die Worte waren kaum über meine Lippen gekommen, als Xanders Mund auf meinem lag. Er küsste mich, als hinge sein Leben davon ab, als wäre er nach mir ausgehungert gewesen. Ich erwiderte seinen Kuss und fühlte mich, als wäre es länger als nur ein Tag her, seit seine Lippen auf meinen gewesen waren.

Sein stürmischer Kuss ließ seine Lippen meine küssen, überall auf jeder Lippe, bis er beide mit sanften Küssen bedeckt hatte. Dann drückte er seine vollen Lippen auf meine und fuhr mit seiner Zunge über meine Lippen. Ich seufzte leise, schwelgte in dem Gefühl von ihm, und er ließ seine Zunge in meinen Mund gleiten.

Er küsste mich voll, tief, lernte mich ganz neu kennen, kehrte aber immer zu den Stellen zurück, von denen er wusste, dass sie meine liebsten waren. Während er mich küsste, strichen seine Hände über meine Oberschenkel und streichelten meine Haut durch den Stoff meiner Caprihosen. Er hielt mich fest und ließ mich nicht von der Stelle weichen, an der er mich festgenagelt hatte.

Xander beugte sich über mich, immer noch auf den Knien vor mir, und drückte mich gegen die Rückenlehne der Couch. Sein großer, starker Körper bedeckte meinen und ließ mich in seinen Armen geborgen klein fühlen. Seine Finger vergruben sich in meinem Haar, während er meinen Kopf so bewegte, dass er seine Zunge tiefer in meinen Mund stoßen konnte und mich wieder als die Seine beanspruchte.

»Lass' uns nach oben gehen«, flüsterte er, als er sich von mir zurückzog. Seine Augen brannten vor Verlangen nach mir. Mein Körper stand in Flammen, schmerzte nach ihm, so bereit, wieder dorthin zurückzukehren, wo die Dinge vorher gewesen waren. Im Hinterkopf fragte ich mich, ob ich ihm zu schnell verziehen hatte, aber ich schob die Gedanken beiseite. Wie Claire sagte, hätte er sich nicht so viel Mühe gegeben, mit mir zu reden, wenn alles nur ein Witz gewesen wäre.

Er liebte mich.

In meinem Zimmer machte er alle Lichter an. Ich streckte die Hand aus, um sie auszuschalten, da ich es nicht mochte, wenn er mich bei vollem Licht sah. Nackt. Verletzlich.

»Ich will dich sehen. Ich will dich ganz sehen.«

Ich holte tief Luft und wusste, das würde es sein. Das würde das Letzte sein, was ich loslassen musste, damit ich ihm vollkommen vertrauen konnte. Ich hatte ihm bereits meine Geheimnisse, mein Herz, meine Liebe, sogar meinen Körper anvertraut. Aber ihn mich im grellen Licht meines Schlafzimmers sehen zu lassen, ihn zuschauen zu lassen, wie mein Körper wackelte und zitterte, während wir uns liebten, bedeutete, ihm meine Seele anzuvertrauen.

Xander stand neben mir und hielt meine Hand. Er küsste meinen Hals und schob langsam mein Shirt beiseite, um meine Schulter zu küssen. »Du bist wunderschön, Mandy. So weich.«

Seine Finger spielten mit dem Saum meines Shirts, hoben es an, sodass er mit seinen Knöcheln über die empfindliche Haut meines Bauches streichen konnte. Ich fühlte die Rauheit seiner Knöchel, die Wunden von seinem Kampf mit einem seiner ältesten Freunde. Wegen mir.

Ich griff nach unten, ergriff seine Finger und nahm seine Hände in meine. Er sah zu mir herunter und fragte sich, was ich tat. Ich führte seine Hände zu meinem Mund und küsste jeden Kratzer, jeden blauen Fleck. »Danke, dass du mich verteidigt hast«, hauchte ich gegen seine Haut. »Danke, dass du mich schön genug findest, um dich für mich aufzuregen.«

»Du bist wunderschön, Mandy. Du bist es wert, jeden Tag

für den Rest meines Lebens verteidigt zu werden, wenn es sein muss.«

Ich lächelte zu ihm auf und ließ ihn seine Hände wieder an meine Taille legen. Er zog mir mein Shirt aus und blickte auf meine obere Körperhälfte hinab. »So wunderschön«, flüsterte er, als er sich vorbeugte, um mein Schlüsselbein zu küssen. Seine Hände wanderten zu meinen Brüsten, hoben sie in seinen großen Handflächen und hielten ihr Gewicht für mich. Er zeichnete mit Küssen die Linie zwischen den schweren Kugeln nach und wieder hoch, entlang des Spitzenrands meines BHs.

Sanft legte er meine Brüste wieder auf meinen Körper und ließ seine Hände um meinen Rücken gleiten, um meinen BH zu öffnen. Ich wand mich aus ihm heraus und spürte, wie seine Hände auf meine nackte Haut zurückkehrten, meine Brüste umschlossen und seine Daumen über meine erregten Brustwarzen zogen. Ich keuchte und bog mich ihm entgegen, drückte mehr von meinen schweren Brüsten in seine Hände. »Ich weiß, dass sie dir Rückenschmerzen bereiten, aber ich liebe deine Brüste. Sie passen perfekt in meine Hände und reagieren so leicht auf meinen Mund. Und die Haut um deine Brustwarzen… sie ist fast so süß wie die Haut an deinem Bauch.«

Er senkte seinen Kopf, um erst die eine, dann die andere Brustwarze in den Mund zu nehmen, knabberte sanft an ihnen und leckte dann mit seiner Zunge über den Schmerz. Seine Hände wanderten zu meinen Hüften und zogen langsam mein Höschen und die Caprihose zusammen herunter. Er fiel vor mir auf die Knie, hielt jedes Bein, während er mir half, aus dem Rest meiner Kleidung zu steigen. Dann küsste er meinen Bauch.

»Das ist mein liebster Teil an dir. Deine Haut hier riecht nur nach dir, und ich kann Anflüge deiner Erregung wahrnehmen, wenn ich dich tief einatme. Dein Bauch ist hier so weich und perfekt. Eines Tages werde ich zusehen, wie dieser weiche, runde Bauch von dir mit dem Produkt unserer Liebe wächst, mit unseren Kindern. Es macht mich so glücklich, mir den Rest meines Lebens mit dir vorzustellen.«

Ich stand vor ihm, mein Körper nackt für seine Augen, seine Hände, seinen Körper. Ich stand da, lauschte seinen süßen Worten und wusste ohne jeden Zweifel, dass ich niemals glücklicher sein würde.

»Du hast zu viele Kleider an«, sagte ich ihm mit einem spitzbübischen Glitzern in den Augen.

Er stand vor mir und zog sich schnell aus, ließ seine Kleider zu unseren Füßen auf den Boden fallen. Er führte mich rasch zum Bett und wies mich an, mich hinzulegen. Er nahm den Platz neben mir ein und ließ seine Hände und Augen über mich gleiten, nackt und auf ihn wartend.

»Du bist die schönste Frau, die ich je gesehen habe, Mandy. Und ich werde jeden Mann verprügeln, der weniger von dir denkt.«

Ich strich sanft mit meinen Fingern über den blauen Fleck über seinem Auge. Er zuckte bei meiner Berührung leicht zusammen, bevor er sein Gesicht in meine Hand schmiegte. »Ich will dir glauben. Ich sehe nur nicht, was du siehst. Ich sehe nichts Schönes.«

»Dann mache ich meinen Job nicht richtig. Aber das werde ich. Jeden Tag, für den Rest meines Lebens, werde ich alles tun, um dir zu zeigen, wie ich dich sehe. Um dich die Schönheit deines Körpers und deines Herzens sehen zu lassen. Du bist wunderschön. Immer.«

Ich kuschelte mich fester an ihn und meine Beine fielen auseinander, als er zwischen sie griff und mich feucht und bereit für ihn fand. Schnell brachte er mich zum Orgasmus und platzierte sich dann zwischen meinen Beinen. Als er hart und tief in mich stieß, konnte ich die Liebe spüren, die er empfand. Die Liebe, die zwischen uns floss.

Xander unterstrich seine Bewegungen mit seinen Worten und wiederholte ‚Du bist wunderschön‘ und ‚Ich liebe dich‘ mit jeder Bewegung unserer vereinten Körper. Ich spürte, wie sich ein weiterer Orgasmus aufbaute, genauso sehr durch seine Worte wie durch seinen Körper. Als mein Körper ihn umklammerte und in mir festhielt, verlor er die Kontrolle und stieß härter und tiefer in mich. Er knirschte: »Schatz, ich brauche dich jetzt. Ich brauche dich bei mir. Ich brauche es, dass du mich liebst mit allem, was du hast. Jetzt, Baby. Jetzt.«

»Ich liebe dich«, flüsterte ich gegen seine Lippen, als ich über die Klippe stürzte, an die er mich gebracht hatte. Ich hielt seinen Blick fest, als er meinen Namen stöhnte und meine Worte wiederholte. Ich fühlte seine Liebe, als sich sein Körper in meinen ergoss. Liebe, die mich zu Tränen rührte.

Liebe, von der ich nie geträumt hatte. Aber die für immer mein war.

EPILOG

CLAIRE

»Ein Toast auf die neueste Kundendienstleiterin! Herzlichen Glückwunsch, Mandy!«, rief Xander und hob sein Glas.

Wir drängten uns alle um die Kücheninsel in seinem Haus, um Mandys Beförderung und ihre Wiedervereinigung zu feiern. Nachdem ich am Dienstagabend mit Mandy gesprochen hatte, machte ich mir Sorgen um sie, besonders als sie mich nicht zurückrief. Ich wusste nur zu gut, wie sich jemand gegen eine Person wenden konnte. Ich lief fast die ganze Nacht auf und ab und machte mir Sorgen, dass Mandy etwas zugestoßen sein könnte. Ich schickte ihr ein paar Textnachrichten, die unbeantwortet blieben, und rief sie dann an. Gegen Mitternacht ging sie endlich ran und erzählte mir, dass Xander immer noch da war und alles in Ordnung sei. Als ich ihre Stimme hörte, konnte ich wieder aufatmen.

Ich kann mir nicht vorstellen, dass eine meiner Freundinnen das durchmacht, was ich durchgemacht habe. Als ich Mandy und Xander beobachtete, fiel es mir schwer zu glauben, dass er sie jemals verletzen könnte, besonders absichtlich. Schon beim Anblick der beiden wusste ich, dass sich etwas zwischen ihnen verändert hatte. Sie berührten sich immer und tauschten Blicke aus, aber es lag eine Zärtlichkeit darin, während es vorher eher sexuell gewirkt hatte, so als ob sie sich gegenseitig begehrten und die Finger nicht voneinander lassen konnten.

Jetzt sah ich Liebe.

Liebe war für mich nicht drin. Die Vergewaltigung durch den ersten und einzigen Jungen, den man je an sich herangelassen hatte, hatte etwas tief in meinem Inneren beschädigt. Ich kam damit klar. Ich hatte Freunde. Ich war einigermaßen glücklich. Ja, ich würde mich gerne so fühlen, wie meine beste Freundin sich fühlte. Ich würde gerne meinen Tag, mein Leben mit jemandem teilen, aber das würde nicht passieren.

»Was ist eigentlich aus Melody geworden?«, fragte Sam und holte mich in die Gegenwart zurück.

Mandy rümpfte die Nase und schüttelte den Kopf. »Sie hat endlich zugegeben, dass sie Diana angelogen hat, und die hat sie gefeuert. Es tat mir zwar leid, aber es macht mein Leben einfacher. Ich muss mich nicht mit ihr herumschlagen oder sie selbst feuern. Sie hat versucht, mich feuern zu lassen, damit sie die Beförderung bekommt und mich auf einen Schlag loswird. Als nichts funktionierte, hat sie es einfach auf eine ganz neue Ebene gehoben.«

»Ich kann immer noch nicht fassen, dass du so mit deiner Chefin gesprochen hast«, sagte Addi kopfschüttelnd.

Mandy sah verlegen aus. »Ja, ich war ziemlich forsch. Wahrscheinlich hätte ich nicht all die Dinge sagen sollen, die ich gesagt habe, aber ich war aufgebracht und konnte mich einfach nicht länger zurückhalten.«

Xander schmiegte sich an ihren Hals. Er stand hinter ihr, sein Körper drückte sich an Mandys Rücken. Ich beobachtete schweigend, wie er ihren Nacken küsste und ihr etwas ins

Ohr flüsterte. Mandy drehte den Kopf zur Seite und küsste ihn sanft.

Ich hörte ihn „Ich liebe dich" flüstern, als sie sich voneinander lösten, und mein Herz zog sich zusammen. Niemand hatte diese Worte zu mir gesagt, außer meiner Familie und meinen Freunden, seit der Highschool. Ich wusste nicht, ob ich jemals jemandem glauben würde, der diese drei kleinen Worte zu mir sagte. Ich war mir ziemlich sicher, dass ich unfähig war, jemanden nah genug an mich heranzulassen, um das herauszufinden.

»Und was jetzt? Willst du etwas ändern oder lässt du die Dinge, wie sie sind?«, fragte Addi.

»Vorerst werde ich die Dinge so lassen, wie sie sind. Diana hat zugestimmt, ein paar Wochen zu bleiben, um mich einzuarbeiten, aber der Job gehört ab Montag offiziell mir. Diana wird nur halbtags arbeiten. Ich muss eine Menge herausfinden, aber ich denke, es wird schon klappen.«

»Du bist klug, Schatz. Du wirst das schon schaffen und den ganzen Laden im Handumdrehen übernehmen«, stimmte Xander zu.

»Das weiß ich nicht, aber danke. Es ist schön zu wissen, dass ihr hinter mir steht.«

Es klingelte an der Tür und Xander eilte hinüber, um unsere Pizzen zu bezahlen. Sam und Addi schlenderten ins Esszimmer und ließen Mandy und mich allein.

»Du bist heute Abend so still. Ist alles in Ordnung?«

Ich hatte gehofft, dass niemand meine Stimmung bemerken würde, aber ich hätte es besser wissen müssen. Mandy und ich kannten uns viel zu lange, um zu glauben, dass ihr irgendetwas entgehen würde.

»Mir geht es gut. Ich freue mich, dass du glücklich bist. Es ist gut zu wissen, dass er der Kerl war, für den wir ihn alle gehalten haben.«

Mandy blickte zum vorderen Teil des Hauses, wo Xander

war. »Das ist er. Er hat mir gesagt, dass er mich liebt. Und dass er mich eines Tages heiraten wird.«

Mir stiegen Tränen in die Augen, obwohl ich keine Ahnung hatte, warum. »Das ist großartig, Süße. Ich freue mich so für dich.«

»Warum weinst du dann?«, fragte Mandy mit zusammengekniffenen Augen.

Ich schüttelte den Kopf. »Ich weiß es nicht wirklich. Ich bin diese Woche sehr emotional.«

Mandy legte ihren Arm um mich. »Glaubst du, du verlierst mich oder wünschst du dir, du hättest einen eigenen Mann?«

Sie hatte den Nagel auf den Kopf getroffen, auch wenn ich es mir selbst, geschweige denn ihr, nicht eingestehen wollte, aber ich wusste, dass ich mich vor Mandy nicht verstecken konnte. »Vielleicht ein bisschen von beidem. Ich will dir aber kein schlechtes Gewissen machen. Ich mag Xander und ich bin wirklich froh, dass du glücklich bist. Ich fühle mich nur so, als wäre ich jetzt auf mich allein gestellt. Sam und Addi haben sich gegenseitig und jetzt hast du Xander. Ich schätze, ein Teil von mir wünscht sich, ich wäre nicht so verkorkst und könnte jemanden haben, mit dem ich mein Leben teilen kann. Es ist noch nicht allzu lange her, da haben wir darüber gesprochen, zusammenzuziehen.«

Mandy blickte nach unten und ich konnte sehen, dass ich ihr ein schlechtes Gewissen gemacht hatte, obwohl ich das nicht wollte. »Es tut mir leid, Claire. Ich ersetze dich nicht, ich hoffe, das weißt du. Das könnte ich niemals. Du wirst immer meine beste Freundin sein.«

»Ich weiß«, sagte ich unter Tränen. »Es ist jetzt nur anders.«

Mandy nickte und bestätigte damit, was wir beide als Wahrheit wussten. Xander kam mit drei Pizzakartons zurück in die Küche. Der Geruch war überwältigend, aber nicht annähernd so sehr wie die Emotionen, die in mir tobten. Ich entschuldigte mich schnell und verschwand im Badezimmer.

Der Spiegel verriet meine versuchte Gelassenheit. Ich sah müde aus. Ich hasste es, wenn Leute mir das sagten, weil es immer eine kaum verhüllte Beleidigung war, aber in diesem Moment war es wahr. Ich hatte nicht gut geschlafen, während ich versuchte, mein Leben zu ordnen. Ich hatte immer mehr über BJ nachgedacht, mich gefragt, warum, und mir gewünscht, dass niemand sonst jemals das durchmachen müsste, was ich durchgemacht hatte. Ich wollte mich nicht damit befassen, aber da meine beste Freundin die Liebe gefunden hatte, brachte das eine Menge Erinnerungen an BJ zurück, vor dieser einen Nacht.

Ich spritzte mir kaltes Wasser ins Gesicht und ging wieder hinaus zu den anderen. Alle lachten und aßen Pizza, tranken, um Mandys Beförderung zu feiern. Ich fühlte mich zum ersten Mal wie eine Außenseiterin. Ich war das fünfte Rad am Wagen.

Xander kam auf mich zu. »Ich möchte, dass du weißt, dass du hier jederzeit willkommen bist, wann immer du kommen möchtest. Egal was passiert, du wirst hier immer willkommen sein.«

Verwirrt legte ich den Kopf schief und sah ihn mit zusammengekniffenen Augen an. Woher kam das denn?

»Ich weiß, dass du und Mandy euch nahesteht, beste Freundinnen seid. Sie redet die ganze Zeit von dir und ich weiß, dass ihr viel Zeit miteinander verbringt. Wenn sie hier ist, jetzt oder in der Zukunft, wenn sie mich hoffentlich heiratet, möchte ich, dass du dich hier wohlfühlst. Ich will nicht zwischen euch beide kommen. Du bist wie ihre Schwester, und ich würde es mir nie verzeihen, wenn ich der Grund wäre, warum ihr euch nicht mehr so nahesteht. Wenn du jemals etwas brauchst, sind wir beide für dich da.«

Wieder füllten sich meine Augen mit Tränen. Mandy war eine glückliche Frau. Xander war nicht nur süß und freundlich zu ihr, sondern auch zu mir. Und das bedeutete mir sehr viel.

Ich dankte ihm, wischte mir die Tränen ab und wusste, dass meine beste Freundin immer gut versorgt sein würde. Wenn ich sie schon verlor, dann verlor ich sie wenigstens an jemanden, der sie lieben und immer für sie da sein würde. Ich beneidete das, mehr als nur ein bisschen, und ertappte mich dabei, wie ich mir dasselbe wünschte.

Obwohl ich wusste, dass es nie dazu kommen würde.

VIELEN DANK, dass du Mandys und Xanders Geschichte gelesen hast! Diese Serie ist wirklich eine Herzensangelegenheit von mir, und ich danke dir, dass du meinen wundervollen Damen eine Chance gegeben hast!

Die Serie wird mit Claires Geschichte fortgesetzt. Sie vergrub ihre Gefühle hinter ihrem Gewicht und sagte sich, dass sie nicht verletzt werden könnte, wenn niemand sie überhaupt ansah. Der letzte Mann, von dem sie erwartet hätte, dass er ihr Beachtung schenken würde, war ihr sexy Kollege Aidan. Sie waren Freunde, also ließ sie ihn an sich heran, aber er ist nicht damit zufrieden, nur Freunde zu sein, und wird nicht aufhören, bis sie viel, viel mehr sind. Hol dir jetzt dein Exemplar von *Kurvig und lieblich*!

ALLE MEINE DEUTSCHEN Bücher finden Sie hier.

Die *USA TODAY*-Bestsellerautorin Mary E. Thompson verbrachte den größten Teil ihrer Kindheit damit, sich zu wünschen, sie hätte ein paar Kurven weniger. Sie flüchtete sich in die Seiten von Büchern, weil es ihren Lieblingsfiguren egal war, welche Kleidergröße sie trug. Heute ist das auch Mary egal, und sie schreibt Geschichten, die Frauen wie sie feiern. Echte Frauen, die Kurven haben, ihre Träume verfolgen und die Liebe finden, denn wir alle sollten glücklich sein, ganz gleich, welche Kleidergröße wir haben.

Ihre schreibfreie Zeit verbringt Mary mit ihrem Mann und ihren beiden Kindern, schaut zu viel fern, feuert die Football-Mannschaft ihrer Heimatstadt an (Go Bills!) und versteckt Schokolade vor ihrer Familie.

Besuche https://maryethompson.com/pages/deutsch, um dich für Marys Newsletter anzumelden. Abonnenten erhalten kostenlose E-Books und andere tolle Sachen, wie exklusive, nur für Mitglieder bestimmte Inhalte und Gewinnspiele, und erfahren außerdem als Erste von Neuerscheinungen und Sonderangeboten!